LOS HIJOS DE RACHEL

VIDIS

HISTÓRICA

Es posible que de todo lo que despierta nuestra curiosidad,
nuestro pasado sea lo más intrigante. Porque es real,
aunque poco sepamos de esos hechos y esas personas
que vivieron años o siglos antes que nosotros.

Nos fascinan las películas históricas porque durante dos horas
somos verdaderos testigos, vemos hasta el detalle
lo que pudo ser, en un auténtico viaje al pasado. Hemos visto,
eso quiere decir VIDIS, nuestro sello de novela histórica.

Cada libro te transportará desde la Antigua Grecia
a la Segunda Guerra Mundial. Descubrirás hechos, personajes,
costumbres, tragedias y emociones que pudieron ser reales.
Si te llegan como un relato imaginario, es porque
la Historia, para ser contada, debe ser imaginada.

Cuando acabes la última página, sentirás que además
de haber recorrido un viaje lleno de aventuras,
emociones y puro entretenimiento, habrás
descubierto un episodio de la Historia que no
conocías, y estarás feliz por haberte enriquecido.

Te damos la bienvenida a VIDIS, sabemos
que ocupará un importante lugar en tu biblioteca.

¡Que lo disfrutes!

Título original: *River Sing Me Home*
Edición original: Headline Publishing Group Limited

Traducción: María Inés Linares
Corrección de estilo: Juan Manuel Santiago

Diseño de cubierta: Laura Lagunas

© 2023 Eleanor Shearer

© 2024 Trini Vergara Ediciones
www.trinivergaraediciones.com

© 2024 Vidis Histórica
www.vidishistorica.com
España · México · Argentina

ISBN: 978-84-19767-24-0
Depósito Legal: M-16974-2024

Primera edición en España: agosto 2024
Impreso en Romanyà Valls S.A.
Printed in Spain · Impreso en España

LOS HIJOS DE RACHEL

Eleanor Shearer

Traducción: María Inés Linares

VIDIS

HISTÓRICA

Para mamá, papá, Cal y Jeanette

Se oye una voz en Ramá, lamento y llanto amargo.
Rachel llora por sus hijos; se niega a ser consolada,
por sus hijos que ya no existen.

Jeremías 31:15

Cuando un jarrón se rompe, el amor
que vuelve a juntar los fragmentos
es más fuerte que aquel amor que daba
por sentada su simetría cuando estaba intacto.

Derek Walcott,
"Las Antillas: Fragmentos de la memoria épica"

El suelo de la isla era fértil, pero todo echaba raíces poco pro-
fundas. Cuando llegaron los huracanes, arrancaron hasta los
árboles más robustos; y cuando llegaron los hombres blan-
cos, arrancaron a los niños de los brazos de sus madres. Y así
aprendimos a vivir sin esperanza. Para nosotros, la pérdida
era la única certeza.

Muchos ya habíamos perdido un hogar. Un hogar de
profundas raíces y de ancestros enterrados en la historia.
Esas raíces no nos salvaron. Esas raíces se pudrieron en los
cascos de los barcos negreros, en la oscuridad y la mugre.
Nos quedaba poco lugar para sembrar en el nuevo mundo,
y cualquier cosa que tuviéramos se la llevaban los hombres
blancos. Así que tratábamos de vivir solo en la superficie de
la isla. Plantábamos caña de azúcar, pero nada era nuestro.
Las madres volvían la cabeza cuando nacía un bebé; se nega-
ban a mirarlo a los ojos.

Tratábamos de desplazarnos por esa vida a medio vivir,
esa vida sin historia ni futuro, pero nuestro presente intermi-
nable tenía maneras de estirarse, de recostarse en el tiempo,
hasta que nuestra vida tuviera otra vez movimiento y color.
Por la noche, susurrábamos a los niños cuentos de los dioses
antiguos de nuestra tierra natal, en una lengua que los hom-
bres blancos no entendían.

De todos modos, llegaron los huracanes. Y de todos modos
se llevaron a los niños y los vendieron al otro lado del mar.

Pero los vendieron con una semillita dentro que les cantaba acerca de otra vida.

Todo echaba raíces poco profundas. Pero lo que no podía arraigar en lo más profundo de la tierra se extendió, golpeó los océanos, excavó túneles hasta las islas cercanas, donde otros también trataban de vivir sin recordar el ayer ni pensar en el mañana y fracasaban.

Sin raíces, las cosas se mueren. Muchos de nosotros morimos, a manos de los hombres blancos o del calor del sol del mediodía. La tierra se fertilizó con nuestra sangre y las raíces se alimentaron de nuestros cuerpos. El suelo fortaleció las raíces. Poco profundas, pero fuertes.

A fin de cuentas, había esperanza para este nuevo mundo.

Barbados

Agosto de 1834

1

Era la hora más oscura de la noche y Rachel corría. Las ramas le desgarraban la piel. Los pájaros graznadores emprendieron el vuelo por el golpeteo de sus zancadas. La tierra estaba embarrada y desigual, resbaladiza por los residuos de las últimas lluvias, y ella resbaló y se golpeó con fuerza contra la corteza áspera de una palmera. Se deslizó hasta el suelo, donde las hormigas marchaban y los escarabajos correteaban y los gusanos invisibles excavaban en la tierra. Con el aliento entrecortado, llenó sus pulmones del aire denso y húmedo. Sintió el sabor de la humedad en la lengua, matizado con la acidez picante de su propio miedo.

¿Qué había hecho?

Miró atrás. En la oscuridad, se recortaba el contorno del molino de la plantación de Providence, con las aspas extendidas como cuatro dagas afiladas que marcaban una cruz furiosa en el cielo. El terror se apoderó de su garganta, como si el molino tuviera ojos y pudiera susurrar al capataz lo que había visto.

No era demasiado tarde. Aún podía volver a trepar por encima del muro y arrastrarse por los campos a medio sembrar de caña, donde había agujeros que esperaban boquiabiertos los tallos verdes y jóvenes. Podía regresar a su choza, un cuadrado de madera como otro cualquiera, y tumbarse en la estera de dormir que estaba desgastada por cuarenta años de uso. Podía esperar el amanecer y otro día de trabajo…

Siguió corriendo sin orden ni concierto. Las piernas la hundieron más profundamente en las sombras a medio formar del bosque.

Le dolía el pecho. Quería derrumbarse, pero no podía; su cuerpo, sin ella pedírselo, la llevaba más y más lejos de Providence. Cada chasquido de una ramita sonaba como un disparo; el murmullo de los sapos de caña se convertía en los gritos lejanos de los hombres que la perseguían. Tenía que seguir corriendo.

Sola y embarrada, con el cansancio que le calaba los huesos, una pregunta la perseguía: "¿La libertad era esto?".

El bosque vacío. Ella que huía, muerta de miedo. ¿Era esto lo que habían esperado todo el tiempo?

El día anterior, todos los esclavos de Providence se habían reunido fuera de la casa principal. Los esperaba un grupo de blancos con rostros impasibles: el amo, a caballo, flanqueado por el capataz, con la esposa del amo y los tres niños de pie en los escalones de la casa. Los blancos miraron a los esclavos. Estos les devolvieron la mirada.

Todos sabían lo que pasaría después. Algunos esclavos sonrieron. Rachel no lo hizo. Tenía edad suficiente para recordar otros tiempos en los que habían corrido rumores sobre la abolición de la esclavitud. Ella no se lo creería hasta que lo escuchara de la boca del amo.

Un brillo sudoroso, efecto del calor, perlaba la frente calva del amo. Cuando hizo avanzar el caballo, Rachel alcanzó a ver la cara de la esposa, con los labios apretados en una línea de furioso desprecio. Fue esa visión, más que nada, la que debilitó la determinación de Rachel. Se atrevió a sentirse esperanzada.

El amo se limitó a hacer unos breves comentarios. Les dijo que el rey había decretado la abolición de la esclavitud. A partir del día siguiente, entraría en vigor la nueva ley de emancipación.

Eran libres.

Algunos lloraron. Otros gritaron y bailaron de alegría. Eran una masa de cuerpos sudorosos que gritaban, un río que se desbordaba. El amo y el capataz gritaron órdenes, pero fue inútil, no lograban hacerse oír por encima del ruido. Por último, el amo se abrió paso al galope entre la multitud, solo para que todos se callaran. Los cascos patearon la cabeza a una mujer, que murió en el acto. Pero murió libre.

Había algo más, dijo el amo. Ya no eran esclavos; en cambio, eran sus aprendices. Por ley, trabajarían para él durante seis años. No podían irse. Cuando saliera el sol, Rachel y todos los demás volverían a salir para terminar de plantar. Se ocuparían de la caña hasta la siguiente cosecha, y la siguiente. Seis años en los que debían cortar y plantar y volver a cortar.

La libertad era solo otro nombre para la vida que habían vivido siempre.

Un fiero gruñido recorrió la multitud. El capataz, con el arma colgada del hombro, la levantó para apuntar. Cien pares de ojos observaron el arco que trazó su mano. El caballo del amo bufó por el hocico, con las riendas tensas.

El sonido se apagó y la multitud se quedó quieta.

Rachel oyó en silencio la noticia de la falsa libertad. Durante años, había vivido en un crepúsculo perpetuo. Sus seres queridos se habían ido hacía mucho tiempo. Su vida había quedado reducida al recinto de la plantación, a la rutina del trabajo duro e interminable y a las largas sombras del pasado. Así que tenía sentido. La libertad era un vacío que solo se podía llenar con caña de azúcar.

Esa noche, todo fue igual. La presión del suelo en su

espalda. La forma de los miembros, delgados y con tendones nudosos. El olor a humedad de la choza. Le esperaban días de trabajo, una vida marcada por los mismos surcos, siempre iguales, que mostraba el campo.

Mientras dormía, soñó con su madre. O tal vez con la idea de una madre, un esbozo de calidez y bondad. No se acordaba de su madre.

La madre estaba ahí, frente a ella, pero Rachel sabía que, al mismo tiempo, no estaba ahí. Estaba en algún lugar lejano al otro lado del mar. Era frágil, una voluta de humo. No iba a quedarse mucho tiempo.

La madre pronunció un nombre y Rachel supo que era el suyo, el nombre que se suponía que tenía antes de que algún hombre blanco la llamara Rachel. Lo que el hombre blanco da, siempre lo puede quitar. Pero ese otro nombre… ese era el suyo. Rachel lo repitió. Las sílabas sonaban raras en su boca, pero, cuando el repiqueteo del habla vibró dentro de ella, le dio fuerza. Logró mantenerse en pie sin encorvarse. Sentía el peso agradable de su cuerpo, sólido y poderoso.

La madre dio un paso atrás y comenzó a disolverse, una gota a la vez, empapando la tierra que había debajo de ella. Cuando se fue, el suelo brillaba con un rojo intenso y profundo.

Rachel se había despertado en la oscuridad total, salvaje, temblorosa y brillante de sudor, y su cuerpo no podía permanecer quieto. Se movió sin que ella se lo pidiera, se movió guiada tan solo por un instinto animal, se arrastró hasta salir de la choza, se desdobló y se lanzó fuera de Providence para adentrarse en la noche.

En el bosque, Rachel volvió a preguntarse: "¿La libertad era esto?". ¿Acaso era ruptura violenta, un cuerpo impulsado a huir, una mente que se paralizaba por el horror de mirar todo lo que se desplegaba fuera de su control?

Los árboles no tenían ninguna respuesta. Las hojas susurraban en el viento, y Rachel imaginó que se burlaban de ella.

"Y ahora, ¿qué?"

Su cuerpo se movió más allá de lo racional, con una desesperada voluntad propia.

Siguió corriendo.

No tenía cómo marcar el paso del tiempo en esa noche sin luna, pero, a juzgar por el ardor de sus piernas, Rachel era consciente de que había corrido durante una hora o más cuando lo escuchó. Tan débil que al principio pensó que eran imaginaciones suyas. Un canto.

Vio un punto de luz que titilaba entre los troncos de los árboles. Avanzó despacio, con la mente llena de pensamientos de fantasmas y espíritus nocturnos. Pero a medida que escuchaba el canto, acompañado de tambores que llenaba el bosque de sonidos, sus temores se disiparon. Eran ruidos alegres y humanos y la atraían.

Un claro. Un círculo estrecho de tierra desnuda entre los árboles. En el centro, docenas de personas bailaban alrededor de un fuego crepitante, y había aún más alrededor. Mientras los bailarines daban vueltas, Rachel escuchó fragmentos de diferentes palabras y melodías que se combinaban en una. Oyó algo de inglés, pero también otros idiomas, idiomas más antiguos que no hablaban al oído, sino a los huesos.

Rachel se quedó en la sombra, mirando. Había asistido a bailes antes, cuando era más joven, pero no eran como este. Aquellos bailes siempre se habían circunscrito a la vida de la plantación. Se hacían en las barracas de los esclavos o en la plaza del mercado de un pueblo cercano. En cualquier momento podía aparecer un transeúnte blanco, o el rostro del amo en una ventana de la casa principal, para recordar a todos los presentes que su alegría no era ilimitada; no podía desbordar los límites de la esclavitud. El claro brillaba con una magia diferente. Sin miradas indiscretas que rompieran el hechizo, los bailarines se movían con una gracia sin cortapisas.

La insistente atracción de los tambores llevó a Rachel más cerca, más cerca, hacia la luz. Se dio cuenta de que su cuerpo era uno entre los muchos que se movían al compás del ritmo. Empezó a dar golpecitos con el pie y a tararear su propia canción.

Una mujer extendió el brazo, con los ojos muy abiertos y blancos, en cuyo centro brillaban círculos de luz de fuego. Aferró a Rachel de la muñeca.

Cantó la orden, con voz grave y dulce.

—Baila.

A Rachel la arrastró la muchedumbre. En un instante, perdió la noción de sí misma. No tenía fin ni principio, ni bordes ni límites. Todo su cuerpo se disolvió en el ritmo. El baile hacía ondular a la multitud como si hiciera ondular el agua, y Rachel se entregó a la música.

Todos los dolores se aliviaron. Sacó de los pulmones una canción que ni siquiera sabía que albergara en su interior. Alguien la llevaba de la mano; ella estiró la otra para tomar de la mano a alguien, que tomó de la mano a alguien más. Mientras las llamas se elevaban hacia el firmamento, a Rachel le pareció ver la cadena de manos que ascendía a los cielos, una fila de personas que surcaban el tiempo y el espacio, unidas por un único redoble de tambor.

Cuando las últimas brasas del fuego se apagaron, todos dejaron de bailar. Empezaba a amanecer, la luz gris se filtraba entre los árboles y el sol que asomaba puso fin a la magia o a lo que fuera que los había unido. La gente empezó a irse, la mayoría rumbo al oeste, con el sol a sus espaldas, de vuelta a las plantaciones. Al borde del claro, entre dos grandes robles, Rachel se preguntó por un momento si debía seguirlos. Tal vez nadie hubiera notado su ausencia en Providence. Pero dudó demasiado. Cuando quiso darse cuenta, todos se habían ido. Estaba sola. Se escabulló hacia el este, de vuelta al bosque.

Tanto correr y bailar le pesaba. Le dolía todo. Se vio obligada a ir despacio. El terror de la huida inicial se había desvanecido hasta convertirse en una especie de aturdimiento, y Rachel miró al cielo que se abría más allá de las copas de los árboles. En cierto modo, la oscuridad había sido más fácil: tenía un núcleo de misterio, la sensación de que la noche albergaba muchos mundos posibles, con las fronteras diluidas, de manera que cualquiera podía pasar de uno a otro. La luz del sol le recordaba la marcha sin fin de un día hacia el siguiente, el imparable paso del tiempo al que Rachel había estado esclavizada toda su vida.

La pregunta seguía atormentándola.

"Y ahora, ¿qué?".

La pregunta estaba cargada de cansancio, de desesperanza. Su huida de Providence había sido pura supervivencia. Ahora vagaba sin rumbo por la maleza; no había camino y se tropezaba con las raíces expuestas. La cabeza le palpitaba de sed y las piernas y los brazos le pesaban, pero su cuerpo seguía llevándola hacia delante, lejos de Providence. Aparte del golpe ligero de sus pies sobre la tierra desnuda, solo se escuchaba el parloteo de los estorninos que revoloteaban sobre ella.

Subió la suave pendiente de una colina. Nada más llegar a la cima, se encontró con el mar. Al ver su extensión allá abajo, Rachel se detuvo. Había llegado a los confines de la isla.

El sol naciente sumergía sus rayos más bajos en el agua, en el horizonte. Contra el cielo gris, el mar era de un azul sorprendente, salpicado de luz blanca y dorada. El estallido de color desanudó el miedo que rodeaba la garganta de Rachel desde la noche anterior. Como si se hubiera sumergido en las olas, se sintió en paz.

Durante toda su vida, nada le había pertenecido, ni siquiera los niños que había expulsado de su cuerpo. Con su mundo encajonado entre los muros de Providence, cuyo perímetro vigilaba el látigo del capataz, parecía que no había nada que no perteneciera a los hombres blancos. Pero en ese momento tenía el mar ante sí. Inmenso, desafiante y sin dueño, pues ¿quién podía apropiárselo? Ni siquiera los hombres blancos. Por mucho que se aferraran a él, sus aguas se les escaparían de las manos y volverían a sumergirse en las profundidades.

En la plantación, a Rachel siempre la habían hecho sentirse pequeña. Con el mar frente a ella, se sintió pequeña, pero de una forma diferente: no pequeña en sí misma, sino una pequeña parte de todo lo que la rodeaba. Inmersa en el mar infinito. Había libertad en esta nueva forma de pequeñez, una sensación estimulante de que estaba en el mundo, pero no siguiendo el ritmo de un hombre blanco.

La pregunta volvió a su mente.

"Y ahora, ¿qué?".

Pero ahora la pregunta tenía una nueva cualidad: miraba hacia delante, hacia el exterior, más allá del agua. No hacia atrás, a sus espaldas, hacia algún posible perseguidor.

Los pulmones de Rachel se expandieron; pudo volver a respirar. Desvió la mirada del horizonte a la colina. A primera vista, la ladera estaba desierta. Y sin embargo…

Se inclinó un poco hacia delante, haciendo visera para proteger los ojos del sol. Entre los árboles, a mitad de camino, le pareció ver el techo inclinado de una cabaña.

Entonces, unas manos ásperas la aferraron por detrás y le metieron la cabeza en un costal que olía a humo y a tierra húmeda.

2

Había un hombre en Providence que había intentado huir. Era el único caso que Rachel conocía. Por supuesto, todo el mundo hablaba de huir —susurros y murmullos nocturnos cuando volvían, renqueando, de los campos— y siempre había rumores de alguien que conocía a alguien de otra plantación que lo había hecho. Pero Barbados era un lugar pequeño y densamente poblado. Si huías, ¿adónde podías ir sin que te persiguieran los perros?

Así que, durante toda su infancia, Rachel vio la huida como algo impensable, una idea demasiado abstracta como para hacerla realidad. Parecía imposible hasta que, de pronto, se hizo posible. Una mañana se despertaron y él ya no estaba. Rachel tenía diez años.

Se llamaba Atlas. Era un hombre reservado, silencioso desde que había perdido a su mujer, a quien vendieron con su hijo nonato. Rachel nunca le había oído hablar de fugas. Simplemente se escabulló.

Durante un día entero, la atmósfera de la plantación fue diferente. Los muros que la delimitaban parecían más débiles y las cañas ya no sobrepasaban las cabezas: los hombres y las mujeres se irguieron. Algo chispeaba en sus ojos. El supervisor y los capataces vieron con aprensión esa chispa; incluso se tomaron más libertades que de costumbre con el látigo. Tanto los blancos como los negros sintieron que el mundo podía cambiar... hasta que Atlas regresó al anochecer, llevado a rastras, con una herida supurante en la pantorrilla, donde un perro lo había mordido. La ruptura del orden previsible fue solo temporal; Rachel comprendió entonces que podían huir, pero no esconderse. Sus cuerpos volverían siempre, vivos o muertos, a Providence.

A Atlas le cortaron la nariz como castigo. Se le infectó la herida y murió con los agujeros abiertos, supurantes y nauseabundos.

Ese recuerdo —el de Atlas, su huida, su captura y su agonía— le vino a la memoria y le provocó arcadas cuando la tela áspera del saco le tapó la nariz y la boca. Unas manos callosas le sujetaban con fuerza las muñecas; aparte de girar la cabeza y arrastrarse contra la tierra con los pies doloridos, no había forma de luchar. No sabía hacia dónde tiraban de ella esas manos: si hacia delante, hacia atrás o si intentaban partirla en dos. Trató de gritar, pero no tenía voz y, además, ¿quién iba a oírla? ¿Quién acudiría en su ayuda? Al igual que Atlas, había intentado lo impensable, y el mundo debía volver a la normalidad.

Ya no se movía; las manos la mantenían quieta. Rachel respiraba entrecortadamente, presa del miedo. Algo le decía que la habían metido dentro de algún espacio cerrado; aunque no podía ver las paredes, las sentía cerca, rodeándola.

Se hizo el silencio. Las manos que la aferraban tenían la fuerza del hierro. El miedo la hacía retorcerse en vano: no podía liberarse, por mucho que lo intentara.

Por sobre el ritmo de los latidos de su corazón, Rachel oyó pasos suaves.

Una voz de mujer, profunda y cercana, dijo:

—¿Y?

La voz de un hombre sonó junto a la oreja de Rachel.

—La encontramos cerca del bosque.

—¿Una fugitiva? —preguntó la mujer.

El hombre no respondió.

Rachel ya no luchaba. Ni siquiera respiraba. El curso de su vida no estaba en sus manos. Esperó.

La mujer dijo:

—Déjame verla.

Tan rápido como la habían cubierto con el saco, se lo quitaron de un tirón, y Rachel se quedó parpadeando ante un rayo de sol que le iluminaba la cara a través de una puerta abierta. Estaban en una choza, tan pequeña y anónima como cualquiera de las que había en la aldea de esclavos de Providence. Pero algo no estaba bien. No se respiraba como en Providence, donde todo olía a caña de azúcar y a brutal desesperación. El aire fresco y salado soplaba desde fuera. Y cuando Rachel alzó el cuello, vio que las manos que la sujetaban eran oscuras, como las suyas.

Delante de ella había una mujer alta, con el pelo rapado hasta el cráneo. Tenía la piel suave, sin arrugas y sin edad, pero algo en sus ojos delataba que esa mujer había vivido muchos años.

La mujer miró a Rachel. Tenía una mirada aguda, penetrante. Rachel se sintió desnuda ante ella, reducida a lo más elemental de sí misma.

—¿Estás huyendo?

Rachel no se atrevió a hablar.

La mujer recorrió a Rachel con la mirada, observando cada parte de su cuerpo. Asintió lentamente.

—Suéltala.

Las manos hicieron lo que se les había ordenado. Rachel se tambaleó hacia delante y las rodillas se le hundieron en el suelo. Miró fijamente hacia arriba, a la mujer alta, a su cara tan impasible como si fuera de piedra.

La mujer sostuvo la barbilla de Rachel entre las manos.

Tenía las palmas ásperas y gastadas, y los dedos ligeramente fríos comparados con la piel de Rachel.

—Yo sé por qué estás aquí.

La voz de Rachel era pequeña, apenas un susurro.

—¿Qué dices?

—Lo veo en tu cara. Tus hijos. Los quieres encontrar.

La cabaña se llenó de fantasmas: todos los hijos perdidos de Rachel, agazapados en las sombras. No tuvo que girar la cabeza para verlos. Sabía que, si intentaba mirarlos directamente, desaparecerían. La habían acompañado, en la periferia de su campo visual o en el umbral del sueño, durante muchos años.

Los contó uno a uno. Once criaturas en total.

Micah. Alto y fuerte. Se lo habían quitado antes de que cumpliera diez años, porque sabían que podían hacerlo pasar por mayor para la primera cuadrilla del mercado.

Mary Grace. No había vuelto a hablar después de la noche en que el supervisor la emboscó en los campos. La vendieron porque tomaron su mutismo como una señal de que estaba dañada sin remedio. Una esclava muda no servía para nada, no podía decir "Sí, amo", "No, amo" ni "Enseguida, amo".

Mercy. Casi tan alta como Micah y a quien también vendieron muy joven, tan pronto como la vieron "apta para criar".

Samuel. Muerto de una fiebre poco después de cumplir dos años.

Kitty. Muerta a los cinco años, de la misma enfermedad.

Cherry Jane. La habían llevado a trabajar a la casa del amo, por su piel de color miel. Rachel solo la veía de reojo, montada en el carro con las otras esclavas de camino al mercado, o vaciando un cubo de agua por la puerta de la cocina. Un día dejó de verla. Cherry Jane se había ido.

Thomas Augustus. Pequeño. Ignorado. Fue el que más tiempo permaneció con ella, hasta los catorce años, cuando por fin se dieron cuenta de que ya casi era un hombre. Al llevárselo, se quejaron de que no lo iban a vender a buen precio.

Después estaban los que no tenían nombre. Uno que había nacido del revés, con el cordón enrollado alrededor de la garganta. Tres que habían muerto dentro de ella; bebés sanguinolentos que habían salido de su cuerpo y caído al suelo.

Los ojos redondos y vigilantes de todos se clavaron como espinas en la piel de Rachel.

"*¿Es cierto?* —les preguntó—. ¿Sois la razón por la que me fui?"

El instinto que la había expulsado de Providence seguía enroscado en su interior como un animal. Rachel cerró los ojos, trató de entrar en sí misma, de comprender. La visión de sus hijos no había embotado al animal, sino que lo había despertado y le había erizado el pelaje. En las piernas, agotadas de correr y bailar, sintió cómo se le tensaban los músculos. Tenía las caras de los niños que quizá seguían vivos —Micah, Mary Grace, Mercy, Thomas Augustus y Cherry Jane— grabadas bajo los párpados.

Cuando Rachel abrió los ojos, los fantasmas habían desaparecido. La anciana seguía de pie frente a ella. Señaló con la cabeza al hombre que estaba detrás de Rachel.

—Puedo llevarla desde aquí, Gabriel.

Rachel se giró y vio a un hombre fornido que inclinaba la cabeza.

La anciana le tendió una mano de nudillos torcidos como las raíces de un árbol.

—Ven.

—Mi nombre es Bathsheba, pero me llaman Mama B.

Fuera de la choza, la anciana se detuvo y le dio a Rachel un momento para asimilar lo que la rodeaba. Estaban en la ladera de una colina, cerca del mar. En efecto, había viviendas ahí, como Rachel había alcanzado a ver desde la cima. Una gran casa de madera en el centro de un círculo formado por cabañas más pequeñas, todas ellas sostenidas por pilotes sobre la pendiente. A su alrededor, el suelo mostraba rastros de cultivos, pero no eran reglamentados, como los de las plantaciones. Los surcos zigzagueaban y cambiaban de rumbo para dejar espacio a algunas palmeras.

Rachel tenía los brazos cruzados sobre el pecho. Sentía que Mama B la miraba, esperando que le hiciera preguntas. Algunos hombres y mujeres trabajaban desbrozando, moviéndose entre las chozas, pero no había blancos a la vista.

—¿Qué es este lugar?

—Era una plantación de tabaco —dijo Mama B—. Una pequeña. El amo se metió en un lío. Se fue hace unos años y no hemos vuelto a saber nada de él.

Rachel miró a un niño de no más de diez u once años que salía de una de las chozas, y sintió la punzada que solía sentir al ver a niños de cierta edad.

—¿Tu familia? ¿Tus hijos?

—No. No tengo hijos.

—Entonces, ¿por qué...? —Rachel se contuvo. La respuesta de Mama B había sido muy cortante, de modo que no quiso entrometerse.

La mujer mayor miró de reojo a Rachel.

—¿Que por qué me llaman Mama B? —Sonrió y se le dibujaron unas líneas profundas en la cara, las líneas de alguien que sonríe a menudo—. No soy madre de nadie, así que trato de ser madre de todos. Mi madre, Betsy, tuvo veinte hijos. La llamaban Mama B antes de mí, por lo que en cierto modo heredé el título. Desde que el amo se fue, intento mantener este lugar para los que no tienen adónde ir.

Mama B llevó a Rachel a la casa principal. Rachel la siguió despacio, con cuidado, aguzando el oído en busca de alguna señal de que todo aquello fuera una treta, de que en cualquier momento los hombres blancos fueran a salir disparados de entre los arbustos con las armas en alto, dispuestos a arrastrarla de vuelta a Providence. Confiar no le resultaba fácil, pero ¿qué otra opción tenía? No le quedaba ningún lugar adonde huir. El mar marcaba el límite exterior de Barbados; más allá solo había aguas profundas y cielo.

La puerta principal daba a una gran habitación, con una mesa de madera rodeada de sillas, taburetes y barriles volcados. Sentada en un rincón, una mujer machacaba especias en un mortero. Había unas cuantas esteras para dormir junto a las paredes, algunas vacías y otras aún ocupadas. Dos puertas a izquierda y derecha indicaban que la casa tenía más habitaciones, y a través de una de esas puertas Rachel oyó el murmullo de unas voces.

Mama B golpeó las manos. Cesó la actividad en la habitación y se levantaron las cabezas de las esteras, con los ojos entreabiertos. Un hombre entró por la puerta de la izquierda, con cara de curiosidad. Rachel, de pie detrás de la anciana, se sintió sofocada por todas aquellas miradas. Bajó la vista hacia los pies.

—Esta es Rachel —la presentó Mama B—. Está buscando a sus hijos, que perdió hace mucho tiempo.

Por la manera en que se crisparon las caras de algunos, Rachel comprendió que no era la única que había perdido a su familia, y quizá tampoco la única que había tratado de encontrar a alguien.

La mujer del rincón había dejado el mortero. Se levantó despacio: era delgada, joven y tenía las manos entrelazadas.

—Creo...

El corazón de Rachel dio un vuelco.

—Sí. —La mujer se acercó y recorrió con la mirada la cara de Rachel. Su voz era ligera y suave—. Creo que... ¿tienes una hija?

Rachel asintió.

—Sí —volvió a decir la mujer—. Creo que la he visto. Hace unos años, en Bridgetown. Tu cara tiene la misma forma. Me acuerdo porque ella no habla.

Rachel no se movió. Se sentía débil y mareada. Tenía la boca seca y le temblaban los labios. La imagen de Mary Grace pasó ante ella: una imagen más fuerte y nítida de lo que había visto en años, más sólida ahora que Rachel sabía de su existencia en un lugar concreto. Bridgetown. En la otra punta de la isla. En ese momento, le pareció que estaba a una distancia infranqueable.

Mama B apoyó una mano en el hombro de la mujer pequeña. Después se volvió hacia Rachel.

—Debo ir a Bridgetown. Puedo llevarte. Podemos ir mañana.

Había una dureza en la voz de la mujer mayor que sofocó la protesta que surgió en la garganta de Rachel. No era una oferta, era una orden. Rachel, con las piernas y los brazos flojos por el cansancio, aceptó.

3

A LA MAÑANA SIGUIENTE, LLEGÓ LA LLUVIA. RACHEL Y Mama B no habían subido aún a la cima de la colina cuando empezó a caer, fuerte y furiosa, como gotas gordas que perforaban el suelo. Pronto las dos se empaparon y se hundieron poco a poco en la tierra inundada, con el agua pegada a ellas como una segunda piel. En el horizonte, el mar y el cielo se mezclaban en el gris furioso de una tormenta que se avecinaba.

—Tenemos que volver —dijo Mama B.

Dentro de la casa, las habitaciones estaban abarrotadas, pero silenciosas. Rachel se unió a un grupo de mujeres que se encontraban junto a una ventana y miró hacia el mar. Le consolaba un poco imaginar a su hija, Mary Grace, al otro lado de Barbados, contemplando las mismas olas y oyendo los mismos gemidos del viento que azotaba la isla.

Al anochecer, la tormenta había amainado, pero la lluvia duró tres días. El golpeteo del agua contra la madera le dio a Rachel dolor de cabeza. Para tratar de distraerse del viaje frustrado, examinó cada centímetro de la casa de Mama B. Había en total tres habitaciones: la principal, con la amplia mesa, y dos laterales: una, llena de esteras para dormir, y otra que servía de despensa. Rachel empezó en un rincón de la despensa y recorrió la casa en el sentido de las agujas del reloj, pasando la mano por todas las grietas y rendijas de las paredes. Encontró los huecos por donde se filtraba el agua y goteaba hasta el suelo. Encontró los lugares donde los tablones estaban desnivelados o ennegrecidos por el hollín de las velas. Junto a la puerta principal, vio una marca que alguien había grabado en la pared: parecía el comienzo de un cuadro, se curvaba suavemente en una espiral a medio formar, del tamaño de la palma de la mano de Rachel. La línea era profunda y suave, del mismo color oscuro que la madera que la rodeaba. Una cicatriz curada, no un corte reciente.

Cuando las paredes ya no tuvieron más secretos que revelar, Rachel se volvió hacia la gente. Muchos tenían marcas inacabadas que ella alcanzaba a vislumbrar cuando se daban la vuelta mientras dormían o se volvían hacia la ventana para ver llover. La piel cicatrizada dibujaba el recuerdo de los látigos, mientras que los rincones sin marcar de las espaldas y los hombros mostraban dónde la libertad había acortado el proceso de sellar la esclavitud aún más profundamente en la carne.

Mama B era el centro de la casa. Parecía que todo el mundo le confiaba sus preguntas y sus miedos. Rachel veía a menudo a la anciana conversar en voz baja con un hombre ceñudo o con un niño de gesto desamparado, alguien que había desafiado a la lluvia para llegar desde otra cabaña y pedirle consejo. Esas personas siempre se iban con el gesto un poco menos abatido, gracias a lo que fuera que Mama B les hubiera dicho.

Mama B hacía gestos de asentimiento a Rachel si sus miradas se cruzaban. Una vez, se le acercó, le puso una mano en el hombro y le preguntó si estaba bien. Por lo demás, Rachel no hablaba con nadie. El confinamiento le resultaba tan parecido a la vida en Providence que volvió a ser la de antes, retraída y callada. Por su parte, los demás ocupantes de la casa le prestaban poca atención. Parecían acostumbrados a la gente desconocida y reticente que entraba y salía de los límites de su comunidad. Rachel no salió de su rincón, se mantuvo apartada y esperó a que la lluvia cesara.

En la mañana del cuarto día, Rachel se despertó con el sonido del silencio. Por fin había parado de llover.

Mama B ya estaba levantada, sentada a la mesa, con el duro perfil de obsidiana de su rostro vuelto hacia el mar. No pareció reparar en que Rachel se levantaba y tomaba asiento a su lado, a la espera de saber si iban a irse pronto.

—Uno de los niños está enfermo —dijo Mama B, sin volverse a mirar a Rachel. La frase salió de su boca ya formada. Esas palabras no le eran ajenas—. Una fiebre. Vino por la noche. Hoy no podemos ir a Bridgetown.

Rachel asintió.

—Tengo que ir al bosque. —Mama B se levantó, tomó una pequeña bolsa de la mesa y se la metió en la cintura de la falda—. Hay unas hierbas que pueden ayudarlo. Puedes venir conmigo si quieres.

Después de pasar días dentro, Rachel estaba inquieta y deseosa de aire fresco, pero la mención de Mama B a las hierbas medicinales la hizo detenerse. Rachel nunca había tenido esos conocimientos, pero en Providence se rumoreaba de quienes sabían de pociones o hechizos. Cuando era niña, había un hombre en su tierra natal del que todos decían que era brujo. Hablaba muy poco inglés, y sus palabras extrañas podrían haber sido intentos de entablar conversación más que maldiciones, pero la gente lo evitaba por miedo. Rachel todavía recordaba sus ojos, el blanco amarillento e inyectado en sangre, los iris oscuros como agujeros que perforaban el centro. Algunos niños decían que, si los mirabas demasiado tiempo, te caías muerto. Y Rachel había oído decir que una vez, cuando un capataz galopaba hacia un hombre con el látigo en la mano, el caballo se había encabritado y su jinete había salido despedido hacia atrás y se había partido el cuello.

Pero los ojos de Mama B no parecían tener el poder de matar y, a través de la ventana, el mundo se veía tentador: los charcos de agua de lluvia se esparcían por el suelo aún húmedo, brillantes a la luz del sol matinal. Eso bastó para calmar las supersticiones infantiles de Rachel, que siguió a Mama B fuera de la casa.

Subieron la colina y se adentraron en el bosque. El aire de la primera hora de la mañana era húmedo, y todo olía fresco. Bajo las copas de los árboles, la luz del sol estaba teñida de un verde moteado por las hojas, y Rachel tuvo que forzar la vista para evitar las raíces que se entrecruzaban en su camino. Se golpeó la cabeza contra una calabaza que colgaba demasiado baja de una rama, y las hojas de los helechos le hicieron cosquillas en las pantorrillas.

Mama B se guiaba con las manos, apoyándose de un tronco a otro. Siempre estaba tocando algo: una corteza, una hoja, un fruto, una flor. En armonía con el bosque. Rachel, que tenía las manos entrelazadas en la espalda, observaba a la anciana trabajar. Había un idioma que Mama B sabía hablar y Rachel no. Rachel armonizaba con los ritmos de la caña y las batatas y la mandioca de las parcelas de los esclavos. Lejos de los cultivos, los árboles silvestres tenían formas y secretos que ella desconocía.

Llegaron a un árbol grueso y nudoso que se había abierto camino entre la maleza; a su alrededor no crecía nada. Mama B le dio una palmadita, como si lo saludara, y se volvió hacia Rachel.

—Toma. —Le tendió la bolsa—. Recoge la corteza.

Rachel se quedó unos pasos atrás.

—¿Quieres que lo haga?

—Sí.

—Pero no sé nada… de hierbas, de árboles. De curar.

Mama B rio desde el centro de su pecho, y el sonido vibró a través de la tierra que las rodeaba.

—No necesitas saber todo eso. Puedes ayudar igual.

La calidez de la risa de Mama B tomó desprevenida a Rachel, traspasó sus defensas. ¿Y por qué no? ¿Qué daño podía hacerle? Su miedo a la *obeah*, la brujería africana, aún proyectaba una sombra, pero Rachel se deshizo de ella y tomó la bolsa de Mama B.

Incluso bajo la sombra de las copas de los árboles, la constelación de gotas de rocío en el tronco brillaba. Al apoyar una mano en él, Rachel pudo sentir su edad: cientos de años de crecimiento retorcidos en la madera áspera, en espiral hacia el cielo. La invadió una sensación de reverencia al estar frente a algo tan antiguo. El árbol era anterior incluso a los antepasados más lejanos de Rachel, y seguiría existiendo mucho después de que ella muriera. Encontró una grieta, desprendió una pequeña tira de corteza y la echó en la bolsa. Luego, casi sin pensar, recorrió el trozo desnudo de tronco verde amarillento que había dejado atrás. La herida estaba limpia; no goteaba savia. Exhaló, satisfecha. El árbol no sufriría por lo que ella le había arrancado.

Mama B le sonreía.

—¿Lo ves? No necesitas saberlo. Lo sientes.

—¿Qué?

—La conexión entre todas las cosas. Que no solo podemos tomar; también debemos dar. —Mama B también tocó el lugar del árbol que había quedado sin corteza—. Toda curación empieza por ahí.

Siguieron recolectando por el bosque. Mama B estaba más comunicativa ahora, se ponía en cuclillas y señalaba a Rachel los pequeños brotes que asomaban de la tierra, o arrancaba frutas y flores y se las ponía en las manos, diciéndole que se fijara en su color, forma o tamaño. Llenaron la bolsa de raíces, pétalos y hojas hasta que Mama B quedó satisfecha.

—Tenemos que volver —dijo—. Puede que al niño no le quede mucho tiempo.

Dentro de la casa, Rachel olió la enfermedad en el aire pálido. El niño estaba tumbado en una estera en un rincón, con los ojos cerrados y la piel brillante de sudor. Rachel lo miró y apartó la vista. Tenía el mismo brillo febril que Samuel y Kitty cuando se le escurrieron hacia la muerte, la misma respiración entrecortada. Le recordó todo lo que había perdido.

Mama B tomó el mortero de madera y se sentó a la mesa. A su lado, Rachel vació la bolsa con todas las cosas que habían recogido en el bosque. Un grupo de gente las rodeó. Rachel distinguió a la madre del niño por la cara surcada de lágrimas, y verla le provocó un nudo en la garganta. Era la mujer pequeña y frágil de antes, la que había visto en la cara de Rachel un eco de los rasgos de Mary Grace, y que ahora estaba a punto de perder a su propio hijo.

Mama B tomó una flor con el centro de color rojo brillante y pétalos que se desvanecían en un suave rosa en los bordes. Empezó a molerla en el mortero. Su fragancia dulce no tardó en convertirse en unos vapores nauseabundos que se atascaron en la garganta de Rachel. Después, Mama B añadió puñados de las otras hierbas que habían recogido, lo que atenuó el aroma de la flor con un olor más terroso, como a madera recién cortada. Por último, agregó un puñado de bayas que reventaron bajo el mortero y cuyo jugo oscuro corría como venas por la mezcla.

Mama B se inclinó sobre el cuenco. Las fosas nasales se le dilataron al respirar hondo, con los ojos cerrados. Murmuró algo en voz baja, en un idioma que Rachel no entendía, pero la frase tenía una familiaridad cálida, como la cara de una amiga casi olvidada.

Por la ventana se filtró una brisa fresca que atravesó el aire viciado de enfermedad de la habitación. Mama B se incorporó.

—Ya está. —Miró a Rachel—. Trae la corteza.

Mama B se arrodilló junto al niño, cuyos ojos se abrieron al sentir que se acercaba. El chico desencadenó en Rachel un torrente de recuerdos que ya no pudo contener. Vio a Micah en la curva de las cejas, a Mercy en las uñas de las manos pequeñas y a Samuel en la forma en que las costillas subían y bajaban. Los vio a todos. El tiempo se dobló hacia atrás sobre sí mismo y, de pronto, no importó que los ojos del chico no tuvieran la mirada vidriosa y vacía de los moribundos, ni que sus labios siguieran llenando los pulmones de aire con avidez. El ciclo estaba condenado a repetirse, una y otra vez. La enfermedad y la muerte. Las lágrimas aguijonearon los ojos de Rachel. La única certeza era la pérdida. Nada iba a cambiar.

Un toque en el brazo sacó a Rachel de sus recuerdos y la devolvió a la casa de Mama B. La madre del chico estaba a su lado, apretando en la mano la tira de corteza. El dolor del pasado aflojó su garra sobre Rachel, y el niño dejó de parecerse a los suyos. Era el hijo de otra, y su futuro aún no estaba decidido.

Rachel tomó la corteza y dedicó una pequeña sonrisa a la madre del chico. A la joven le temblaban los labios, pero sus ojos brillaban de esperanza: la esperanza de que Mama B tuviera la cura, pero también la esperanza de que Rachel pudiera ayudarla. Movida por esta confianza, Rachel se arrodilló junto a Mama B.

—¿Qué puedo hacer?

Mama B le indicó a Rachel que pusiera la corteza sobre la frente del niño. La anciana introdujo el dedo de Rachel en la mezcla de hierbas y después le hizo trazar una línea sobre el labio superior y otra en medio del pecho del chico. Por último, Mama B le vertió el resto de la mezcla en la boca. El niño tuvo una ligera arcada al notar el sabor, pero no se resistió. Mama B le apoyó una mano en el hombro, con una expresión tan tierna y llena de amor que Rachel sintió que debía apartar la mirada: era un momento demasiado íntimo como para compartirlo.

—Duerme —susurró Mama B.

El pequeño cerró los ojos. La habitación permaneció en silencio mientras su respiración entrecortada se ralentizaba. Mama B no se movió hasta un rato después de que se quedara dormido. Primero tocó a Rachel, en señal de agradecimiento; luego, se levantó y abrazó a la joven madre del niño. Los que se habían reunido para mirar empezaron a dispersarse; se fueron a trabajar o a las otras habitaciones. Algunos rezaron en voz baja; un hombre se persignó y miró al techo. Rachel también levantó la mirada y pidió en silencio que el niño viviera, aunque hacía años que había perdido la fe en la oración. Algo en aquel momento, en la inocencia del rostro del chico, reavivó una pequeña chispa de su fe.

Durante el resto del día, todos se movieron lentamente y hablaron en voz baja. Esperaron. El niño dormía. Rachel tomó una de las bayas de color negro azulado que Mama B no había mezclado en la medicina y la hizo rodar entre el pulgar y el índice, con cuidado de que no reventara.

4

EL NIÑO SOBREVIVIÓ. TRAS UN DÍA DE SUEÑO FEBRIL, SE despertó con una sonrisa que resquebrajó la costra que la mezcla de hierbas secas había formado en sus labios. Todos los presentes en la casa se permitieron un breve momento de celebración: aferrarse del brazo de otro o levantar los ojos hacia el cielo en señal de agradecimiento. La madre del niño lo abrazó y lloró entre los rizos oscuros de su cabeza. Al verlos, Rachel sintió que se quitaba un peso de encima. La rueda se había roto. La marea interminable de estaciones dedicadas a plantar, cosechar y volver a plantar... el ciclo de la vida dura y la muerte temprana... habían perdido su poder. No había nada inevitable en la supervivencia del niño, pero tampoco había nada imposible. Las cosas no estaban tan preestablecidas como parecían.

Rachel y Mama B partieron hacia Bridgetown. Al salir de los límites de la vieja plantación de tabaco, el pequeño santuario de Mama B, Rachel se sintió inquieta. El camino a Bridgetown la llevaría de vuelta a Providence. ¿La estarían buscando? ¿Habrían enviado a los perros a seguir su rastro? Pero, después, las sombras frescas del bosque la engulleron y no se sintió segura pero sí oculta. Protegida del calor del sol.

El sendero del bosque estaba cerca de los acantilados.

Rachel no alcanzaba a ver el mar, pero podía oírlo romper con suavidad contra las rocas. Mama B iba delante mientras se abrían paso entre la maleza. Hablaban poco, pero se sentían cómodas. La enfermedad del niño las había unido más. Rachel reconoció en la anciana una capacidad ilimitada de proporcionar amor que ella misma había sentido alguna vez, hacía mucho tiempo. Pero Mama B también tenía la dureza del acero, una fuerza silenciosa que Rachel admiraba. Tenía el temple de una superviviente pero también había ayudado a otros a sobrevivir. Para Rachel, que había intentado enseñarse a sí misma a amar menos, a ayudar menos, a cerrarse a los demás, esta supervivencia expansiva le daba esperanzas. Había otro camino.

Se adentraron aún más y, todavía al abrigo de los árboles, se dirigieron a las colinas. El sendero empezó a ensancharse; habían cortado las ramas para facilitar el paso de la gente, y a ambos lados los árboles crecían unos dentro de otros, entrelazados, para formar una barrera sobre el camino. A medida que el bosque retrocedía, el miedo de Rachel aumentaba. Ahora caminaban bajo una franja de luz solar y Rachel seguía viendo movimiento entre los árboles o escuchando el susurro de las hojas. Por un momento se imaginó que su antiguo amo salía de las sombras. Respiró de manera entrecortada y temblorosa, tratando de calmarse, tratando de librarse de la sensación de ser observada. Los únicos ojos que las miraban eran los de un solitario gavilán caracolero, que anidaba en las ramas del borde del camino y torcía la cabeza para mirarlas cuando pasaban.

Rachel y Mama B llegaron a la cima de una colina y, de pronto, todos los árboles desaparecieron. Bajo ellas, los campos de caña de azúcar se extendían como una erupción por el paisaje llano. Toda la tierra había sido forzada a someterse y a producir La caña era el dominio de los blancos sobre la isla. La vista de las plantaciones asustó a Rachel.

—¿Y si nos ven? —susurró.

—Esta es la ruta más rápida a Bridgetown. Si quieres llegar, tendrás que recorrer este camino y correr el riesgo.

Mientras Rachel contemplaba los cañaverales imaginando a los hombres blancos que bajaban a caballo para arrastrarla con una cuerda de vuelta a Providence, surgió algo más en su interior. Una especie de anhelo se mezcló con el miedo, tirando de su corazón, arrastrándola de regreso a su antigua plantación. De vuelta a lo conocido y al suelo que albergaba los cuerpos de Samuel, Kitty y el niño que había nacido muerto. Había certeza en sus huesos, a diferencia de lo desconocido que las esperaba. Un dolor lleno de cansancio se apoderó de ella. Volvió a sentir su antigua pequeñez, la sensación de que no era nada, de que no tenía nada, excepto los cuerpos sepultados de sus hijos muertos. Todas las demás cosas que había perdido las había perdido para siempre.

Rachel volvió la cabeza. Mama B la miraba, sin impaciencia ni expectación. Ya no había ninguna orden; Rachel sabía que, si le pedía que retrocedieran, lo harían. Y, sin embargo, algo en el rostro de Mama B, inamovible como una roca, pero esculpido con bondad, dio a Rachel la fuerza que necesitaba. Inspiró, sintiendo cómo se le ensanchaba el pecho. Dio un paso, y luego otro, hasta que volvieron a caminar.

Bajaron por la ladera desierta y siguieron el camino entre las plantaciones. A ambos lados, grandes casas vigilaban a los trabajadores de los campos. Había poca sombra y el sol de la mañana quemaba con saña. Eran lugares hechos para la vigilancia, y Rachel se sintió observada. Mantenía la cabeza baja y las manos sobre el pecho, haciéndose tan pequeña como podía.

Los que ya no eran esclavos cuidaban las cañas. Rachel observó a un hombre que caminaba con un cubo en la cabeza; estaba lo suficientemente cerca para que el olor a estiércol fresco llegara hasta el camino y le provocase arcadas. Ella conocía ese olor. Sabía lo que se sentía al caminar por los campos con excrementos en la cabeza.

Algunos de los trabajadores miraron a su paso, con los ojos vidriosos por el cansancio. La mayoría no levantó la vista. Había tantos campos y tantos rostros que todos empezaban a confundirse. La sacudida de terror cada vez que Rachel veía que alguien miraba en su dirección se desvanecía en un zumbido de fondo de pavor silencioso. Casi se sintió resignada a aceptar su destino. Si la veía alguien que la conociera, que gritase que era una fugitiva, que así fuera. Estaría muerta. Hasta entonces, lo único que podía hacer era andar y andar, con la mirada fija en el camino, dejando que las escenas idénticas pasaran por la periferia de su campo visual.

Casi a mediodía, con el calor del sol implacable, Mama B aminoró el paso. Rachel tenía la boca seca y la cabeza le latía con fuerza. La isla parecía inmensa: infinitas hileras de cañas y un muro de cielo azul y despejado.

—Debemos descansar —dijo Mama B.

Rachel miró el camino. También era interminable, apretujado entre los campos y el cielo, y se estrechaba hasta convertirse en una mancha a lo lejos.

—¿Cuánto falta para llegar a Bridgetown?

Mama B entrecerró los ojos.

—Tres horas, más o menos. Pero iremos más rápido si nos resguardamos un rato del sol.

Mama B se alejó del camino en dirección al campo más cercano. Sin respetar los límites de la plantación, se deslizó bajo la delgada valla. Rachel esperó el grito de un capataz o de un supervisor, pero no llegó ninguno. Los trabajadores no prestaron atención a Mama B, que continuó bordeando el campo en dirección a unos edificios de piedra que había en la otra punta. Fue necesario que la anciana se volviera e hiciera señas con la mano, impaciente, a Rachel para que la siguiera.

Cuando llegaron a los edificios, Mama B se sentó e hizo un gesto a Rachel para que la imitara. El sol estaba justo encima de ellas y tuvieron que acurrucarse con las rodillas contra el pecho para mantenerse a la sombra, pero se notaba que hacía más fresco, a pesar de que las rocas irradiaban sobre sus espaldas parte del calor que habían absorbido durante el día.

Mama B repartió algunas provisiones (puré de boniato, pescado en salazón y plátano) y comieron en silencio. Estar de vuelta en una plantación, aunque fuera tan lejos de Providence, paralizaba de miedo a Rachel. Tenía la mandíbula, los hombros y el cuello rígidos y no dejaba de mirar a su alrededor en busca de cualquier indicio de problemas. Vio que un hombre interrumpía el trabajo en el campo y se apoyaba en su rastrillo, para mirar hacia donde estaba ella. Rachel bajó rápidamente la mirada, pues temía encontrarse con la de él. Cuando se atrevió a levantar la vista de nuevo, él ya estaba a medio camino hacia ellas.

Avanzaba lentamente. Con miradas furtivas, Rachel se dio cuenta de que renqueaba. Desde lejos, la estatura y corpulencia del hombre le habían hecho suponer que era joven, pero al verlo acercarse reparó en su error. Era al menos diez años mayor que ella, si no más. La carne se había marchitado en su cuerpo macizo, dejando tras de sí una piel flácida, pero la edad lo hacía aún más imponente, como si la fuerza se hubiera asentado en sus huesos y ya no necesitara músculos. A pesar de tener un tobillo hinchado, parecía poderoso. Una larga cicatriz le recorría el lado izquierdo de la cara y le atravesaba un ojo de color blanco lechoso. Se detuvo a unos metros de Rachel y Mama B, y su ojo derecho las miró con gesto astuto.

—Bathsheba.

Mama B levantó la vista de su comida.

—Tamerlane.

El hombre esbozó una sonrisa y la cicatriz se curvó hacia la oreja. Riendo, Mama B se levantó de un salto y se abrazaron.

—Rachel. —Mama B soltó al hombre y se volvió hacia ella—. Este es Tamerlane, mi hermano.

A pesar de que tenían la piel muy diferente —la de Mama B, lisa, y la de Tamerlane, muy marcada—, cuando se pusieron uno junto al otro, Rachel notó cuánto se parecían.

—Hola, Rachel —dijo Tamerlane—. ¿Qué os trae a ti y a mi hermana por aquí?

Rachel se obligó a concentrarse en el ojo bueno, y no en el izquierdo, que se movía en su cuenca.

—Vamos a Bridgetown.

En la pausa que siguió, Mama B no dio más detalles y Tamerlane no preguntó. Rachel se alegró. Se sentó con las rodillas pegadas al pecho para protegerse. Tamerlane no le inspiraba desconfianza, pero la idea de hablar de su búsqueda en voz alta, de nombrar el verdadero propósito de su viaje, le daba escalofríos. Tenía miedo de que la capturasen, de fracasar o incluso de que la juzgaran por no haber sido lo suficientemente valiente como para emprender la búsqueda antes.

Mama B rozó el brazo de Tamerlane con ternura.

—Ven. Siéntate.

Se unió a ellas en la delgada franja de sombra. Mama B y Tamerlane se sentaron con los cuerpos casi tocándose. A pesar del nudo de ansiedad que aún tenía en el estómago, Rachel se sintió fascinada por su proximidad. Se permitió estirar una de las piernas, que el tobillo y la pantorrilla se deslizaran bajo la luz del sol, aunque mantuvo la otra pegada a ella como un escudo.

—Crecimos juntos —dijo Mama B. Se dirigía a Rachel, pero también, en parte, al mundo. Como si tuviera que hablar para fijar esa verdad en el tiempo, para defenderla de que algún hombre blanco volviera y le robara a Tamerlane—. En una plantación en las afueras de Bridgetown.

Tamerlane retomó el hilo de su historia y continuó.

—Éramos muchos en los viejos tiempos. Toda la plantación hablaba de la fuerza de nuestra madre, que le daba al amo muchos niños para trabajar en el campo.

Rachel no dijo nada, pero enderezó la espalda y se inclinó hacia delante. Sintió curiosidad. Quería escuchar.

—Éramos tan felices como podíamos —continuó Mama B—. Pero un año, la cosa se puso fea.

—Sí —dijo Tamerlane—. El amo tenía deudas.

—Y decidió vender a dos de nuestros hermanos.

Las frases de uno fluían en las de la otra y coincidían en cadencia y tono, como si salieran de una sola boca.

—La pérdida de Ishmael y James mató a nuestra madre —continuó Mama B—. Nosotros habíamos perdido hermanos y hermanas por enfermedad.

—Pero estos eran hijos que habían vivido con ella durante veinte años… fue demasiado para ella.

—Murió de pena. Y lo peor estaba por venir.

—Unos meses después, el amo sacó a nuestro hermano Sansón de su casa y lo golpeó. Dijo que tramaba una rebelión parar vengar a nuestra madre y a nuestros hermanos.

—Arrestaron a Sansón y lo ejecutaron por sus crímenes.

El ritmo se ralentizó hasta volverse fúnebre. Cada sílaba retumbaba como un tambor. Relataban la historia con aire experimentado: no era la primera vez que la contaban. Y, sin embargo, Rachel percibía la aspereza de su dolor, que no podía suavizarse con la narración.

—Después de aquello, el amo juró vendernos a todos —dijo Mama B—. No quería más problemas con nosotros.

—Me trajeron directamente aquí. —Tamerlane señaló los campos que los rodeaban—. Y aquí estoy desde entonces.

—Yo empecé en Bridgetown —dijo Mama B—. Cuando ese amo murió, me vendieron de nuevo al norte. Perdí la esperanza de volver a ver a mi familia.

Se quedaron en silencio. Rachel, atraída por la historia, no pudo soportar la pausa.

—¿Qué pasó después? ¿Cómo os reencontrasteis?

Hermano y hermana intercambiaron una sonrisa.

—Fue hace unos tres años —dijo Tamerlane—. Estaba trabajando en estos campos y vi a dos personas que andaban por el camino principal. El sol me daba en los ojos, pero sabía que era Bathsheba por la forma en que caminaba. —Se rio entre dientes—. A veces la llamamos "ama", porque camina muy alta y orgullosa. Estaba a punto de correr hacia ella, pero con el capataz vigilando, no me atreví. Pasó de largo y no me vio, y estaba seguro de que no volvería a verla. No sabía de dónde venía ni adónde iba. Creo que lo único que conseguí fue una mirada. Una mirada por todos los años que llevaba rezando.

—Tamerlane nos vio a mí y al amo de camino a Bridgetown —dijo Mama B—. El amo tenía negocios en la ciudad. Íbamos a quedarnos una semana, pero el amo se enteró de que su mujer estaba enferma. Alquiló un caballo y me dijo que volviera andando.

—Esa vez tuvimos suerte. Cuando ella pasó, el capataz estaba dentro, y el vigilante más cercano, en el otro extremo del campo. Yo seguía vigilando el camino todos los días, aunque intentaba no tener esperanzas. Cuando la vi, corrí hacia ella y la llamé por su nombre.

Tamerlane y Mama B cerraron los ojos un momento, perdidos en el recuerdo de su reencuentro. En sus caras se reflejaba la alegría del momento, mezclada con el sabor agridulce de todos los años que habían perdido.

—Desde aquel día, vengo aquí siempre que puedo —dijo Mama B.

Tamerlane apoyó la mano sobre la de su hermana. Entre las dos ardía, más fuerte que el sol del mediodía, el calor de un vínculo que ningún amo había podido romper.

Tamerlane se puso en pie, apoyando su peso en el hombro de Mama B para no dañarse el tobillo.

—Tengo que trabajar. —Fijó el ojo bueno en Rachel y asintió—. Cuídate, Rachel. —Luego, volviéndose hacia su hermana, dijo—: Te buscaré a la vuelta.

—Sí, volveré a verte. —Mama B saboreó la certeza de sus palabras.

Mientras Tamerlane se adentraba en los campos, Mama B miró a Rachel. Por el brillo en los ojos de la anciana, Rachel supo que el efecto de la historia había sido intencionado. La calidez que sintió, la sensación de que lo imposible podía hacerse posible, de que el daño, una vez hecho, podía deshacerse, todo eso lo había planeado Mama B. Rachel estaba agradecida por ello.

Cuando las dos mujeres se levantaron para reanudar su camino, Rachel mantuvo la cabeza baja, y el miedo no dejó de palpitar justo debajo de su piel. Aun así, podrían seguirlas. Aun así, podrían encontrarla. Sin embargo, sus pasos se volvieron un poco más largos. Barbados ya no parecía interminable. A cada paso, daba la impresión de que Bridgetown se acercaba en el horizonte y, con él, Mary Grace.

5

EL CAMINO SE LLENÓ DE GENTE. LAS MUJERES LLEVABAN cestas en la cabeza y en las caderas, y los hombres pastoreaban burros y cerdos con palos. Los caballos trotaban, imperiosos, entre la multitud, llevando a soldados con flamantes abrigos rojos. Bajo el sol del atardecer, todos proyectaban largas sombras. El aire se espesó con el olor del sudor y el estiércol, que se superponía a la dulzura de la fruta madura. Los edificios parecían surgir de la tierra. Pequeñas chozas al principio, iguales que las de las plantaciones, pero cada vez más altas y grandiosas a medida que avanzaban.

—Esto es Bridgetown —dijo Mama B.

Rachel no dijo nada. Siempre había pensado que las plantaciones eran una prueba del poder del hombre blanco sobre la naturaleza, de su capacidad para cercar la tierra y sacar de ella lo que deseaba. Pero Bridgetown era el verdadero monumento al hombre blanco. Ahí no crecía nada. Al mirar a su alrededor, solo veía personas y las casas que habían construido.

La ciudad no estaba diseñada para esconderse, como las plantaciones. La gente entraba y salía por las calles laterales y se agazapaba en los portales. Pero Rachel no podía evitar sentirse observada. Un hombre blanco a caballo le clavó la mirada durante un instante demasiado largo, y ella estuvo a punto de desmayarse, mareada por la idea de que él supiera que ella estaba fuera de lugar, que era una fugitiva, de que estuviera a punto de saltar de su caballo y aferrarla por las muñecas y arrastrarla de vuelta por donde habían venido. Pero el hombre apartó la mirada y siguieron caminando.

—Hablé con Artemisa antes de irnos —dijo Mama B. Artemisa era la madre del niño enfermo, la que había visto a Mary Grace hacía tantos años—. Dice que vio a tu hija en el mercado. Estaba sola, pero vestía elegante. Así que lo más probable es que sea esclava en alguna casa.

Rachel ya no podía ver la imagen de su hija. Ya no sentía que Mary Grace estuviera cerca. Por todas partes había calles llenas de casas, en cualquiera de las cuales podría estar su hija, y la magnitud de la tarea la mareaba.

Distraída, casi chocó con un carro que se había detenido delante de ellas. Mama B le puso una mano en la espalda para que lo rodeara.

—Bridgetown no es tan grande —dijo Mama B—. No te preocupes. La encontraremos.

Mama B la guio por una calle lateral. Era tranquila y, una vez lejos de la multitud, Rachel respiró un poco más calmada. Intentó aferrarse a lo que había sentido después de ver a Mama B y a Tamerlane juntos y de escuchar su historia. A fuerza de voluntad, impidió que se esfumara lo que le quedaba de esperanza.

Mama B fruncía el ceño frente a las puertas de las casas por las que pasaban. De repente una se abrió y una mujer salió de ella. Rachel no pudo evitar quedarse mirándola. Nunca había visto a una mujer tan morena vestida con tanta elegancia: llevaba un vestido de seda azul pálido, con una faja de cinta roja alrededor de la cintura.

—Disculpe —le dijo Mama B—. ¿Dónde vive Hope, sabe?

La mujer adoptó un gesto altanero que se atenuó porque tuvo que levantar la vista para mirar a Mama B.

—¿Quién pregunta?

—Bathsheba. Conozco a Hope del norte.

La mujer bajó la barbilla.

—¿Usted es Mama B? Hope la ha mencionado. —Señaló la casa de enfrente—. Vive ahí.

La puerta principal las condujo a un vestíbulo estrecho. Una mujer blanca y robusta, apoyada en un escritorio de madera, se enderezó cuando entraron. Rachel bajó la vista por instinto, pero Mama B se mantuvo erguida.

—¿Puedo ayudaros? —La mujer blanca tenía voz nasal y fríos ojos verdes.

—Queremos ver a la señorita Hope —dijo Mama B.

—Ha salido.

—¿Volverá pronto?

—Tal vez.

—Entonces, esperaremos.

Se miraron fijamente. Al cabo de un rato, la mujer blanca se encogió de hombros y volvió a apoyar el pecho sobre el escritorio, abriendo un periódico para indicarles que ya no merecían su atención. Mama B se reclinó contra el empapelado raído y Rachel caminó de un lado a otro por el pasillo.

Esperaron.

La puerta principal no tardó en abrirse de nuevo. La mujer que apareció en el umbral se volvió y saludó a alguien que estaba fuera. Rachel vio el destello de los botones de latón del abrigo de un soldado antes de que se cerrara la puerta.

La joven se contoneó por el pasillo hacia ellas. Tenía una belleza arrebatadora. Su piel era color negro alquitrán como la noche, tan oscura que absorbía la luz que la rodeaba, y ensombrecía todo lo que veía a su paso. Cada línea de su cuerpo era suave, desde la curva de sus fosas nasales hasta la protuberancia delicada de la clavícula bajo el cuello largo y grácil. Llevaba un vestido verde esmeralda oscuro, con un escote que dejaba los hombros al descubierto.

Mama B se adelantó con una sonrisa.

—Hope —dijo.

Hope ahogó un grito al reconocerla. Las dos mujeres se abrazaron. Hope era bastante más baja que Mama B y, sin embargo, era la única a la que Rachel veía. Mama B era tan solo el marco que los ojos de Rachel esquivaban, desesperados, en busca de la imagen del cuadro.

La mujer que había detrás del escritorio carraspeó. Hope se separó de Mama B; se metió la mano en el escote, sacó dos monedas de plata y las dejó caer en la palma extendida de la mujer blanca, que, satisfecha, siguió hojeando el periódico. Hope se volvió hacia Mama B.

—Qué alegría verte. —Hope había introducido en su voz un acento más ligero y refinado. La tonada campesina persistía, pero el efecto era más encantador que chocante. Los diferentes tonos armonizaban al mezclarse—. ¿Y quién es tu amiga?

—Ella es Rachel —respondió Mama B—. Ha venido conmigo desde el norte.

—Encantada de conocerte, Rachel. —Hope le sonrió; la calidez de la joven era contagiosa. Rachel sintió que se le relajaban los hombros.

—Vamos. Debéis de estar cansadas del viaje. Subid a mi habitación.

La habitación de Hope era pequeña y estaba amueblada con sencillez. Algunos toques de lujo le daban carácter: un cubrecama de encaje blanco, una alfombra estampada en el suelo y un vestido rojo colgado en la parte delantera del armario. Hope tomó dos taburetes y los colocó junto a la cama, para crear un círculo estrecho y cálido para las tres.

—Venid, sentaos.

Hope hizo que Mama B se sentara en la cama y eligió un taburete para ella. Rachel se sentó en el otro, tan cerca de Hope que sus piernas se rozaban.

Mama B parecía dispuesta a hablar, pero Hope se volvió a toda prisa.

—Bueno, Rachel, ¿te ha explicado Mama B cómo nos conocimos?

Rachel negó con la cabeza y Hope se inclinó hacia delante. Rachel la imitó y ambas cabezas se acercaron.

—Hace dos años, me escapé de mi plantación. Fui hacia el norte hasta llegar al mar. No tenía comida ni dinero, ni ningún plan, excepto la vaga idea de que podía ahogarme. —Hope se rio y juntó las manos, y Rachel se descubrió sonriendo antes de alcanzar una comprensión cabal de lo crípticas que eran las palabras de la joven—. Por suerte, Mama B me encontró. Me ayudó a esconderme hasta que pudo llevarme ella misma a Bridgetown. —Hope extendió los brazos—. Y ahora, ¡aquí estoy!

Mama B miró a Hope con ojos penetrantes.

—Supe que tuviste problemas.

La cara de Hope mostró varias expresiones diferentes, demasiado rápido para que Rachel pudiera identificarlas, y por fin compuso una de agradable sorpresa. Volvió a reírse.

—¿Yo? ¿Problemas? Claro que no.

—Supe que estuviste en la cárcel.

Hope miró a un lado y a otro, buscando una escapatoria. Se conformó con esbozar una sonrisa que era casi una mueca.

—Oh, ese viejo asunto. Bueno, ahora estoy bien.

—Hope.

Hope comenzó a juguetear con la manga derecha, frotando la tela lentamente entre el índice y el pulgar.

—En realidad, no fue nada. —Desvió la mirada mientras hablaba—. Me metí en una pelea. Un hombre intentó hacerme daño, pero no se lo iba a permitir.

Volvió a mirar a Mama B. Los contornos suaves de su cuerpo se habían endurecido como el granito.

—Era blanco, de modo que sí, estuve en la cárcel un tiempo.

Las tres mujeres se quedaron en silencio. Hope mantuvo la cabeza alta.

—Bueno —dijo Mama B—. Al menos estás bien. Me había preocupado.

Hope se rio y la dureza que se había apoderado de ella desapareció.

—No tienes por qué preocuparte por mí, Mamá. Puedo cuidarme sola. Pero Rachel... —Se volvió en el taburete, y cambió de tema con habilidad—. ¿Por qué has viajado a Bridgetown?

Más que la energía desbordante de Hope, su repentino destello de acero había derribado las defensas de Rachel. Estaba frente a otra mujer que navegaba por el mundo lo mejor que podía. Rachel pensó que, por muy joven que fuera, Hope entendería su búsqueda.

—Busco a mi hija.

—¿Está en Bridgetown? ¿La conozco?

—Se llama Mary Grace. —Las palabras sonaron extrañas en la boca de Rachel. La idea de su hija aún era como un sueño, y algo en Hope hacía que le pareciera inapropiado hablarle de sueños. Era demasiado sólida y hermosa.

Hope frunció el ceño.

—No conozco a ninguna Mary Grace.

—Vamos a buscarla —dijo Mama B—. Vamos a buscarla en el mercado. A preguntar a la gente. ¿Crees que podríamos quedarnos aquí mientras buscamos?

—¡Por supuesto! Haré lo que sea necesario para ayudar.

Rachel intentó protestar, pero tanto Hope como Mama B la hicieron callar.

—Es lo menos que puedo hacer —dijo Hope.

Rachel bajó la vista. Todavía le costaba compartir los preciosos recuerdos que tenía de sus hijos. Pero, sobre todo, sintió alivio. Si existía en el pensamiento de las tres, parecía que Mary Grace estaba más cerca. Mama B y Hope ayudarían a completar los contornos borrosos hasta que su hija se hiciera realidad.

Una voz procedente del piso de abajo se coló por las grietas del suelo.

—¡Hope!

Hope suspiró.

—Tengo que irme. —Se levantó y se alisó la falda—. Pero, por favor, sentíos como en casa. Volveré pronto.

Se dirigió a la puerta y se detuvo para mirar de nuevo a Rachel. Los ojos de Hope eran tan intensos que Rachel sintió que se le subía el calor a las mejillas.

—Mary Grace —dijo Hope lentamente—. Estaré atenta. Por si acaso.

Con la cara de Rachel grabada en la memoria, Hope se marchó.

Rachel se acercó a la ventana. Un hombre blanco de traje oscuro estaba de pie en medio de la calle. Rachel vio que Hope salía, le daba un beso en la mejilla y lo tomaba del brazo. Juntos, se alejaron por la calle, y los ojos de Rachel los siguieron hasta que se perdieron de vista.

6

Rachel y Mama B durmieron en el suelo, y Hope insistió en que usaran un vestido como almohada.

—¡Oh, esa cosa vieja! —dijo—. Ya no me lo pongo.

Rachel creyó ver manchas de sangre alrededor del cuello, pero era difícil asegurarlo porque la tela azul era muy oscura.

Al día siguiente, Mama B intentó enseñar a Rachel a orientarse por el desconcertante entramado de calles. Señaló las agujas gemelas de St. Michael y St. Mary, que sobresalían hacia el cielo y servían de brújula desde cualquier punto de Bridgetown. Rachel hizo todo lo posible por memorizar la ciudad, pero estaba tan perdida como en el bosque, dolorosamente consciente de hallarse en un lugar desconocido.

Fueron a algunas de las casas más grandes de la parte occidental de la ciudad, donde esperaron fuera de las entradas de servicio hasta que las criadas o los criados que Mama B conocía salieran a hacer un recado. Todos se alegraron de ver a Mama B, todos lanzaron a Rachel miradas compasivas, pero nadie había visto ni oído hablar de una mujer llamada Mary Grace.

Durante el resto de la semana, se separaron para poder abarcar más terreno. Al principio, Rachel se sentía demasiado intimidada como para hablar con nadie, pero, después de unos días infructuosos, le pesó más el temor de que se hubieran equivocado y Mary Grace no estuviera en Bridgetown, y perdió la timidez. Asía a las personas por el brazo en la calle y preguntaba: "¿Conoce a mi hija Mary Grace? Es muda", confiando en que la desesperación de su voz las animara a escarbar en sus recuerdos en busca de una respuesta.

Su vida empezó a parecerse a soñar despierta. Sentía como si el mundo no fuera sólido, como si Bridgetown cambiara constantemente. Sin Mama B, Rachel se perdía a menudo: creía reconocer un camino que la llevaba de vuelta a casa de Hope, pero ese camino no existía, o tenía la certeza de estar caminando hacia el muelle y terminaba la otra punta de la ciudad. Y la búsqueda tenía esa cualidad onírica de la uniformidad, como si nada de lo que hiciera la acercara a su objetivo.

Un día, Rachel llegó a casa exhausta y encontró a Hope sola delante del tocador, vestida con un camisón sencillo. Hope se veía agotada, pero cuando sonrió, la calidez volvió a su rostro.

—¿Alguna señal de ella? —preguntó.

Rachel negó con la cabeza.

—La encontrarás pronto. —Hope hablaba con tanta seriedad que era imposible no creer.

Rachel vio que Hope desenroscaba la tapa de un recipiente de plata y se aplicaba una pasta en el pelo; después, se peinó lentamente con un peine de marfil de dientes anchos. Rachel pensó en Cherry Jane: cuando era niña, las otras mujeres de Providence habían admirado sus rizos sueltos y declarado que tenía "buen pelo". Cherry Jane era hermosa, de eso no cabía duda, pero la idea de que los rizos apretados de Hope, que enmarcaban su rostro en un óvalo perfecto, fueran inferiores era absurda.

La mirada de Hope se encontró con la de Rachel en el espejo. Se rio.

—Mi pelo es una molestia.

—Es precioso.

—No lo soporto. Estoy tentada de cortármelo, como el tuyo. —Se volvió y le tendió el peine—. Toma. Puedes ayudarme a peinarlo si quieres.

Las manos de Rachel aún recordaban el movimiento, aunque hacía años que no pasaba un peine por el pelo de uno de sus hijos. Los gruesos mechones de Hope subían y bajaban como olas, y Rachel sintió una punzada en el pecho. Se obligó a respirar a través del dolor, del eco de todos los años de maternidad que le habían arrebatado. La pasta del recipiente olía a rosas.

Hope miraba a Rachel en el espejo. Por primera vez, Rachel vio pequeñas imperfecciones en la piel de ébano de Hope. Una pequeña cicatriz anidaba en su ceja derecha, y una fina línea, el fantasma de un ceño fruncido, le cruzaba la frente.

—¿Puedo preguntarte algo? —dijo Hope con voz débil.

Rachel asintió.

—¿Crees que Mama B lo desaprueba?

—¿Qué?

Hope señaló la habitación con un gesto.

—Esto. A mí.

Sin el tono risueño en la voz, Hope era frágil. Joven. Rachel se preguntó cuántos años tendría en realidad; no más de veinte, eso seguro.

—No —repuso Rachel con voz firme. Y no mentía. Cuando caminaban juntas por la calle, Mama B solía hablar de Hope. De cómo era cuando se conocieron: un manojo de energía en bruto, irascible, herida. Mama B sabía que no había forma de domarla, pero había hecho todo lo posible por orientar la terquedad de Hope hacia la vida en una época en la que solo quería destruirse a sí misma. Mama B hablaba con cariño a Rachel de lo bueno que era ver a Hope en pie. Por supuesto, seguía preocupada, pero Hope parecía más feliz. Si se metía en peleas, al menos era para defenderse. Tiempo atrás, no se habría resistido a un atacante. Se habría unido a él para que la magullara y le destrozara el cuerpo.

Hope bajó la vista a su regazo.

—No me encanta lo que hago —dijo—. A algunas chicas, sí. Dicen que las hace sentir poderosas ser tan deseables, que alguien pague por tenerte. —Las comisuras de los labios se le crisparon en una sonrisa irónica—. Las que dicen eso suelen ser las que nacieron libres. —Volvió a mirar a Rachel en el espejo—. Sabemos que los hombres blancos han pagado por tener a muchas de nosotras. Y por todo lo nuestro: todo lo que somos y todo lo que hacemos. No creo que el dinero diga nada sobre el deseo. No quiero decir que odie lo que hago. Pero, sin duda, no me encanta. Simplemente lo hago. Se me da bien. Gano dinero y eso significa que no tengo que entregarme por completo. Los hombres pueden pagar para ser mis dueños durante un rato, pero la mayor parte del día me pertenece. —Se volvió y miró directamente a Rachel—. ¿Sabes lo que quiero decir?

Rachel asintió. Algo del fuego había vuelto a los ojos de Hope, y Rachel sabía que aquella joven feroz era lo bastante fuerte como para hacerse un lugar en el mundo. Intentó imaginar a un hombre deslizarse dentro de Hope y arrebatarle algo, pero era imposible.

Hope se volvió hacia el espejo. Rachel miró los reflejos de ambas, uno junto al otro. Comparada con la de Hope, su cara parecía áspera y angulosa. Muchos años de trabajo duro y sufrimiento silencioso se reflejaban en las líneas de su piel. Hope era sólida, los ojos le brillaban. Puestos el uno junto al otro, el reflejo de Rachel parecía desvaído respecto al de Hope.

—Estás segura de ti misma —observó Rachel—. Eso es bueno.

Hope se rio y así, sin más, el cansancio desapareció.

—¡Gracias! Me ha llevado mucho tiempo, pero ahora sé lo que valgo… y no lo mido en función de lo que los hombres pagan por mí.

Rachel siguió peinándola. Vio como sus dedos se deslizaban fácilmente por el pelo de Hope, como si los límites de su cuerpo fueran permeables. Hope ardía con la certeza de la juventud, de estar en el umbral de la edad adulta, de tener claro el camino que había que seguir, de que el mundo se acomodaría en consonancia. Rachel había vivido lo suficiente para ver como todas las certezas se desvanecían. Había partes de ella que estaban inacabadas, como las palabras que se recuerdan a medias de una plegaria a los dioses del otro lado del mar. Había partes de ella que estaban muertas y sepultadas en la vida de la plantación que había dejado atrás. Estaba dispersa, fragmentada, desgarrada.

Pero estaba bien. Admiraba la confianza de Hope en sí misma, pero de la misma manera en que admiraba las mansiones del centro de Bridgetown. Era algo sorprendente, pero ajeno, incluso daba un poco de miedo. A Rachel no le importaba que le faltaran la coraza y el claro sentido de sí misma que tenía Hope. Así había elegido sobrevivir: dejando que se le desprendieran pequeñas partes de sí misma sin oponer resistencia. Había tenido que ser así; de lo contrario, el dolor la habría matado.

—Yo también te admiro, Rachel —dijo Hope—. Buscas a tu hija. Eres muy valiente. —La luz de sus ojos titiló, pero no se desvaneció—. Tuve una hija, pero murió. No tenía ni un año. Justo antes de huir. —Sonrió, y frunció los labios para disimular la incomodidad de su voz.

Rachel pensó en lo que Mama B le había contado: en la salvaje Hope, destinada a la muerte, que intentaba arrojarse a las olas. Eso era lo que el dolor hacía a las corazas que no dejaban salir ni entrar nada.

Rachel volvió a mirar su reflejo. Unos ojos tranquilos y vigilantes le devolvieron la mirada. No había fuego en ellos, pero tenían su propia fuerza, suave y flexible.

7

EL CIELO ERA DE COLOR GRIS PIZARRA Y EL AIRE ESTABA cargado de humedad. Las calles de Bridgetown bullían, como de costumbre, pero carecían de vida. Rachel deambulaba con aire lánguido, no del todo perdida, pero sin tener claro de dónde venía ni adónde iba. De vez en cuando, una cara emergía de la multitud, inconfundible: era la de su hija, pero cuando Rachel se apresuraba a avanzar, se fundía en la cara de una desconocida.

Deambuló hacia el oeste, a lo largo del río Constitution y hacia la catedral de St. Michael. Se detuvo en algunas tiendas por el camino y describió a su hija, pero solo le respondieron miradas vacías. Esa era la ciudad a la que la gente iba a perderse; por algo Mama B llevaba allí a los fugitivos. Era fácil vivir en el anonimato. Mary Grace podía estar en cualquier parte.

La multitud menguaba en las calles estrechas que rodeaban la catedral. Los pasos y las voces resonaban entre los muros de piedra de los edificios apiñados. Rachel avanzaba despacio; era la última hora de la tarde, y estaba agotada tras un largo día de búsqueda. Dejó que su mirada se elevara hacia las nubes bajas brumosas que pasaban por sobre la aguja de la iglesia de St. Michael, con la mente en blanco, hueca como un coco sin pulpa.

Al mirar atrás, vio a un hombre que doblaba la esquina. Se fijó en su pelo anaranjado, que se agitaba entre un grupo de mujeres que chismorreaban juntas. El hombre apartó con brusquedad a dos de ellas y Rachel pudo verle la cara quemada por el sol y el ceño fruncido. El reconocimiento la golpeó y le rasgó la piel como el filo de un látigo.

Era uno de los capataces de Providence. Un hombre blanco, vestigio de su antigua vida.

Se detuvo, se tomó un momento para mirar a la cara a las mujeres a las que había apartado para pasar e intercambió groserías con ellas. Aunque estaba demasiado lejos como para poder oírlo, Rachel reparó, con una feroz claridad, en que él estaba buscaba el cruel contrario de lo que buscaba ella, su doble maligno, su reflejo agrietado y distorsionado en un espejo en ruinas.

La buscaba a ella.

Entre dos casas situadas a su derecha había un callejón estrecho, que no parecía conducir a ninguna parte y en el que se apilaban maderas podridas y otros desechos, cosas que la gente había olvidado. Rachel saltó hacia un lado y se metió entre la basura, decidida a desaparecer. Pudo interponer dos tablones entre su cuerpo y la calle, pero aún se sentía expuesta hasta extremos desesperantes, como si la madera y las paredes que la rodeaban fueran de cristal y ella estuviera atrapada, a plena vista del capataz, sin ningún lugar adonde huir.

Acercó el ojo a una rendija entre las maderas; solo alcanzaba a ver una mínima parte de la calle.

Trató de contar los latidos de su corazón, pero eran demasiado irregulares como para saber cuánto tiempo había permanecido allí, observando.

Pasaban siluetas. Aparecían en el campo visual de Rachel por un tiempo demasiado breve como para que pudiera identificarlas bien: hombre, mujer, viejo, joven, blanco y negro, todos eran destellos de brazos y piernas en movimiento. Se mantuvo en una postura tensa, preparada para huir, aunque no había más salida que el camino por el que había llegado.

Ningún destello rojo anunció el paso del capataz. Rachel aguzó el oído, pero no oyó su voz amarga, que había escuchado por última vez escupiendo veneno a una mujer de la primera cuadrilla en Providence, que había caído desmayada bajo el calor del sol del mediodía. Rachel trató de imaginarse la calle de la que había huido. ¿Había otros lugares por donde él podía haber doblado? ¿O acaso ya había pasado y ella no se había dado cuenta?

Le dolía la mandíbula de tanto apretarla. Se abrazó las rodillas, para hacerse tan pequeña como pudo.

Esperó.

El recuerdo de Atlas surgió de improviso: el hombre que había tratado de huir y lo había pagado con el rostro desfigurado... y con su vida. Obligó a ese recuerdo a retroceder.

No.

Pensar en su hija, que estaba en algún lugar de las sinuosas calles de Bridgetown, fortaleció su determinación. Empezó a relajar el cuerpo, lentamente.

El cielo gris se teñía de oscuro, poco a poco, a medida que la tarde se alejaba. Apareció un grupo de hombres y Rachel vio la oportunidad de ponerse a salvo. Salió de su escondite y pasó inadvertida entre ellos.

Mantuvo la cabeza inclinada e imitó el ritmo de sus pasos cansados: era una de tantos que regresaban de su jornada de trabajo. En medio de ellos, se dirigió al final de la calle. Echó un vistazo a su espalda. La calle estaba vacía. El capataz no aparecía por ninguna parte.

En la esquina, el grupo pasó junto a un hombre con un solo ojo y una sola pierna, que estaba sentado en el suelo, con la boca desdentada ligeramente entreabierta y la palma de la mano extendida, esperando la caridad de los desconocidos. Todos se apresuraban al pasar junto a él, con las caras tensas por el asco; todos, excepto Rachel. A pesar del peligro que corría, se quedó. Miró al hombre y él le devolvió la mirada.

—¿Ha pasado un hombre por aquí? —dijo. La primera vez la voz le salió como un susurro y tuvo que repetirlo.

—¿Qué clase de hombre? —preguntó el mendigo.

—Pelirrojo.

El mendigo suspiró.

—Ah, sí —dijo—. Ha pasado. Le oí decir algo sobre un fugitivo.

Rachel casi no podía respirar.

—¿Ha seguido a ese fugitivo hasta aquí?

El mendigo se encogió de hombros.

—No parece. Creo que sabe que la mayoría acaban aquí.

La miró con los ojos entornados, y Rachel sintió un escalofrío repentino al pensar que, aunque aquel mendigo tuviera la piel del mismo tono que la suya, eso no significaría nada si se ofreciera una jugosa recompensa por llevarla a ella de vuelta. Entonces el mendigo desenvolvió la fina manta gris que le cubría los hombros y se la tendió a Rachel.

—Toma —le dijo.

—¿Qué?

—Llévatela.

Rachel negó con la cabeza: no podía. No de alguien que tenía tan poco. Pero él se inclinó hacia delante y se la puso en las manos.

—Creo que vas a necesitarla. Llévatela.

El sonido de unos pasos detrás de ellos aceleró el corazón a Rachel. Se volvió, pero solo era una mujer blanca que volvía a su casa a toda prisa y no les dedicó ni una segunda mirada. Rachel se echó la manta sobre la cabeza y se cubrió lo mejor que pudo. El mendigo la saludó con la cabeza. Ella le devolvió el gesto y siguió adelante.

Empezó a llover. Todas las calles estaban húmedas y eran indistinguibles. Rachel tenía los nervios crispados por las visiones fantasmales de hombres pelirrojos a cada paso; la manta que le cubría la cabeza estaba empapada y la ropa se le pegaba a la piel. Para estar seca y tranquila, sabía que tenía que refugiarse.

Se metió en una tienda pequeña, pero bien arreglada. Flanqueando la puerta había dos maniquíes que mostraban vestidos adornados con encaje, no tan ornamentados y fruncidos como algunos de los que Rachel había visto en Bridgetown, pero de una belleza sutil. Detrás del mostrador, sedas y algodones de todos los colores se disputaban la atención. Un hombre atendía a las clientas, un grupo de mujeres, en su mayoría negras o mulatas. Desplegó una tela con un ademán exagerado, y Rachel captó algunas de las palabras que dijo mientras sostenía el material a la luz y describía como a una pintura el elegante vestido en que podría convertirse. Tenía piel oscura, pero vestía como un hombre blanco y la cadena de oro de un reloj de bolsillo le brillaba en el pecho.

—¿Puedo ayudarla?

Rachel se estremeció. Distraída por el hombre del mostrador, no se había dado cuenta de que había una mujer de pie detrás de uno de los maniquíes, con las manos cobrizas entrelazadas delante y apoyadas ligeramente en la falda. Su expresión no era desagradable: miraba a Rachel con el desinterés educado de quien pasa muchas horas al día atendiendo a desconocidos.

Avergonzada, Rachel apartó la mirada.

—Lo siento, he entrado porque está lloviendo.

La mujer sonrió con amabilidad.

—No la culpo. —Miró detrás de Rachel, donde la lluvia caía como una pesada cortina gris y apagaba los colores de la calle—. Envié a nuestra criada a hacer unos recados hace más de una hora; estará empapada cuando vuelva.

La mujer seguía mirando la lluvia, pensativa. No parecía tener prisa por dejar a Rachel y atender a sus clientas. Al final, Rachel sintió que debía hablar, aunque solo fuera para agradecer el amable intento de la mujer de darle conversación a alguien que, sin duda, había pasado la vida en el campo, no vestida de seda.

—¿Esta tienda es suya?

—Sí. —La mujer volvió los ojos castaños claros hacia Rachel—. Ese que está ahí es mi esposo. Yo misma confecciono todos los vestidos. Hace diez años que abrimos y nos ha ido bastante bien. Muchas de las mulatas más a la moda de Bridgetown compran aquí, e incluso algunas... —Se interrumpió, distraída por algo que vio por encima del hombro de Rachel—. Ah, aquí está, por fin.

Rachel se volvió.

Una mujer joven entraba por la puerta con una cesta de la compra en la mano. Tenía el pelo oscuro y húmedo pegado a la frente. Su mirada se desvió de la costurera a Rachel. La boca de labios descarnados por la falta de uso temblaba de asombro.

La cesta se le cayó al suelo.

Rachel y Mary Grace atravesaron los años que las habían separado. Se abrazaron y Mary Grace era como agua que se vertía en cada grieta de Rachel y la llenaba, saciando su sed. Entrelazaron los brazos y Mary Grace apoyó la cara húmeda en el hombro de Rachel. Lágrimas y gotas de lluvia corrieron por su piel. Abrazó a su hija. Le temblaban las rodillas, pero no se desplomó. Sentía la respiración de Mary Grace, lenta y constante. En el mundo no había más sonidos que el de ese aliento y el latido de sus corazones.

8

EL HOMBRE QUE ESTABA TRAS EL MOSTRADOR PERMANECió impasible mientras Rachel le explicaba desde dónde había llegado en busca de Mary Grace. La tienda estaba bastante ocupada, dijo en un tono llano que sugería que ansiaba volver con sus clientas. ¿Y si Rachel pudiera volver después de la hora de cierre y ver entonces a su hija?

Su mujer fue más amable. Se presentó como Elvira Armstrong, y a su esposo como Joseph. Dijo que estaba encantada de conocer a Rachel y, al parecer, lo decía en serio. También sugirió que Rachel y su hija se sentaran en su sala de costura, al fondo de la tienda, para no interponerse en los quehaceres de nadie.

—Deben de tener muchas cosas de las que hablar para ponerse al día —dijo.

—Aunque Eliza no habla —dijo su esposo—. Quizá ya lo sepa.

Rachel miró al hombre y, luego, a su hija.

—¿Quién?

La señora Armstrong frunció el ceño.

—Eliza. Así es como siempre la hemos llamado.

Mary Grace dejó de mirar al suelo. Rachel le levantó la barbilla con la mano.

—Mary Grace —dijo Rachel en voz tan alta que un

grupo de clientas que había junto a la puerta se volvió y se quedó mirando—. Se llama Mary Grace.

El rostro del señor Armstrong no mostró ni un atisbo de emoción, pero su esposa repitió el nombre con una sonrisa, dejando que el sonido profundo de las sílabas le llenara la boca. Los labios de Mary Grace temblaron y las lágrimas amenazaron con derramarse una vez más por sus ojos. Rachel se preguntó cuántos años hacía que su hija no oía su propio nombre.

La sala de costura de la señora Armstrong era pequeña y estaba iluminada por una única ventana alta. Parecía cálida, habitada, como si estuviera acostumbrada a albergar cuerpos en ella. Extendida sobre una mesa de trabajo había una tela lila, marcada y prendida con alfileres: un vestido a medio confeccionar.

Mary Grace sonreía, pero sin estirar mucho los labios. Los hombros caídos la hacían parecer más pequeña de lo que era. Rachel comprendió cómo había cambiado su hija con la edad. De niña, Mary Grace era delgada, de huesos prominentes y miembros extrañamente proporcionados. Ahora, su cuerpo era más armonioso y con más peso alrededor de las caderas. Verla así complacía a Rachel, pero también la inquietaba. Era el cuerpo de una mujer joven, no el de la niña que le habían arrebatado en Providence hacía tantos años. Eran, hechos carne, los años de la vida de Mary Grace que Rachel se había perdido.

Rachel esperó. En parte, tenía la esperanza de que Mary Grace hablara. Seguramente, después de todo lo que había pasado, tendría algo que decir. Pero Mary Grace no dijo nada y Rachel se quedó sin palabras. ¿Cómo podía empezar a describir las cicatrices de su corazón, que había llegado a creer que nunca sanarían, y cómo podía contar que la visión de Mary Grace, su olor, el tacto de su piel habían sanado lo que antes parecía roto sin remedio?

Al final, Rachel tomó las manos de Mary Grace entre las suyas y dijo:

—Te he encontrado.

Era la única forma que se le ocurría de expresar lo que sentía. La antítesis de la pérdida; una alegría y un alivio tan profundos como el dolor de la separación inicial. En el sonoro silencio que siguió a estas palabras, los ojos de Mary Grace volvieron a llenarse de lágrimas y Rachel supo que su hija comprendía.

La señora Armstrong entró primero en la sala de costura, seguida de su esposo. Sonreía.

—Debe de ser un placer reunirse con su hija —dijo—. ¿Cuánto tiempo ha pasado?

—Doce años —murmuró Rachel. Podía sentir cada día.

—Dios mío.

El rostro de la señora Armstrong era volátil: pasaba de la calidez a la curiosidad y a la preocupación en un instante. Junto a ella, la cara de su esposo casi no se movía.

—¿Qué planes tienen ahora? —preguntó el esposo.

Rachel no sabía qué responder. Un *plan* implicaba una secuencia estructurada de acontecimientos, ordenados por su propia voluntad. La búsqueda de sus hijos no era tanto un plan como un deseo. Algo insistente, pero sin forma, vago en los detalles.

—No lo sé.

La señora Armstrong miraba las manos de Rachel, que aún sostenía las de Mary Grace.

—¿Se quedará en Bridgetown?

En ese momento, mientras miraba a Mary Grace a los ojos, Rachel no podía imaginarse en otro lugar.

—Sí.

—¿Y tiene trabajo?

—No.

Algo turbó la cara de la señora Armstrong antes de que pudiera controlarlo, algo parecido al dolor.

—¿Le gustaría trabajar aquí?

—Elvira. —El señor Armstrong tocó la muñeca a su esposa.

—Joseph, tiene sentido. —Ella se encogió de hombros—. Hablamos de tener a Eliza... —Se interrumpió y miró a Rachel—. Dijimos que Mary Grace podría ayudarme a coser. Si lo hiciera, necesitaríamos a otra persona para hacer los recados.

El señor Armstrong permaneció callado, aunque Rachel notó el ligero movimiento de sus cejas, que le formaban una arruga en la frente, por lo demás, inmóvil.

—Así pues, está decidido —dijo la señora Armstrong. Su tono y la forma en que juntó las manos sugerían que era quien resolvía las cosas a menudo—. Rachel, vendrá a trabajar para nosotros.

Un plan. Un futuro que se le ofrecía, completamente formado, y que incluía a Mary Grace. ¿Qué podía hacer, sino aceptar?

Rachel accedió a quedarse una noche más con Hope, mientras la señora Armstrong hacía los preparativos para alojarla en la casa de Cheapside Street. Después de abrazar a su hija por última vez y estrecharla con fuerza para conservar su recuerdo hasta la mañana siguiente, Rachel se marchó.

Había dejado de llover y las nubes se habían disipado. El sol se ponía y sus rayos rozaban los techos de los edificios apiñados a lo largo de las calles. La iglesia de St. Mary, cuya silueta se recortaba en el cielo rojo, tenía un aspecto imponente y hermoso a la vez. Incluso a esas horas de la tarde, Bridgetown era un hervidero de trabajadores y de amantes y de matones borrachos. Por primera vez, a Rachel no le molestaban las multitudes ni el olor a sudor. Con la cabeza todavía envuelta en el abrazo de la manta del mendigo, podía moverse por las concurridas calles sintiéndose menos expuesta, menos vulnerable. Seguía sin perder de vista al capataz; no podía permitirse olvidar, ni siquiera por un segundo, que, en cualquier momento, la larga mano de Providence podría atraparla y llevarla de vuelta a la vida que ya había conocido. Pero a la suave luz del atardecer, Rachel no pudo evitar sentir el comienzo de la calma, un alivio del miedo que la había tenido atrapada toda la tarde. ¿Cómo podía traicionarla ahora la ciudad que le había dado a Mary Grace? Las sombras del anochecer la cubrían, y la masa de cuerpos era su escudo.

Rachel encontró a Mama B sola en la habitación de Hope. En cuanto le vio la cara, la anciana sonrió. Se levantó y extendió los brazos.

—La has encontrado.

Al ver que Mama B compartía su alegría, al igual que había compartido todo el viaje, Rachel se sintió abrumada por lo mucho que había hecho la anciana. Pensó en Hope y se preguntó cuánto tiempo habría aguantado ella misma, tras huir de Providence, antes de terminar en el mar, pensando en la muerte. No se habría arrojado violentamente al agua como Hope, pero, de todas maneras, la habría seducido la idea: podría haberse metido y haberse deslizado tranquilamente bajo las olas, y podría haber encontrado allí una especie de libertad. En lugar de eso, había encontrado a Mama B, y Mama B la había llevado hasta Mary Grace.

Rachel trató de expresar la intensidad de su gratitud apoyando las manos en los hombros de la anciana. Permanecieron así en silencio durante algún tiempo, antes de que Hope volviera y celebrase la noticia con gritos ahogados, risas y lágrimas, y la quietud del momento que habían compartido desapareciera.

Mama B se levantó temprano para regresar al norte. Ella y Hope se despidieron, pero Rachel se ofreció a acompañarla un rato. Le mintió y dijo que iban en la misma dirección, aunque la casa de los Armstrong estaba en la otra punta de la ciudad.

Rachel esperaba aprovechar el paseo para expresarse mejor que la noche anterior. Pero cuando empezó a decir "Mama B…", la anciana la interrumpió.

—No ha sido nada.

Rachel sintió que no tenía más remedio que aceptar la mentira.

Cuando llegaron a las afueras, Rachel ya no pudo fingir que seguía el mismo camino que Mama B. Las dos mujeres se detuvieron y se miraron.

—¿Sabes? Desde que era una niña, tengo un don. Puedo leer en una cara el dolor que siente alguien, pero también veo cuando hay esperanza. Veo las cosas que más se desean. Incluso detrás de unos ojos que parecen muertos, llenos de tristeza, siempre veo algo que arde. Eso fue lo que vi en ti. A tu hija.

Rachel asintió.

—Gracias.

Las palabras eran pequeñas, roncas, inadecuadas, pero eran lo único que Rachel tenía.

La cara de Mama B estaba tan apacible y atenta como siempre mientras miraba a Rachel.

—Todos tenemos nuestros dones, las cosas que vemos que los demás no ven. Lo único que podemos hacer es usarlos cuando llegue el momento.

Mama B sonreía, y la sonrisa parecía desbordar su cara y derramarse por el mundo. Una mujer que daba tanto y estaba dispuesta a seguir dando.

—Cuídate, Rachel.

—Adiós, Mama B.

En Providence, cada despedida había sido casi como una muerte, como salir de la vida de la otra persona, probablemente para siempre. Aunque Rachel no sabía si volvería a ver a Mama B, esta despedida no le resultó tan dolorosa. El recuerdo de Mama B siempre estaría con ella; no un recuerdo fantasmal, sino algo vivo, como una rama injertada en ella que seguiría creciendo después de que se separaran.

Mientras la veía alejarse, Rachel oyó el eco de la voz de Mama B en su oído.

"La conexión entre todas las cosas".

Rachel había sujetado la manta gris del mendigo; mientras caminaba con Mama B, se había sentido lo suficientemente valiente como para descubrirse la cabeza. Ahora, volvió a echársela encima. Las calles se estaban llenando de gente y el peligro podía aguardar a la vuelta de cualquier esquina. Con mucho cuidado y tratando de pasar inadvertida, Rachel emprendió la caminata hacia la casa de los Armstrong y Mary Grace.

9

Los Armstrong vivían en una casa sencilla de madera, de una sola planta, con un pasillo estrecho que corría como una arteria por el centro. Un pequeño salón, un comedor y una habitación eran los ambientes donde Elvira y Joseph pasaban la mayor parte del tiempo. En la parte trasera de la casa, Rachel y Mary Grace tenían la cocina y una segunda habitación casi para ellas solas, aunque la señora Armstrong no evitaba los fogones y, cuando tenía invitados, a menudo volvía para supervisar la preparación de las comidas.

La señora Armstrong cuidaba su casa con el orgullo y la atención al detalle de alguien que antes tenía poco que cuidar, y el señor Armstrong se echaba en su sillón con la tranquilidad de alguien nacido para exigir un hogar confortable y una esposa que lo mantuviera en orden. Esas fueron las primeras impresiones de Rachel al trabajar para los Armstrong y, en las semanas siguientes, las confirmó: el señor había nacido libre y la señora no.

En la tienda, el señor Armstrong tenía su estudio para llevar las cuentas, en el que nunca entraba ninguna de las mujeres. La señora Armstrong tenía su sala de costura. Esa era, de todas las habitaciones que ahora formaban parte de la nueva vida de Rachel, su favorita. Si Rachel no tenía recados que hacer, la señora Armstrong solía animarla a sentarse en un pequeño taburete en el rincón y ver cómo tomaban forma los vestidos. A Rachel le encantaba ver cómo la aguja diminuta y el hilo fino unían la tela para confeccionar una prenda.

Rachel sabía lo que era trabajar duro, pero el suyo había sido el trabajo del ciclo interminable que exigía la caña de azúcar: plantar, cuidar, cosechar, triturar. Requería habilidad, pero era la habilidad de forzar los músculos doloridos a repetir un movimiento hasta quedar extenuada. La costura de la señora Armstrong era una tarea completamente diferente. Ningún vestido era igual a otro. Las clientas pedían detalles bordados en el canesú, o un fruncido complicado de encaje alrededor de las mangas. Había horas enteras en las que lo único que se movía eran los dedos ágiles de la señora Armstrong mientras creaba un vestido tal como la clienta lo había imaginado. Era la habilidad de ejecutar movimientos minuciosos, precisos y que cambiaban constantemente. Era hipnótico mirarla.

La señora Armstrong hablaba a veces mientras trabajaba, siempre que la tarea que tenía entre manos no fuera demasiado absorbente. Explicaba a Mary Grace los diferentes tipos de puntadas y cómo cada tejido tenía sus propias peculiaridades y obstinaciones que requerían paciencia. O, sin que nadie se lo pidiera, hablaba a Rachel de su pasado. Empezaba con un recuerdo particularmente vívido, como el olor de la muselina o la visión de la sangre que brotaba de un dedo al pincharse con una aguja, y se abría camino en el relato. Había lagunas y la secuencia de las historias nunca fluía de un día al siguiente. Pero, poco a poco, Rachel logró encajar las piezas.

Elvira había nacido en una plantación del sudoeste de la isla. Su madre era esclava y su padre, el hijo menor del amo. No se acordaba de él, ya que la familia lo envió a estudiar a

Inglaterra poco después de que ella naciera. De su madre sí se acordaba. Era ancha de hombros, llamativa y de origen africano, lo que era raro incluso en aquella época. El supervisor la trataba con dureza y los vigilantes se burlaban de su escaso dominio del inglés, pero en el campo se hacía respetar y trabajaba codo a codo con los hombres más fuertes, los de la primera cuadrilla. Algunos de los otros esclavos creían que en su tierra natal había sido una reina. No era cierto, pero ella no se molestaba en corregirlos.

Cuando Elvira tenía cinco años, la separaron de su madre y se la entregaron a uno de los esclavos de la casa. Era habitual que a los niños de piel clara los alejaran de los campos; ella no era la primera de las indiscreciones de los hijos del amo, ni sería la última.

Se la entregaron a una mujer llamada Peggy, que procedía de una larga estirpe de esclavas domésticas. Peggy acababa de perder a una hija a causa de las fiebres, y tal vez el ama había pensado que le vendría bien una niña sustituta. Después de todo, ¿qué diferencia había entre una joven esclava y otra? Si el plan había consistido en que Peggy adoptara y criara a Elvira, fracasó. No era una mujer cruel, pero sí fría. Su instinto maternal había muerto con la niña. Por las noches, solía escaparse de la casa para reunirse con una esclava del campo que sabía cómo mantener un vientre estéril.

En cierta ocasión, cuando Peggy sorprendió a Elvira escabulléndose para visitar a su madre, la abofeteó.

—Ahora, tu lugar es este —dijo Peggy—. Dentro. Esa salvaje de piel oscura te va a llenar la cabeza de problemas.

Hasta que cumplió diez años, Elvira trabajó con Peggy en la cocina. Se encargaba de la limpieza y de otras tareas similares que las demás esclavas de la casa consideraban inferiores. A medida que crecía, se ganó la reputación de tener manos rápidas y firmes, así que cuando una de las chicas de la cocina se rebanó la punta de un dedo, Elvira la relevó en el trabajo de cortar y pelar las verduras.

Su habilidad llamó la atención de otra esclava de la casa, la vieja Molly Rose, que había atendido a la esposa del amo desde que se tenía memoria. La vieja Molly Rose se encargaba de arreglar los vestidos de la señora cuando el dinero no alcanzaba para hacerse enviar la última moda desde Londres, pero sus ojos se estaban debilitando y sus dedos marchitos temblaban al sostener la aguja. Buscaba una nueva ayudante. Peggy, indiferente hasta el final, no tuvo ningún problema en permitir que Elvira dejara la cocina y ocupara un nuevo puesto. Elvira aprendió de la vieja Molly Rose el arte de la costura y, cuando la anciana murió, asumió sus funciones como costurera de la casa.

El viejo amo falleció y su hijo mayor heredó la plantación. Para horror de su madre, tomó como amante a una esclava y no lo ocultó. Comenzó a colocar a sus hijos en los puestos de mayor autoridad de la casa. Un día, convocó a Elvira y a otras esclavas. Mientras esperaban a que les hablara, ella se dio cuenta de que estaba rodeada de los hijos e hijas de los hermanos del amo.

—Os voy a vender a todos —les dijo el amo con tono cortante—. No soporto tener a los hijos bastardos de mis hermanos en mi casa.

Y así fue. A los diecisiete años le arrancaron la vida de raíz. Aunque Elvira no sentía mucho amor por la plantación, lloró al marcharse. El camino hasta Bridgetown fue largo y caluroso, y no les permitieron detenerse para comer, ni para beber agua.

Fue en Bridgetown, mientras trabajaba como esclava, donde Elvira conoció a Joseph Armstrong. Por aquel entonces, él era ayudante de un comerciante de telas. La señora Armstrong no solía hablar de su noviazgo. Cada vez que llegaba a esa época en alguno de sus relatos, se le suavizaba la voz hasta apagarse, y levantaba la vista de su trabajo y miraba hacia arriba, como si el recuerdo de aquellos días estuviera grabado en el techo. Algunas cosas, si se compartían, corrían el riesgo de diluirse, y Rachel supuso que la señora Armstrong quería guardarse para sí la experiencia de haberse enamorado.

El señor Armstrong era muy trabajador y había ahorrado todo el dinero que había podido desde que era joven. Soñaba con abrir su propia tienda algún día. En lugar de eso, llevó todos sus ahorros al amo de Elvira y le ofreció comprar su libertad. El amo, después de regatear un poco, aceptó. Y así, Elvira fue libre.

Elvira y el señor Armstrong se casaron. Él siguió trabajando para el comerciante de telas y ella ganaba lo que podía cosiendo. Cuando volvieron a ahorrar, compraron la tienda y allí trabajaban desde entonces.

Esa era la historia que Rachel hilvanó después de pasar muchas tardes en el taller de costura de la señora Armstrong. Rachel nunca supo por qué la señora Armstrong quería dedicarle tanto tiempo de su vida a otra persona. Tal vez le gustaba hablar con Rachel porque ambas compartían las vivencias pasadas en una plantación, vivencias que el señor Armstrong no conocía. Eso significaba que había cosas que podían permanecer no dichas, detalles que flotaban en el aire húmedo del taller de costura.

—Recuerdo que pegaban a mi madre —dijo una vez—. Es uno de mis primeros recuerdos… —Se quedó callada.

Las fosas nasales de Rachel se llenaron del olor enfermizo de la sangre de una herida abierta. Asintió con la cabeza. Comprendía.

La señora Armstrong suspiró y sostuvo en alto, apuntando a la luz, el vestido que estaba cosiendo, con las tijeras de modista colgando de la mano derecha.

—¿Ves, Mary Grace? —dijo, mientras cortaba la delicada

tela con esmero—. De esta manera, la costura curva queda bastante plana. Pero debes tener cuidado de no cortar las puntadas.

Esas eran las historias que Rachel sospechaba que la señora Armstrong no compartía con su esposo. ¿Cómo iba a hacerlo? Él no habría sido capaz de llenar los vacíos. Esos fragmentos de su pasado se habrían perdido para siempre. En Rachel, el recuerdo se conservaría mejor.

Mary Grace llevaba cinco años al servicio de los Armstrong. La señora Armstrong, que era consciente del deseo de Rachel de saber más sobre la vida de su hija después de Providence, hizo todo lo posible por describirle al hombre blanco a quien le habían comprado a Mary Grace. Incluso dejó de coser para recordar mejor y alzó la mirada hacia el techo.

—Vivía en Bridgetown —dijo—. No recuerdo su nombre. Fue bastante... convincente acerca de la venta. —La señora Armstrong miró a Mary Grace, pero enseguida apartó la vista—. Necesitaba dinero para pagar algunas deudas. De juego, tal vez. O de bebida. Por lo visto, tenía esa inclinación.

Mary Grace se mantuvo cabizbaja. Algo parecido a la vergüenza se reflejó en su cara, como si ser propiedad de un hombre como aquel la volviera igual a él, como si el hecho de que él fuera su dueño la obligara a cargar con sus pecados.

Por la noche, en su pequeña habitación, Rachel y Mary Grace permanecieron en silencio. Rachel aún esperaba que su hija quisiera decirle algo, lo que fuera.

Después de una semana sin que ninguna hablara de noche, Rachel probó un enfoque diferente. Empezó a hablar a Mary Grace de su propia vida. Le habló de las ventas de Mercy y Cherry Jane y Thomas Augustus. Le habló de la dura soledad de la plantación cuando todos sus hijos murieron o se fueron. Habló de la promesa vacía de libertad del Día de la Emancipación y de su repentino deseo de huir. Describió a Mama B y toda la sabiduría que poseía. Le contó los días que pasó vagando por Bridgetown y durmiendo en el suelo de la habitación de Hope.

Tardó tres noches en terminar su relato.

La cuarta noche, ninguna de las dos habló.

La quinta noche, Rachel dijo:

—Si tienes algo que contarme, te escucharé. ¿Sabes?

Mary Grace no respondió.

Con un suspiro, Rachel se recostó de lado. Se le llenó la mente de recuerdos de Mary Grace cuando era una niña de ojos serios y sonrisa brillante, antes de que la crueldad indescriptible de un hombre le arrebatara el habla en una noche oscura. Rachel trató de recuperar el sonido de la voz de su hija. Hablaba despacio, se tomaba su tiempo para pronunciar las palabras y tendía a elevar el tono al final de cada frase como si todo fuera una pregunta, no porque Mary Grace se sintiera insegura de sí misma, sino porque quería que todo lo que dijera invitara a una respuesta. Quería que los demás hablaran todo el tiempo posible.

Rachel recordó la noche en que se llevaron a Micah. La primera pérdida de muchas. Aquella noche había un vacío en su choza, aunque en aquel momento todavía estaba abarrotada de cuerpos; un agujero enorme que la absorbía en su nada y del que temía no poder escapar nunca. Rachel había permanecido quieta y en silencio, como un cadáver, ya sin lágrimas que derramar, esperando la liberación del sueño o de la muerte. Mary Grace estaba acostada más cerca de ella y supo, aunque su madre ya no lloraba, que lo peor aún no había pasado. Había deslizado su pequeña mano en la de su madre y la había dejado allí mientras la noche pasaba lentamente, hasta que por fin amaneció y Rachel supo que debía levantarse y vivir un día más. Aquella caricia la había mantenido anclada a este mundo. Y aquella mañana, cuando Mary Grace le susurró: "Hoy vas a salir adelante, mamá", por una vez, no hubo ninguna duda en su voz.

Esos eran los recuerdos que acompañaban a Rachel en casa de los Armstrong mientras esperaba el sueño, con un dolor débil en el vacío del pecho, justo en el hueco de la clavícula.

Rachel soñó con Mary Grace. Su hija era más joven que en ese momento, pero mayor que cuando se la habían llevado. Era la Mary Grace de los años perdidos. Tenía la cabeza inclinada. Lo único que le cubría el cuerpo eran unos harapos rotos y grises. Una gota de sangre recorría la cara interna del muslo.

Rachel extendió la mano, pero fue inútil. Sus brazos no eran lo suficientemente largos. No podía alcanzarla.

Mary Grace levantó la cabeza. Sus labios, agrietados y sangrantes, hablaron.

—Hay demasiadas cosas que quiero olvidar.

* * *

Rachel se despertó sobresaltada. La cara de Mary Grace estaba a unos centímetros de la suya, con los ojos abiertos y rebosantes del mismo dolor que el de la hija de su sueño.

Rachel tocó la mejilla de Mary Grace.

—Ya lo entiendo —susurró.

Algunas cosas era mejor no decirlas.

10

Rachel conservó la manta liviana que le había dado el mendigo. Siempre que salía, la usaba para cubrirse la cabeza. Se protegía del mundo lo mejor que podía. Cada vez que veía piel blanca, le temblaban las manos. Ese era el verdadero poder de la esclavitud, la larga sombra que aún proyectaba tras su final: que, incluso a pesar de la distancia entre Providence y ella, Rachel aún vivía con miedo.

Poco a poco, sus otros hijos empezaron a volver a su vida. Estaba acostumbrada a verlos en las sombras, o de pie a su alrededor mientras se deslizaba entre el sueño y la vigilia. Así se le habían aparecido en Providence. Ahora, en Bridgetown, eran más audaces. Detrás de un puesto de mercado repleto de pollos muertos, vio a Cherry Jane, que la miraba con aire sombrío. Caminando por un puente sobre el río Constitution, vio a Micah y a Mercy dejarse caer, tomados de la mano, y desaparecer engullidos por las aguas.

Y las pesadillas. Más sensaciones que visiones, como la sensación de que algo la devoraba por dentro o que unas manos le rodeaban la garganta para ahogar sus gritos. La invadía la culpa día a día; comenzaba en lo más profundo de sus entrañas y se abría paso por sus venas. Rachel era consciente de lo que aún le faltaba, del vacío que Mary Grace no podía llenar por sí sola. La pregunta la atormentaba:

"¿Cómo podría encontrar a los demás?".

Los domingos, el señor y la señora Armstrong iban a la iglesia por la mañana, y Mary Grace iba con ellos. El señor Armstrong siempre la había llevado, como una cuestión de principios.

—Nuestro Señor no distingue entre esclavos y libres —explicó a Rachel.

Rachel prefirió no mencionar que, como ya no era esclava, el Señor no podía juzgarla por serlo. Rechazó con cortesía la invitación a acompañarlos y dijo al señor Armstrong que ella rendía culto a Dios a su manera.

En cambio, comenzó a utilizar su pizca de libertad de los domingos por la mañana para vagar por las calles. Era arriesgado, quizás incluso imprudente, abandonar la seguridad del hogar de los Armstrong cuando no tenía por qué hacerlo, pero había otra fuerza dentro de ella que era más fuerte que el miedo. La necesidad de encontrar a sus otros hijos era cada vez más urgente. Cabía la posibilidad de que la capturasen por ello. Con la manta como escudo, salía a buscarlos. Bridgetown aún le parecía muy grande a Rachel, lo contenía casi todo, y, sin embargo, no había ni rastro de Micah, Mercy, Thomas Augustus o Cherry Jane.

Casi todos los domingos, después de muchas horas de vagabundeos inútiles, iba al puerto. El mar olía a rancio, a sudor fermentado, y la salmuera le quemaba el interior de las fosas nasales en los días de viento.

Rachel recordaba a Hope, cuando decía que el puerto era uno de sus lugares favoritos, y ahora entendía por qué. La maravillaba. El muelle le parecía el final de la isla; todo Barbados se afilaba en un solo punto que se adentraba en el mar. También era un lugar de comienzos. Todo lo que llegaba a la isla entraba por el puerto. Le gustaban los días en que los barcos atracaban y arrojaban a la orilla hordas de hombres cubiertos de mugre, hombres que se dispersaban y extendían por el laberinto de callejuelas que los rodeaban. En aquel entonces, parecía no haber límites para lo que Bridgetown podía absorber.

Lo que los barcos entregaban, también se lo llevaban. Algunos días, se alineaban en el puerto columnas de personas, la mayoría hombres, con la piel marchita estirada sobre los huesos que les sobresalían, vestidos con harapos y con los ojos tan hundidos en el cráneo que las cuencas parecían huecas. Rachel los miraba arrastrar los pies despacio hacia el vientre de los barcos que esperaban. La primera vez que los vio, pensó por un instante que la historia se había vuelto contra sí misma. Allí estaban los esclavos supervivientes, los que la vida caribeña había descartado, abordando los barcos que los llevarían de vuelta a África. Pero, al acercarse, oyó que un hombre se volvía hacia otro y murmuraba:

—¿Este barco va para Jamaica?

El otro hombre negó con la cabeza.

—Trinidad.

—Creía que este era el barco que iba a Jamaica.

El otro hombre se encogió de hombros.

—Oí que también tienen trabajo en Trinidad.

El primer hombre suspiró, pero siguió en la fila. Así que nada de África para él, solo otra isla y otra vida dedicada a labrar tierras ajenas.

* * *

Una mañana, al volver del comerciante de telas con diez metros de encaje, Rachel vio a Hope enmarcada en la puerta de la tienda, de pie junto a Mary Grace.

—¡Rachel! —Hope aplaudió al verla—. Esta debe de ser tu hija. Es muy guapa.

Mary Grace no era guapa: era sosa, y sus rasgos eran

demasiado anchos para su cara. Pero, como siempre, las palabras de Hope reorganizaron el mundo y, por un momento, Mary Grace fue guapa. Le brillaron los ojos, reflejando la luz de la sonrisa de Hope.

—Estos vestidos son divinos. —Hope levantó la manga de un vestido color crema que colgaba de uno de los maniquíes—. No me puedo creer que nunca haya venido aquí.

El señor Armstrong salió de detrás del mostrador.

—¿Puedo ayudarla? —preguntó con suavidad. Si sabía quién era Hope y a qué se dedicaba, no lo demostró. El señor Armstrong aún era un misterio para Rachel, pero la filosofía con la que dirigía su tienda no le había pasado inadvertida. Se enorgullecía de su trabajo, pero no era orgulloso. Nadie estaba por debajo de él. Entre sus clientas había desde las mulatas más elegantes y distantes hasta mujeres recién emancipadas que habían ahorrado durante meses para comprarse un solo vestido. A todas las trataba con el mismo respeto.

—Usted debe de ser el señor Armstrong —dijo Hope, encantada—. Me llamo Hope. Soy amiga de Rachel y, desde hoy, fiel clienta suya.

Las comisuras de la boca del señor Armstrong se movieron ligeramente hacia arriba; fue su única concesión al encanto de Hope.

—Es usted muy amable. —Le dirigió una mirada desapasionada—. ¿Hay algún vestido en particular que tenga en mente hoy? O puedo sugerirle algo; acaban de enviarnos algunas telas desde Estados Unidos.

Mientras el señor Armstrong llevaba a Hope a la parte trasera de la tienda para mostrárselas, Rachel se acercó a Mary Grace.

—Así que ya has conocido a Hope.

—…

—Sí, es guapísima.

—…

—Sufrió por un tiempo, creo. Pero ahora es más feliz.

—…

A menudo conversaban así; Rachel dejaba espacio para las respuestas de Mary Grace.

—¿Te cae bien?

Mary Grace asintió con una sonrisa tímida.

Observaron cómo Hope se entusiasmaba con cada una de las telas que el señor Armstrong sacaba de la trastienda. Le gustó especialmente un algodón azul estampado con cerezas rojas, pero también adoró una seda de color crema con detalles de pequeñas flores amarillas. Atraída por las risas de Hope mientras ella y el señor Armstrong discutían los méritos de cada tela, la señora Armstrong salió de la sala de costura.

—Hola —saludó—. Pensé en venir y presentarme.

—Esta es mi esposa —dijo el señor Armstrong—. Gracias a su gran habilidad, este vestido tomará forma.

Hope se acercó de un salto a la señora Armstrong y le estrechó la mano que esta había extendido.

—Un placer conocerla.

Solo cuando la vio junto a Hope, Rachel se dio cuenta de lo hermosa que era la señora Armstrong. No era como la belleza de Hope, feroz y llamativa. No exigía que se fijaran en ella. Pero, de algún modo, la mirada de Rachel se desviaba una y otra vez de Hope y se dirigía a la simetría sencilla de la cara de la señora Armstrong, como si se deslizara en un río fresco bajo el calor del sol de mediodía.

Ante la suave insistencia de la señora Armstrong, Hope terminó por encargar un vestido de cada tela a un precio muy conveniente.

—Es usted demasiado generosa —dijo Hope.

—En absoluto —respondió la señora Armstrong con una sonrisa—. Solo asegúrese de decir a cualquiera que le pregunte dónde consiguió los vestidos. No dudo de que lucirán de maravilla cuando usted los lleve puestos.

Rachel estaba preparando la cena cuando el señor Armstrong entró en la cocina. Fijó la vista en el guiso que estaba removiendo para ocultar su sorpresa. Nunca lo había visto aventurarse al fondo de la casa, al mundo de las mujeres y los sirvientes.

—Buenas tardes, Rachel. —Recorrió la cocina con una mirada lánguida.

—Buenas tardes, señor Armstrong.

—¿Qué estás cocinando?

—Estofado de carne, señor.

—Bien.

Él tenía una manera de mantenerla a distancia cada vez que hablaban, como si interpusiera un brazo entre ambos. Incluso después de un mes, Rachel casi no lo conocía.

—¿Mary Grace te está ayudando esta tarde?

—Está poniendo la mesa.

—Ya veo. ¿Y te estás adaptando bien?

—Sí, gracias, señor.

—Debe de ser agradable volver a estar con tu hija.

Rachel le dio vueltas en su mente a la palabra "agradable". Estaba frente a un hombre que conocía docenas de palabras para lo que a ella le parecían tonos idénticos de azul, que podía crear, a partir de su vocabulario, elaborados vestidos adornados con encaje y una faja hecha con una cinta de color diferente y atrevido, y le preguntaba si era "agradable".

—Sí —dijo por fin—. Así es.

Él asintió.

Ella siguió removiendo el guiso.

—Y tu amiga, la señorita Hope, que vino hoy a la tienda, ¿cómo la conociste? —preguntó él.

Su tono era tan inexpresivo como siempre, pero Rachel,

que no apartaba la mirada del guiso, frunció ligeramente el ceño. Era una pregunta tan inocente como las demás, pero reparó en que hurgaba un poco más a fondo. Ya no estaban comentando los detalles mundanos del presente, de su vida y de su trabajo en la casa. El señor Armstrong trataba de meterse en su pasado.

—Nos conocimos en Bridgetown.

—Ya veo. —Cada vez que Rachel levantaba la vista de la olla, los ojos del señor Armstrong estaban ahí, firmes—. ¿Y dónde os conocisteis?

—En su casa.

Se quedaron en silencio. Rachel siguió removiendo el guiso.

El señor Armstrong suspiró, un pequeño movimiento de aire a través de sus fosas nasales.

—Rachel, ¿puedo serte franco?

—Sí, señor.

—Lo que tu amiga Hope hace para ganarse la vida es asunto suyo.

Ella comprendió que se adentraba en el tema con delicadeza. Enunciaba cada sílaba con una ligera precisión.

—Tengo todo tipo de clientas. Pero deseo mantener mi propia casa lo más respetable posible. Me preocupaba un poco que hubieras conocido a Hope… —buscó la palabra adecuada— "profesionalmente".

Rachel apoyó el cucharón a un lado de la olla y se irguió. Era un poco más alta que él.

—Yo era campesina —dijo, resumiendo toda su historia en esas dos palabras—. Nada más.

—No quería ofenderte —se disculpó el señor Armstrong.

—Por supuesto, señor.

Le sostuvo la mirada unos segundos más. Sus ojos, como los de ella, eran castaños oscuros, salpicados de toques dorados.

"Conozco el olor de la sangre", pensó ella, forzando las palabras para que salieran de sus ojos hacia los de él. "He visto cómo arrancaban la piel de la carne".

"Tu mujer también.

"Los hombres estuvieron dentro de mí igual que estuvieron dentro de Hope, aunque yo fui quien pagó por ello.

"No eres mejor que ninguna de nosotras".

Dejó que las comisuras de sus labios se curvaran hacia arriba en una sonrisa y volvió al guiso. El señor Armstrong se quedó un momento y luego salió de la cocina.

Al día siguiente, en la sala de costura, la señora Armstrong parecía haber agotado sus recuerdos. Dijo:

—¿Y tú, Rachel? ¿Qué me cuentas de tu vida antes de venir aquí?

Rachel se removió en el taburete y se retorció las manos sobre el regazo. Después de todo lo que había contado la señora Armstrong, el taller de costura tenía una especie de magia delicada; entre sus cuatro paredes, las mujeres estaban atrapadas en los hilos de algo mucho más grande que ellas mismas. Tejían algo valioso a partir de los recuerdos. Si había un lugar en el que Rachel podía atreverse a revelar una parte de sí misma, era esa habitación, pero no encontraba las palabras. No dijo nada.

La señora Armstrong mantuvo la mirada fija en su trabajo. Su siguiente pregunta fue en voz baja, tranquila y más escrutadora, como si quisiera moverse con suavidad alrededor de los bordes de lo que Rachel pudiera estar dispuesta a revelar.

—¿Tienes otros hijos?

Fue al grano. No hubo tiempo para intercambiar historias de azotes ni para rememorar las noches pasadas en el cepo: la señora Armstrong quería las partes más preciadas de la historia de Rachel.

Esta miró al suelo. La señora Armstrong se acercó a la cara el dobladillo que estaba cosiendo. Cosió en silencio, esperando.

Al final, Rachel habló.

—Sí.

La señora Armstrong siguió esperando. Rachel miró cómo la aguja atravesaba la tela y contó las puntadas hasta diez. Después, se armó de valor y volvió a hablar.

—Micah es el mayor. —Su nombre quedó atrapado en la garganta de Rachel. ¿Cuánto tiempo llevaba sin pronunciarlo? Se lo había susurrado en la oscuridad a Mary Grace en aquellas primeras semanas juntas, pero, por lo demás, lo había guardado celosamente en su interior todos esos años. Ni siquiera a Mama B le había dicho los nombres de sus otros hijos.

—Micah —repitió la señora Armstrong.

Oír su nombre en boca de otra persona no le dolió tanto como pensó que le dolería. La señora Armstrong lo pronunció en voz baja, como una bendición o una plegaria.

—Se lo llevaron de joven —continuó Rachel—. Pero recuerdo... —vaciló—. Recuerdo su risa. Como un burro. —Ahora se estaba riendo, con el eco de Micah en sus oídos—. Cuando él se reía, todos los que lo oían se reían también.

”Y Mercy. Ella era buena, muy buena. Una vez, encontró un pajarito que se había caído del nido. Cuidó del pájaro. Se levantaba temprano en la mañana para encontrar gusanos para alimentarlo. El pájaro murió, y ella lloró cuando lo enterró.

”Cherry Jane. —Los nombres fluían con facilidad ahora. Sintió como si se rompiera un dique a medida que el pasado se derramaba fuera de ella. Rachel entendió en ese momento por qué la señora Armstrong había compartido tanto. Había una sensación embriagadora de liberación—.

La llevaron joven a la casa principal. Pero recuerdo cómo encantaba a todo aquel que la conocía. Todos sus hermanos y hermanas la adoraban. Podía hablar y sonreír, y con eso bastaba para hacer que cualquiera se enamorase de ella.

"Thomas Augustus. Hacía tantas preguntas... No habló hasta los tres años, y sus primeras palabras fueron: '¿Dónde está Mary Grace?'. Después siguió preguntando. '¿Dónde va el sol por la noche? ¿Por qué cortamos la caña si va a crecer de nuevo?'. Se quedó conmigo un poco más que los otros. Pensaba... —Hizo una pausa—. Pero también se lo llevaron. Y hubo otros. Algunos murieron. Y otros no llegaron a nacer.

La señora Armstrong asintió, sin apartar la mirada de su trabajo. Lo había entendido.

Rachel exhaló. Micah, Mercy, Cherry Jane, Thomas Augustus... Ahora todos vivían en otra persona. Ella ya no cargaba su peso sola.

—¿Señora Armstrong? —dijo lentamente—. ¿Alguna vez...? —Aun antes de terminar, vio pasar la nube por la cara de la mujer. Se tragó las palabras que no llegó a pronunciar y esperó.

La señora Armstrong anudó el hilo y dejó el vestido sobre el regazo.

—Mi esposo y yo lo hemos intentado, pero... —Volvió la cara hacia arriba, con los ojos cerrados, hacia donde la luz se derramaba en el taller desde una ventana alta—. Creo que no puedo. —Le brillaba la piel y era difícil distinguir dónde terminaba la luz del sol y dónde empezaba ella—. En la plantación, una de las otras mujeres hacía preparados de hierbas para las que... —Suspiró—. Funcionaron, pero siguieron funcionando también durante todos estos años.

Siguió un silencio caluroso y estéril. Lo rompió la voz del señor Armstrong, que venía de la otra habitación y describía cómo podía transformarse un simple trozo de tela en un vestido rosa pálido adornado con encaje de color miel y lazos rojos en cada manga.

Al final del día, cuando la luz de la tienda ya se apagaba, oyeron al señor Armstrong retirarse a su estudio para hacer las cuentas del día, señal de que era la hora de cerrar la tienda. Mary Grace ayudó a la señora Armstrong a guardar sus útiles de costura y a doblar los vestidos a medio terminar. Rachel aún se sentaba entre las sombras, pensando en sus hijos y en los hijos de la señora Armstrong que nunca llegarían.

Se oyeron unos pasos y unos nudillos que golpearon el mostrador. La señora Armstrong levantó la cabeza. A través de la puerta, todas vieron una figura de pie en la tienda, aunque, con la luz escasa del atardecer detrás, podían distinguir poco más que una silueta.

La señora Armstrong se dirigió a la figura, dejando que Rachel y Mary Grace terminaran de ordenar.

—Buenas noches, señor. Me temo que estamos cerrando.

—No voy a quedarme mucho tiempo.

Rachel estaba enrollando una larga tira de encaje. No se quedó paralizada, pero poco a poco dejó de mover las manos. El pavor se apoderó de ella sigilosamente.

Aquella voz.

¿Sería…?

—¿Puedo ayudarlo? —dijo la señora Armstrong.

—Estoy buscando a alguien.

Rachel se encogió caminando hacia atrás, hacia las sombras de la sala de costura. Se apretó contra la pared del fondo, como si, con la fuerza suficiente, pudiera atravesarla y escapar.

—Una aprendiza —continuó el hombre de la tienda—. Una fugitiva.

—Ya veo —dijo la señora Armstrong.

Las voces parecían muy lejanas. Lo único que podía oír Rachel era el sonido de su propia respiración, que le parecía ensordecedor. Seguro que él lo oiría. Seguro que lo sabría. ¿O no?

Sintió un toque en el brazo. Rachel había olvidado que Mary Grace estaba allí. Su hija sostenía unas tijeras de costura, con un trozo de tela a medio doblar sobre el brazo. Miró a su madre. No era una mirada de consuelo ni de esperanza. Era la de alguien que había soportado muchas penurias y se resignaba a soportar aún más en el futuro.

Rachel tuvo que contener las lágrimas. No podía emitir sonido alguno. Madre e hija permanecieron juntas al fondo de la sala de costura y esperaron.

En el taller, el capataz de Providence describió a Rachel, su edad y su constitución. La marca en el hombro.

La señora Armstrong lo interrumpió.

—¿Y tiene nombre?

—Rachel.

Sobrevino un largo silencio. Rachel se sintió expuesta, desollada, un animal herido atrapado en una trampa. Estaba segura de que el hombre la miraba a través de la puerta. Que no podía esconderse. Que solo le quedaban unos instantes con su hija antes de que las manos del hombre atravesaran la oscuridad y la apresaran. Aferró el brazo de Mary Grace y lo apretó con fuerza.

Entonces, la señora Armstrong dijo:

—Lo siento. No puedo ayudarlo. —Su voz tenía un tono frío.

Rachel oyó gruñir al capataz, molesto.

—Vuelvo al norte —dijo—. Me necesitan para la cosecha. Pero si ve algo, avíseme. MacLean. Plantación Providence.

—Por supuesto —dijo la señora Armstrong—. Que tenga usted un buen día, señor.

Pasos de nuevo, el fuerte golpe seco de las botas en el

suelo de madera. La puerta de la tienda se abrió y se cerró. Luego, silencio. Quietud. Rachel sintió que se deslizaba lentamente al suelo mientras los músculos de su cuerpo cedían, uno a uno. Estaba temblando. Le costaba respirar.

La señora Armstrong apareció en la puerta. Rachel no logró descifrar la expresión de la mujer. Pero había algo en la forma en que se mantenía erguida… Rachel pudo volver a respirar. Habían pasado demasiadas cosas entre aquellas dos mujeres en la sala de costura. Demasiado secretos guardados en esas cuatro paredes.

La señora Armstrong asintió con la cabeza una vez.

Comprendió.

Una voz de hombre:

—Ah, Rachel, ahí estás.

Rachel se levantó en un instante. El señor Armstrong estaba de pie detrás de su esposa.

—Querría que hicieras una escapada al curtidor antes de que cierre.

—Por supuesto, señor.

Rachel no pudo evitar que le temblara la voz.

Los labios del señor Armstrong se curvaron en una sonrisa.

—Muy bien.

Un latido de miedo la recorrió. La señora Armstrong había demostrado estar de su lado. Había cosas que ambas sabían que las unían. Pero ¿el señor Armstrong?

¿Había estado escuchando desde su estudio cuando llegó el capataz? ¿Cuánto había oído?

Como siempre, su gesto no reveló nada.

11

Unas semanas antes, en los primeros días en que había estado con los Armstrong, Rachel había servido la cena a una invitada: una mujer mulata, clienta habitual, convertida en amiga. La mujer iba vestida con la intención de acentuar el color claro de la piel, para exagerar las diferencias entre ella y las demás de su raza que estaban sometidas a la servidumbre.

Mientras Rachel servía la sopa, la mujer había hablado de sus amigos dueños de plantaciones en el sur de la isla y de los problemas que tenían con sus aprendices.

—Para serte sincera, Joseph, los negros están abandonando sus deberes a un ritmo alarmante. —La mujer se inclinó hacia delante, animada por el tema—. Así no se puede seguir.

A Rachel le temblaban los dedos y el cucharón tintineaba contra la vajilla, pero nadie le prestó atención.

—He oído que el gobernador va a imponer penas más severas —continuó la mujer—. Castigos para los fugitivos. Multas para quienes los alberguen. Lo que sea con tal de que se cumpla la ley. El azúcar fue y será siempre el alma de esta isla, y los intereses del azúcar deben defenderse ante todo.

El recuerdo de esa conversación afectó a Rachel en los días posteriores a la visita del capataz a la tienda, mientras esperaba a que cayera el golpe, a que la frágil vida con su hija se hiciera añicos. En realidad, el señor Armstrong no había mirado a Rachel para nada, y ella se había escabullido del comedor sin que la vieran para refugiarse en la cocina y aplacar sus latidos acelerados. Pero el recuerdo empezó a distorsionarse a medida que la atormentaba, hasta que los ojos del señor Armstrong estuvieron fijos en ella todo el tiempo, observando cada uno de sus movimientos, sin pestañear, con el peso insoportable de su mirada y la boca curvada hacia abajo en señal de desagrado.

El domingo, como todos los domingos, Rachel fue hasta el muelle. Aquel día no había barcos y Rachel se sentó en una caja volcada para contemplar el mar, que ondulaba como un ser vivo, siempre en movimiento, nunca quieto.

—Bonita vista, ¿no?

Sin hacerse notar, el señor Armstrong se había acercado a ella. Protegiéndose los ojos del sol, también miraba las olas.

Rachel no dijo nada.

—¿Vienes aquí a menudo?

Rachel sabía que no podía eludir una pregunta directa, pero dejó que el silencio se prolongara un poco antes de responder.

—Sí, los domingos. Me gusta ver los barcos.

—Ah, sí. Siempre hay mucho que ver en el muelle.

Rachel mantuvo los ojos fijos en el mar, pero un lado de su cara se acaloró; sabía que el señor Armstrong había vuelto su mirada hacia ella.

—Vi algo interesante en el periódico —dijo con su suavidad habitual—. Fue hace unas semanas, pero aún lo recuerdo. A veces publican avisos de las plantaciones, preguntando por fugitivos, por gente que intenta escapar.

A Rachel la invadió un pánico helado. Tenía el cuerpo tenso, listo para correr, para arrojarse al agua si era necesario, si ese era el único lugar al que podía ir. Pero se obligó a quedarse quieta. Imaginó que el rostro del señor Armstrong estaba, como el suyo propio, completamente inmóvil, sin siquiera un temblor que delatara lo que ocultaba.

—Había un aviso sobre una mujer del norte —dijo el señor Armstrong—. No figuraba el nombre, pero, por lo que decía, debía de rondar los cuarenta años. Alta, decía. Y fuerte, también. Una campesina.

Rachel no podía mirarlo. No se atrevía. El poder que él tenía sobre ella en aquel momento era demasiado grande; temió que el encuentro directo con su fuerza la cegara, como el sol. Lo único que podía hacer era observar el movimiento del mar, como en cámara lenta, las olas que subían y bajaban suavemente.

Deseaba preguntar: "¿Qué quiere de mí?". Pero necesitaba toda su energía para no sollozar, gritar o salir corriendo. Así que se quedó sentada en silencio.

Cuando el señor Armstrong volvió a hablar, su voz era diferente. Más áspera. Con un toque de dolor.

—¿Sabes? Recuerdo cuando los barcos de esclavos atracaban aquí.

La sorpresa bastó para liberar a Rachel del terror. Por fin pudo mirarlo. Tenía la mirada fija en el muelle, en el punto donde la tierra se encontraba con el mar. Las comisuras de los labios se curvaron, y sus rasgos se retorcieron hasta convertirse en expresiones más intensas que las que ella había visto hasta entonces en su rostro.

—Yo era solo un niño cuando impidieron que entraran los nuevos —continuó. El ritmo de sus palabras, por lo general llano y monótono, empezó a aumentar y a bajar con el recuerdo—. Pero aún me viene a la memoria. Mi padre me traía aquí de vez en cuando para verlos llegar. Nunca olvidaré cómo sacaban a los esclavos de los barcos. Algunos intentaban huir. Me acuerdo de un hombre que saltó de la pasarela, llevándose consigo a todos los demás esclavos a los que estaba encadenado. Los blancos intentaron sacarlos del puerto, pero fue demasiado tarde. Los grilletes los arrastraron.

Ahora Rachel seguía su mirada. Vio, al igual que él, los barcos de madera, podridos por dentro tras su largo viaje, que descargaban su cargamento de fantasmas en el muelle.

—Si intentaba apartar la vista de ellos, mi padre me decía: "Tienes que mirar. Esta es tu gente. Son los barcos que trajeron a tu bisabuelo a esta isla, hace muchos años. Puede que seamos libres, pero nunca olvidaremos de dónde venimos".

Rachel asintió. No conocía su historia como conocía las de la señora Armstrong sobre espaldas golpeadas y hierbas para quedar estéril. Pero lo entendía.

—Sé que mi esposa aprecia tu compañía, Rachel —dijo el señor Armstrong—. Es bueno que tenga a alguien con quien hablar… —Hizo una pausa—. Me habló un poco acerca de tus hijos. ¿Ellos son la razón por la que huiste?

Rachel había vislumbrado lo que había bajo su fría apariencia, los recuerdos en carne viva que guardaba en su interior. Lo que vio fue suficiente para bajar sus defensas.

—Sí.

—¿Y tienes idea de dónde están? —le preguntó.

—No.

—¿Has buscado? ¿Has preguntado por ahí?

—Lo he hecho. Pero nadie ha sido capaz de responderme.

Volvieron a guardar silencio. Ambos siguieron mirando fijamente el mar. En la periferia del campo visual de Rachel, parecía que la vida de Bridgetown se movía despacio, al ritmo de una marea que retrocede.

Por fin, el señor Armstrong habló.

—¿Te ha hablado mi esposa de su madre?

—Un poco.

—¿Te ha dicho que volvimos a buscarla?

—No.

El señor Armstrong suspiró.

—Fue después de casarnos. Ahorrábamos todo lo que podíamos para conseguir lo suficiente para abrir una tienda. Un día, ella me preguntó si yo era capaz de esperar un poco más. Me dijo que quería utilizar nuestro dinero para comprar la libertad de su madre, como yo había comprado la suya. "Mi madre nació libre", me dijo. "Nunca supe lo que significaba hasta que fui libre. No quiero que muera como una esclava". Así que caminamos hasta la antigua plantación de Elvira. Pero cuando llegamos allí, descubrimos que su madre llevaba muchos años muerta.

Rachel oyó los ecos del dolor de su esposa mientras él hablaba, y sintió un profundo pesar por la señora Armstrong.

—Rachel, sé que, cuando Elvira piensa en ti y en tus hijos, se acuerda de su madre. Nosotros llegamos demasiado tarde, pero a ti no tiene por qué pasarte lo mismo.

La miró, no como acostumbraba, como si ella no existiera, sino viéndola de verdad.

—Quiero ayudarte.

Rachel se quedó sin palabras. Apretó los brazos contra el pecho. Le sostuvo la mirada, cautelosa, sin atreverse a albergar esperanzas.

—¿Qué puede hacer?

—¿Has oído hablar de los registros de esclavos?

Rachel negó con la cabeza.

—Cuando los barcos dejaron de venir de África, el gobierno obligó a todo el mundo a registrar a sus esclavos. Querían impedir que el comercio continuara en secreto. Cada pocos años, tenías que declarar qué esclavos tenías, y cotejaban sus nombres con la lista de los que habías registrado antes. Si tenías más o menos que la última vez, verificaban que los cambios hubieran sido legales.

Rachel trató de imaginar algo así. En su mente vio un

libro enorme, tan grueso como ancho. Cada página era una pequeña porción de la vida de la isla; su gente, congelada en la inmovilidad, apretujada en una lista de nombres garabateados en el papel amarillento. Pasar las páginas de un libro así sería contemplar Barbados desde lo alto, como Dios, observando cómo se trasladaba a la gente de una plantación a otra y de la plantación a la tumba. Como si la única pregunta que importara fuera: "¿Quién es tu dueño?". Pensó en su propio nombre, escrito una y otra vez en el mismo lugar bajo el mismo amo. Si muriera mañana, ¿sería lo único que quedaría de ella? ¿Solo su nombre en ese libro que los blancos guardaban para acordarse de lo que les pertenecía?

—¿Sabes cuándo vendieron a tus hijos? —preguntó el señor Armstrong.

—Sí.

—¿Sabes el apellido de tu amo?

—Sí, Carrington.

—Bien. Entonces, creo que podríamos consultar los registros y averiguar dónde los vendieron.

Rachel no daba crédito. Este registro repugnante que, en su cabeza, era más pesado que todo lo que había cargado en su vida, que podía aplastarla hasta reducirla a nada bajo el inmenso peso de los miles de nombres escritos en miles de páginas, ¿era lo que la llevaría hasta sus hijos?

Miró al señor Armstrong, en cuyo rostro los gestos cambiaban con demasiada lentitud para su gusto. ¿Podría confiar en él?

—¿Va a mirar ese registro?

—No puedo hacerlo directamente, pero conozco a un hombre que ha trabajado en esa oficina. Podría ayudar.

—Y usted sabe —dijo Rachel lentamente— que voy a querer...

El señor Armstrong sonrió. No era la sonrisa que usaba

en la tienda: los labios suaves desplegados uniformemente sobre los dientes. Era una sonrisa de corazón.

—Ya lo sé. Vas a querer irte. Y supongo que te llevarás a Mary Grace contigo.

Ella asintió.

—No te lo impediré —dijo él—. Hay mucha gente en este lugar que necesita trabajo. Elvira y yo nos las arreglaremos.

Como siempre, hablaba con un tono de autoridad y confianza. Arregló a Rachel su futuro usando las palabras como usaba los pliegues para crear un vestido a una clienta. No había agujeros ni incertidumbres en los vestidos que vendía. Solo belleza: algo elegante, bien hecho y destinado a durar.

Aquella tarde, Rachel se sentó con la señora Armstrong en la sala de costura.

—Mi madre… —comenzó a decir la señora Armstrong. Pero no llegó más lejos.

Rachel y ella cruzaron una mirada intensa. No se dijeron nada más. Ambas comprendieron.

La señora Armstrong ató bien el hilo, tiró de él con fuerza para que no se deshilachara y, después, escondió la costura detrás del adorno de encaje para que nadie la viera.

12

En la tienda, el señor Armstrong llamó a Rachel a su estudio. Desde que trabajaba para él, nunca había entrado en esa habitación. Era más pequeña que el taller de costura, sin ventana, y le sorprendió el desorden que había. Siempre había imaginado que sería una habitación ordenada, con pocos muebles y austera. En cambio, encontró papeles apilados en montones desiguales en todos los rincones y libros abiertos en el suelo, con las páginas superpuestas. Un gran escritorio y tres sillas se habían encajado de algún modo en el caos, lo que dejaba poco espacio para moverse.

En general, ese desorden la predispuso mejor para que él empezara a caerle bien. Desde su conversación en el puerto, hablaban en la casa de una manera parecida a la familiaridad, pero en la tienda él seguía mostrándose distante. Cuando trabajaba, era como un autómata, repitiendo con perfecta coherencia su servicio cortés a cada clienta. Solo cuando volvía a casa recuperaba la humanidad, con un leve roce en el brazo de su mujer o un suspiro de satisfacción al hundirse en un sillón. Ver ese estudio desordenado, un pequeño resquicio de imperfección, permitió a Rachel unir a esos dos hombres: el vendedor en el trabajo y el hombre en la casa.

—Siéntate, por favor. —Sonrió; las arrugas que había

alrededor de sus ojos eran como pequeñas grietas en una fachada por lo demás lisa—. Tengo noticias.

Rachel había imaginado ese momento una y otra vez desde que habían hablado en el puerto. Había tratado de practicar cómo contener las lágrimas de alegría o de tristeza. Pero ahora no había latidos acelerados. Tenía los ojos secos. Fría y lúcida, Rachel escuchó.

—Mi amigo ha consultado los registros —dijo—. Consiguió encontrar menciones de todos tus hijos. A Micah y a Thomas Augustus los vendieron al extranjero, a la colonia de Demerara. Tu hija Mercy estuvo un tiempo en otra plantación de Barbados, antes de que la vendieran a otra colonia: Trinidad.

Aun así, no hubo lágrimas, pero los nombres de esas colonias lejanas se clavaron en Rachel como esquirlas de cristal. Era peor de lo que había temido. Podía recorrer Barbados a pie en cuestión de días. Pero ¿Trinidad? ¿Demerara? Bien podía haber sido África o Inglaterra. No eran lugares a los que pudiera ir.

—¿Y Cherry Jane?

El señor Armstrong frunció el ceño.

—A Cherry Jane la vendieron, al principio, a un hombre de Bridgetown. La rastreamos a lo largo de los años, hasta 1829, pero en el siguiente registro desapareció.

El aire estaba en calma, solo lo perturbaba la respiración de Rachel.

—¿Muerta?

El señor Armstrong negó con la cabeza.

—No figura entre los muertos ni entre los vendidos o regalados a otros. El hombre al que pertenecía es un empresario blanco de cierto renombre: se llama Lancing. Si no fuera tan prominente en Bridgetown, la discrepancia habría dado lugar a preguntas, pero de alguna manera se las arregló para salirse con la suya. El rastro de tu hija se detiene ahí. Puede que la haya vendido y no lo haya declarado. O puede que la haya liberado.

Rachel cerró los ojos. Intentó imaginarse a sus hijos en Demerara, a Mercy en Trinidad, y a Cherry Jane en algún lugar desconocido, pero le resultó imposible. Solo veía sombras sin forma.

—Lo siento —le oyó decir al señor Armstrong—. Ojalá pudiera contarte más.

Habían llegado al límite de lo que los registros de esclavos podían decirles, pero había información que no estaba escrita en los libros.

Aquella noche, después de oír a los Armstrong retirarse a su habitación, Rachel salió con sigilo por la puerta principal. Por la tarde había hecho un recado en la carnicería, y el hombre que estaba detrás del mostrador le había indicado el camino hasta la casa del señor Lancing. Era lo bastante tarde como para que las calles estuvieran casi vacías, aunque se veían grupos de hombres en las ventanas de las tabernas iluminadas por el fuego y almas desesperadas acurrucadas para dormir en las puertas de las tiendas. A la luz de la luna, la ciudad parecía más suave. Los sonidos y olores diurnos del trabajo duro se desvanecían; incluso los edificios más ruinosos tenían un sutil encanto.

Después de tanto tiempo, Rachel aún se cubría la cabeza con la manta que le había dado el mendigo. El capataz podría haber vuelto al norte, pero Rachel empezaba a darse cuenta de que, en Bridgetown, en todo Barbados, quizá nunca podría sentirse a salvo. Que siempre tendría que mirar de reojo, saltando ante las sombras, siempre tendría que despertar de pesadillas en las que la sacaban a rastras de la cama.

Cada vez que alguien la miraba durante demasiado tiempo, pensaba: "Ya está. Ya lo saben".

La casa de la familia Lancing era de piedra, gris e imponente. Sus altas ventanas estaban todas enrejadas; en el segundo piso, asomaban resquicios de luz por las rendijas, pero en la planta baja todo estaba oscuro. Un callejón a lo largo del lateral de la casa conducía a la entrada del servicio. Rachel llamó una vez, sin obtener respuesta. Desde dentro se oía un ruido de ollas y sartenes. Llamó con más fuerza, con un ritmo desesperado al golpear la madera.

La mujer que finalmente abrió la puerta tenía un rostro demacrado y esquelético, con arrugas alrededor de la boca caída. Miró a Rachel de arriba abajo con cara de pocos amigos.

Desde dentro, otra mujer gritó:

—¡Leah! ¿Quién está en la puerta?

Leah se pasó la lengua por los dientes y gritó mientras volvía atrás la mirada:

—Si no te callas, no me voy a enterar. —Miró a Rachel—. ¿Qué quiere?

Rachel mantuvo la voz firme y respetuosa.

—Busco a alguien que trabajó aquí. Cherry Jane.

Leah entrecerró los ojos.

—¿Por qué?

—Es mi hija.

Leah frunció el ceño.

—No puede ser. Eres demasiado oscura.

—¿Así que la conoces?

—Tal vez sí.

Ni una sola fisura apareció en la expresión agria de Leah.

—Por favor. ¿Sabes dónde está?

Leah no respondió. Cruzó las manos sobre el pecho con un gesto rotundo. Detrás de ella, la otra mujer volvió a gritar.

—Estas sartenes no se van a lavar solas.

La desesperación se apoderó de Rachel.

—¿Tienes hijos, Leah?

Leah no se lo esperaba. Mantuvo el ceño fruncido, pero bajó los brazos.

—Sí, tengo.

—¿Todavía están contigo?

—No. Se han ido.

—¿Los echas de menos?

La boca de Leah se torció en un movimiento violento e involuntario, antes de volver a su curva descendente. No respondió.

Rachel lo intentó una vez más.

—Por favor. Solo quiero saber qué le ha pasado a mi hija.

Los ojos de Leah se suavizaron. Parpadeó un instante, pero, luego, su gesto volvió a endurecerse.

—No puedo ayudarte —dijo, y cerró la puerta en las narices de Rachel.

Afloró un recuerdo doloroso: el día en que llevaron a Cherry Jane a la casa principal. Fue un año después de que vendieran a Micah. Dos de las esclavas de la casa fueron a la cabaña de Rachel a primera hora de la mañana y, nada más verlas, Rachel supo por qué estaban ahí.

Rachel pensó que pelearía con ellas, que abrazaría a Cherry Jane y que les diría que no podían llevarse a su hija. Pero los brazos de esas mujeres ya habían aferrado a Cherry Jane, y Rachel se quedó de pie en un rincón de la choza sin hacer nada. Sin decir nada. Había pensado en Micah y en el gran vacío en que se había convertido su corazón, y se había quedado quieta y había dejado que se llevaran a su hija. Cherry Jane había tenido mucho miedo, pero en aquel momento, a la sombra de la pérdida de Micah y anticipándose a todas las pérdidas que aún estaban por llegar, Rachel se había convertido en una de esas madres que nunca pensó que sería: las que no podían mirar a sus hijos a los ojos.

Mientras avanzaba lentamente por las calles oscuras de

Bridgetown, se le hizo un nudo en la garganta al recordar aquel día. Le dolía todo el cuerpo por el remordimiento. Después de que Cherry Jane empezara a trabajar en la gran casa, Rachel comenzó a verla cada vez menos y, cuando podía verla, eran solo unos instantes, desde lejos, demasiado lejos para que Cherry Jane supiera que su madre la estaba mirando. De hecho, Rachel y su hija solo se miraron una vez más antes de que se llevaran a Cherry Jane de Providence, cuando Rachel se escabulló un día hasta el lateral de la casa y se asomó por la ventana de la cocina, con la esperanza de ver a la radiante niña de piel clara por quien no había luchado para quedarse con ella. Cherry Jane estaba dentro, sonriendo, mientras dos de las chicas de la cocina se ocupaban de ella, y volvió la cabeza hacia la ventana y se encontró con la mirada de su madre. Tres meses después, Cherry Jane había desaparecido.

Rachel caminó hasta el puerto. No se le ocurría ningún otro sitio al que ir. Se sentó y se permitió llorar: Cherry Jane, perdida, no una, ni dos, sino tres veces.

Rachel observó el movimiento de las olas. La luz de la luna brillaba en el agua como el acero. El muelle apuntaba hacia lo desconocido, recordándole que allí fuera, en la otra orilla del mar, estaban Micah, Thomas Augustus y Mercy. El camino se bifurcaba: un lado seguía el registro de los esclavos hacia tierras lejanas; el otro se arrastraba lentamente, a ciegas, en busca del frío rastro dejado por Cherry Jane.

Rachel sopesó cada una de las opciones. ¿Podría navegar? La isla era todo su mundo; su vida entera había transcurrido en esas costas. Era una noche cálida y húmeda, pero Rachel sintió un escalofrío de miedo y, aunque el mar estaba en calma, parecía amenazador. ¿Qué misterios se ocultaban bajo su superficie plateada?

Recordó la historia del señor Armstrong sobre la llegada de los barcos de esclavos. Por la noche, los fantasmas del pasado parecían más cercanos; la membrana entre el mundo de los vivos y el de los muertos se hacía más fina. Había esqueletos en el puerto, que aún cargaban sus cadenas. Rachel trató de imaginarse embarcando hacia Trinidad o Demerara, pero volvía una y otra vez a aquellos viejos huesos bajo las olas.

Rachel apartó la mirada del mar y miró hacia Bridgetown. Quizá Cherry Jane aún estuviera en algún lugar de Barbados. ¿Debería quedarse y encontrarla primero? Rachel dio vueltas a la idea, pero sintió que encerraba una falsa promesa, algo que amenazaba con desintegrarse como una voluta de humo al tocarla. Bridgetown era el lugar al que acudían los fugitivos para esconderse entre la multitud. Si Bridgetown en sí era aquello de lo que Cherry Jane había intentado escapar, ¿a qué lugar de la isla habría ido? En todo Barbados, las plantaciones ofrecían escaso refugio.

Y además estaba Providence. Rachel pensó en el capataz. La cacería interminable. Miedo en la isla; miedo al otro lado del mar.

—¿Rachel?

Una voz se le coló en los pensamientos. Enseguida se dio cuenta, por la calidez que la invadió, de que era Hope.

—Qué curioso encontrarme contigo —exclamó Hope mientras se abrazaban—. Ya sabes cómo me gusta estar aquí.

—Sí —dijo Rachel—. A mí también.

Las dos miraron al mar. Rachel se preguntó si Hope estaría pensando en su antigua vida, en el impulso de ahogarse. De pronto le pareció extraño que Hope tuviera tanto cariño a este lugar, pero Rachel sabía que algunas personas prefieren aferrarse a los recuerdos dolorosos.

—Pero ¿qué haces fuera tan tarde?

—Estaba visitando a alguien.

—Bueno, yo estaba de camino a casa. Pero puedo sentarme contigo un rato si quieres.

Detrás de la sonrisa que mostraba una hilera de dientes perfectos, Hope tenía una expresión vigilante. Rachel aceptó su ofrecimiento y ambas se sentaron en el suelo con las piernas cruzadas.

—¿Cómo está Mary Grace? —preguntó Hope.

—Está bien.

—Cómo me alegro de que os hayáis reencontrado.

—Gracias.

A Rachel la invadió la sensación del reencuentro. El alivio. El agujero de su corazón que, al llenarse, le devolvió los colores al mundo. Pero entonces, ese momento se volvió agridulce. Si quería volver a experimentar esa sensación, un océano se interponía en su camino.

—¿Tienes otros hijos, Rachel?

Por el tono de voz de Hope, era una pregunta, pero, por la mirada que le dirigió, no.

—Sí.

Por una vez, Hope se quedó inmóvil. Ni palmas, ni cabeza ladeada, ni risas. El viento susurraba sobre las olas. Alrededor de la garganta de Hope, los volantes de su vestido bailaban con la brisa. Bajó la mirada.

Cuando habló, fue como si su voz se hubiera despojado de toda la alegría, dejando algo áspero, algo animal.

—Si mi hija hubiera sobrevivido, haría lo que fuera necesario. La encontraría.

Había muchas diferencias entre ambas. Si Hope era un torbellino, Rachel era la calma después de la tormenta. Pero las palabras de Hope, y la forma en que las pronunció, llamaban a algo más profundo. Rachel también lo tenía en su interior.

Iría. Por supuesto que sí. Parte de ella siempre lo había sabido, siempre la había llevado una y otra vez al puerto. No un final, sino un principio. La distancia no importaba. Nada importaba. En ella, como en Hope, vivía una voluntad dura, áspera, implacable, doblegada, pero no quebrada, por la esclavitud. Elegiría el miedo desconocido y pondría un océano de distancia entre ella y su amo en la plantación de Providence.

Hope sonrió como si no hubiera pasado nada. Su suavidad y su disfrute volvieron. Se puso de pie.

—Es tarde. Debo irme. —Le aferró la mano a Rachel—. Me alegro de haberte visto esta noche. —Mantuvo el contacto un largo rato; sabía que no volverían a verse. Sabía que Rachel ya no podría quedarse.

—Cuídate, Hope.

Rachel vio a Hope alejarse. Ya no hacía frío en el puerto. Los muertos, si es que seguían mirando desde las profundidades del océano, ya no la asustaban. Habían muerto porque se habían atrevido a luchar contra el camino que otros habían elegido para ellos, que los conducía de la pasarela de un barco hasta una plantación. Aquel pensamiento emocionó a Rachel. Había otros caminos. Todo podía cambiar. La isla a la que la habían atado no tenía por qué retenerla para siempre.

A pesar de lo tarde que era, la señora Armstrong la estaba esperando, enmarcada por el estrecho pasillo en toda su belleza silenciosa. Miró a Rachel. Esta le devolvió la mirada y vio que ya lo sabía.

—¿Te vas a ir?

—Sí.

La señora Armstrong aferró a Rachel por los hombros y sus dedos le transmitieron su dolor por su propia madre y la esperanza de que Rachel pudiera evitar ese destino.

—Debes hacer lo que yo no pude. —Dejó caer las manos y se secó las lágrimas que le corrían por las mejillas—. Preguntaré a mi esposo por el transporte a Demerara o a Trinidad. Te conseguiremos el primer barco que salga de aquí. Y te pagaremos el billete.

Rachel abrió la boca para protestar, pero la señora Armstrong la hizo callar con un gesto de la mano.

—Insisto —dijo—. *Insistimos.* —Le brillaban los ojos; tenía las pestañas inferiores húmedas y apelmazadas. Le temblaba la voz—. Espero que los encuentres, Rachel. Espero que los encuentres a todos.

13

Algo visceral dentro de su cuerpo rechazaba el barco. Embarcaron en Bridgetown a primera hora de la tarde y, en cuanto se alejaron del muelle, a Rachel se le aflojaron las piernas y empezó a tener violentas arcadas. Mary Grace y un miembro de la tripulación la ayudaron a bajar de la cubierta; permaneció tumbada en la oscuridad, temblando y febril, con la bilis de su estómago agitada por el vaivén inestable del barco. Esa noche no durmió, pero soñó, con los ojos abiertos, un sueño en el que solo había gemidos de desesperación y muerte hedionda. El aire oscuro y pútrido de la bodega del barco le oprimía la garganta como las extremidades de un cadáver todavía tibio.

Después de lo que le pareció una vida entera perdida en la oscuridad espesa, se arrastró hasta la cubierta al despuntar el amanecer. Con las piernas aún flojas, consiguió sentarse contra la borda. Cerró los ojos y trató de bloquear todo excepto el sonido familiar de las olas y el sabor de la sal.

—¿Es su primera vez en el mar?

Entreabrió un ojo y vio a un hombre de pie junto a ella; tenía la piel del mismo color que la madera húmeda de los tablones de la cubierta. El rabillo de los ojos se inclinaba levemente hacia abajo, hacia la curva de la sonrisa, lo que le daba una expresión entre seria y amable.

Rachel asintió con la cabeza. No se atrevía a abrir la boca, por miedo a que sus entrañas se derramaran sobre las botas de aquel hombre.

—La primera vez puede ser difícil. —Tenía una voz solemne, sin la típica cadencia isleña. Sus consonantes eran duras, como las de un hombre blanco.

Metió una mano en el bolsillo de los pantalones rotos y deshilachados en los tobillos.

—Tome. —Le ofreció un trocito de algo gris y arrugado—. Jengibre. Mastíquelo para aliviar el mareo.

Rachel abrió la boca solo lo suficiente para morder el jengibre. Era viejo y duro, pero, al masticarlo, empezó a soltar su jugo; lo tragó con cierta dificultad.

El hombre esperó pacientemente mientras ella seguía apretando la cabeza contra las rodillas. Pero pronto Rachel sintió que le salía algo de la boca del estómago e irradiaba hacia las piernas temblorosas. Al principio, la sensación fue de tensión, como si todos los músculos se le endurecieran y, de pronto, todo se relajó. Su cuerpo, flexible y en calma, fue capaz de asimilar el movimiento del barco sin quejarse.

La sonrisa del hombre se agrandó.

—¿Se siente mejor?

Rachel volvió a asentir, e incluso consiguió balbucear:

—Sí.

El hombre señaló el sector de la cubierta que estaba junto a ella con la palma grande y callosa.

—¿Puedo sentarme?

—Si quiere.

Se sentó lo suficientemente cerca para que ella sintiera el calor de su cuerpo.

—Bueno, ¿quién es usted? —dijo.

Había algo profundo en sus ojos que no se parecía a nada que ella hubiera visto antes. Sus pupilas eran cavernas, envueltas en círculos negros idénticos. No podía mirarlas directamente durante mucho tiempo sin sentir vértigo.

—Rachel —dijo—. Viajo con mi hija.

—Encantado de conocerla, Rachel. Me llamo Nadie.

Rachel miró a Nadie de arriba abajo. Era más macizo de lo que ella habría esperado de alguien con ese nombre. Llevaba las mangas de la camisa arremangadas y los músculos le recorrían los antebrazos como lianas.

—Tal vez se pregunte cómo obtuve un nombre tan poco común.

Un poco avergonzada, Rachel desvió la mirada, pero a él, al parecer, no le molestó.

—Se lo contaré. En la plantación de mi amo en Antigua, acusaron a una mujer de brujería. Aseguraban que había estado enterrando cosas en los rincones del campo para lanzar un hechizo: el corazón de una cabra, las bayas de un arbusto envenenado y la placenta de una de las esclavas, todavía húmeda de sangre. En lugar de negar la acusación, la admitió con orgullo. Le dijo al amo que había maldecido la tierra y que nadie iba a nacer en su plantación.

”En aquel momento, la mujer del amo estaba embarazada. Una semana después, el bebé nació demasiado prematuro, deforme y muerto. Durante muchos años, la maldición se cumplió: las esclavas eran estériles y la mujer del amo dio a luz otros dos hijos que murieron al nacer. Pero un día, nací yo. Y, entonces, mi amo le dijo a mi madre que me llamara Nadie... porque era cierto que Nadie había nacido en su plantación.

Hablaba como alguien que se siente cómodo narrando historias. Sus palabras subían y bajaban a la par de la cubierta. No apartaba del mar aquellos ojos profundos y caídos.

—¿Por qué viaja a Demerara? —preguntó Rachel.

—Formo parte de la tripulación. Llevo muchos años en el mar.

Rachel trató de imaginarse una vida así. Respiró hondo y dejó que el aire salado le llenara los pulmones.

—¿Le gusta estar en el mar?

—Al mar le debo mi libertad —dijo él, tras una pausa—. Por eso lo respeto. Pero no siempre es una vida cómoda.

—¿Su libertad?

—Sí. Cuando era niño, solo tenía diez años, mi madre me contó una noche que tenía un plan, pero que yo debía hacer exactamente lo que ella dijera. Me indicó que me tumbara en mi estera y que no moviera ni un músculo. En la oscuridad, salió a recoger los desperdicios de la letrina. Tomó un cuchillo, se hizo un corte en el muslo y mezcló los residuos con sangre y agua. A la mañana siguiente, vertió la mezcla sanguinolenta entre mis piernas y salió corriendo. La oí llorar y acudió el capataz. Le dijo que me estaba muriendo, que la maldición se había apoderado de mí.

"Oí que el capataz se acercaba a mirarme. Mantuve los ojos cerrados casi sin respirar. La cabaña apestaba y el capataz no se quedó mucho tiempo. Esa noche, mi madre me susurró: 'Huye'.

Nadie cerró los ojos por un momento, abrumado. Rachel sintió cómo se le tensaba el cuerpo, sentado junto a ella; el mero recuerdo de aquella orden bastaba para predisponerlo a la huida.

—Así que hui. Encontré un camino y lo seguí hasta que llegué a una ciudad con más gente de la que había visto nunca: era St. John's. Pasé tres días vagando por las calles, sin atreverme a parar. La tercera noche, un hombre salió tropezando de una taberna y me vio agazapado junto a la puerta. Me dijo que podría conseguir comida y cobijo si subía a su barco, que zarparía al día siguiente de Antigua con rumbo a Londres. Aquel fue el primero de muchos viajes, y aquí estoy. Desde entonces, no he vuelto a pisar Antigua.

Nadie mantenía el rostro inexpresivo; aparte del breve

destello de dolor, podría haber contado un mito o una fábula. Pero tenía grabados en los rasgos el fantasma de un niño asustado de diez años. Rachel imaginó el dolor que debió de sentir su madre al enviarlo a la libertad, sabiendo que nunca volvería a verlo.

—¿Londres? ¿Ha estado ahí?

—No estuve mucho tiempo. Pero recuerdo que hacía frío, tanto que las nubes bajaban del cielo y lo envolvían todo, al punto de que no se podía ver.

—¿Qué otros lugares ha visitado?

—Sobre todo, Europa y el Caribe. Una vez fui a África, al puerto de Popo. —Miró la madera desgastada de la cubierta—. Estuve en un barco español que llevaba esclavos a Cuba.

Rachel sintió un escalofrío, pero no se enfadó con él. La imagen que se había formado de una vida aventurera en el mar, explorando los confines del mundo, se desvaneció. En cambio, volvió a ver a un chico joven, zarandeado por los océanos en viajes que no podía controlar. Toda libertad tiene su precio.

—¿Y qué la lleva a usted a Demerara, Rachel? —preguntó Nadie.

Al inclinarse hacia atrás, la cara de Rachel captó los rayos del sol cuando empezaron a abrirse paso y a disipar las brumas del amanecer, que aún permanecían alrededor del barco. Su calidez y la historia de la separación de Nadie de su madre cuando era niño la ablandaron. Aunque todavía sentía que su búsqueda era un secreto, decidió contárselo.

—Mis hijos. Los vendieron ahí hace muchos años.

Los interrumpió un niño blanco, de no más de doce años, que apareció desde debajo de la cubierta. Tenía manchas de mugre y sudor en la cara delgada.

—Te necesitan abajo.

Nadie se puso en pie.

—Quizás hablemos más tarde —dijo, como si aquello fuera algo que le gustaría, pero que estaba fuera de su control. En última instancia, todos estaban a merced del mar.

Aunque su malestar ya había pasado, a Rachel aún le costaba estar bajo la cubierta demasiado tiempo. Había dolores ancestrales, sedimentados en algún lugar de su interior, que aún le retorcían el estómago en cuanto perdía de vista el sol, y el olor fantasmal a carne podrida la perseguía allí abajo. Ella y Mary Grace pasaban al aire libre todo el tiempo que podían. Rachel presentó su hija a Nadie, la siguiente vez que él apareció en cubierta. Mary Grace le sostuvo la mirada, sin miedo de perderse en aquellos ojos profundos y cavernosos.

Les había tocado la bendición de una buena travesía, y parecía que iba a seguir así... o eso les dijo Nadie. La proa cortaba el agua tan solo con un murmullo. Nadie les habló de las grandes tormentas que él había atravesado, en las que la lluvia te arañaba la piel y las olas embravecidas, más altas que los mástiles, amenazaban con partir el barco por la mitad con cada crujido de la cubierta.

Cada vez que lo veían, él les contaba un relato diferente de uno de sus muchos viajes. Si otro miembro de la tripulación se acercaba y le gritaba que dejara de holgazanear, el relato se abreviaba: la vez que vio a una ballena saltar fuera del agua a escasos metros del barco, o aquella ocasión en que una ráfaga de viento arrastró a un hombre desde el mástil hasta la cubierta, y el crujido de sus huesos al caer casi no se oyó por el ruido del vendaval. Cuando podía quedarse un rato más largo con ellas, tenía tiempo suficiente para contarles cómo los acosó un barco pirata durante todo el trayecto por la costa de Cuba, o el intento de motín que ayudó a sofocar a un capitán en un viaje a Brasil. Mary Grace lo escuchaba absorta cada vez que hablaba, y él parecía disfrutar de tenerla como oyente. Cuando Rachel vio las miradas que se cruzaban, sintió una punzada de duelo maternal por la niña que había sido su hija. Pero también se alegró. En todo el tiempo que habían pasado en Bridgetown, Rachel nunca había visto a su hija escuchar a alguien sin bajar la mirada, pero ahora mantenía los ojos fijos en Nadie. Con él, el mutismo de Mary Grace ya no parecía timidez, sino asombro.

Durante tres días más, solo vieron mar y cielo. A Rachel le gustaba caminar hasta la proa del barco y ver el océano chocar con el horizonte por dondequiera que mirase. En Barbados, nunca había estado más de unas horas sin comprobar que la tierra no se extendía al infinito. Pero en el barco, era fácil creer que el agua no tenía fin. Se preguntaba cómo alguien podía aguantar los largos viajes desde África o desde Europa. Solo llevaba unos días navegando, pero la idea de tierra firme y sólida bajo sus pies ya parecía un punto lejano en su memoria.

Preguntó a Nadie cómo era pasar semanas rodeado de infinito en todas direcciones: arriba, abajo y alrededor.

—La vida en el mar no está hecha para todo el mundo. Puede hacerte sentir muy pequeño. He visto a algunos que se volvieron locos. Una vez vi a un hombre saltar por la borda desesperado, porque estaba convencido de que el mar se había tragado el mundo entero y a toda la gente, excepto a nosotros…

Hizo una pausa. El sol estaba bajo en el cielo, casi rozaba la superficie del agua, y su luz mortecina convertía las olas en un espejo reluciente y cambiante.

—Siempre he sobrevivido al mar —dijo—. No me importa sentirme pequeño. No necesito que me recuerden que soy Nadie, igual a todos.

Al cuarto día avistaron tierra. La costa de Sudamérica

surgió de las olas y se curvó en el horizonte. Rachel aferró con fuerza la mano de Mary Grace cuando la vio emerger. De inmediato se sintió en tierra, y retener en la mente las imágenes de Micah y Thomas Augustus le resultó más fácil que antes, cuando lo único que tenía a la vista era agua.

Se acercaron lo suficiente para ver los contornos verdes de los árboles de la orilla. El barco viró hacia el este y bordeó la costa durante la mañana. Nadie fue a buscarlas y las llevó a la proa del barco. Señaló a lo lejos.

—¿Ven allí, donde se oscurece el agua?

Rachel hizo visera y descubrió que, en efecto, se veía una veta de agua turbia que surcaba el azul profundo del mar circundante.

—Así es como sabemos que estamos cerca —dijo Nadie—. Esa es la desembocadura del río Esequibo. Falta poco para Georgetown.

En las horas que siguieron, la costa empezó a retraerse, y formó la enorme desembocadura del río. Había pequeñas islas que sobresalían, como dientes, hacia el mar. Rachel y Mary Grace permanecieron en la proa, paralizadas, a medida que la inmensidad del estuario se hacía visible.

—¿Disfrutan de las vistas?

Nadie había vuelto. Se acercó a Mary Grace y Rachel notó que rozaba la cadera de su hija con el dorso de la mano.

—Nunca había visto un río tan grande —dijo Rachel. Aún no se veía la orilla lejana en el horizonte.

—Los ríos de Sudamérica son dignos de ver —comentó Nadie—. Más allá, en Brasil, está el Amazonas. Dicen que es uno de los ríos más grandes del mundo. Como una gran herida en la costa. —Sonrió, un poco triste—. Aún más que todo el tiempo que pasé en el mar, verlo me hizo sentir humilde. La vida que llevamos en tierra es en vano. Al final, el agua es la que vence.

Rachel se quedó mirando el Esequibo en silencio. Ella

también se sentía humilde, pero ese sentimiento no era tan lúgubre como lo describía Nadie. Mientras que él veía el río como una herida, ella imaginaba que la tierra lo abrazaba a cada lado mientras se adentraba en el interior del país. Donde él veía agua y tierra enfrentadas, como enemigas, ella reparaba que las cosas no eran tan sencillas como parecían. El agua dulce y fangosa se encontraba con el agua salada del mar, y sus colores se mezclaban y disolvían en la desembocadura del río. Las islas que emergían de las profundidades eran verdes y fértiles, rebosantes de vida. Convivir era posible. Nadie tenía que perder para que el agua ganara.

A Nadie lo llamaron para trabajar, pero él les dijo que estuvieran atentas a un segundo río: sería el Demerara, sobre el que se asentaba Georgetown. A lo largo de la tarde, la sombra del mástil del barco se alargó. A babor, la costa volvía a emerger a medida que dejaban atrás el estuario del Esequibo.

En un momento, Mary Grace vio algo y señaló a lo lejos. Al entornar los ojos, Rachel pudo distinguir el Demerara, que arrojaba al mar una espesa veta de agua pardusca.

El barco viró e inclinó la proa hacia la costa. Algunos pasajeros curiosos se habían acercado para ver cómo se acercaba por el horizonte su destino final, y una joven llamó la atención de Rachel. Esa mujer se mantenía apartada de los demás en cubierta, cohibida, y miraba a menudo a la gente que la rodeaba para cambiar su posición si alguien se le acercaba demasiado. Era sorprendentemente hermosa: alta, delgada, de piel clara y con suaves rizos que llevaba sueltos sobre los hombros. A Rachel le recordaba a Cherry Jane, aunque, en realidad, esa mujer no se parecía a su hija: tenía la nariz demasiado estrecha, los ojos demasiado oscuros y la piel de un tono demasiado claro. Pero había algo en su forma de comportarse, erguida y deliberadamente elegante, como si supiera que iba a llamar la atención y tuviera que estar preparada en todo momento para que la miraran y admiraran.

Sin embargo, lo que atrajo la mirada de Rachel no fue la belleza de esa mujer, ni su aire a Cherry Jane, sino su vestido. Después de los meses transcurridos con la señora Armstrong, Rachel sabía reconocer un gran trabajo cuando lo veía, y el vestido era una preciosidad.

Era de seda lila, adornada con un diseño de rosas alrededor de la base de la falda. Las mangas cortas abullonadas estaban cubiertas con una sobremanga transparente que brillaba a la luz del sol y el escote tenía adornos de encaje. Era un vestido para regocijarse con su despilfarro, un vestido diseñado con el objetivo de proclamar a quien lo llevara puesto como una mujer de buen gusto y medios considerables.

Y sin embargo... Rachel miró más de cerca. Intentó ver lo que vería la señora Armstrong. Las manchas alrededor del canesú, donde el color se había desteñido. El hecho de que el dobladillo se había vuelto a coser y había quedado desparejo. Que hacía años que la forma de las mangas ya no estaba de moda. Y que el vestido no se ajustaba alrededor de la cintura de esa mujer como cabría esperar si lo hubiera confeccionado para ella una costurera experta.

La joven volvió la cabeza y cruzó una breve mirada con Rachel, pero no tardó en apartarla. Rachel notó que tenía miedo porque se había dado cuenta, porque había visto en el rostro de Rachel que su disfraz no era suficiente: fuera cual fuera la vida de la que había huido y la clase de mujer por la que intentara hacerse pasar, alguna pequeña parte de su verdadero yo siempre se dejaría traslucir.

Nadie reapareció junto al hombro de Mary Grace, y Rachel apartó la mirada de la mujer del vestido lila.

—¿Cuánto tiempo? —preguntó.

—Más o menos una hora —respondió él.

Mary Grace miró a su madre. En los últimos días, Rachel había notado cómo los hombros de su hija se habían aflojado y sus labios siempre estaban a punto de sonreír, sobre todo cuando Nadie estaba cerca. Rachel vio titilar la esperanza que había crecido en los ojos de Mary Grace como una llama a punto de extinguirse.

—¿Cuánto tiempo va a quedarse en Demerara? —preguntó Rachel a Nadie.

Él se encogió de hombros.

—Tengo algo de dinero para uno o dos meses. Después, encontraré trabajo en otro barco.

—Nos ha hecho buena compañía.

—Gracias.

La desembocadura del Demerara estaba cerca. Mary Grace bajó la mirada a la cubierta. Sus labios empezaron a curvarse hacia abajo y su espalda a encorvarse, y Rachel se dio cuenta de que no había tiempo para indirectas.

—Tal vez pueda quedarse con nosotras un tiempo. En Georgetown. Podemos buscar una habitación juntos.

Nadie se quedó callado. Estaba mirando el mar; las olas se reflejaban en miniatura en sus pupilas.

Rachel le tomó la mano. Él miró desde el mar hacia ella, y viceversa.

—Escuche —dijo Rachel—. Comprendo lo difícil que es abandonar lo que conoce. Pero ya es hora. —Le apretó la mano con más fuerza y él volvió a mirarla—. Ya puede dejar de huir.

La tersa piel de la cara de Nadie se estremeció, conteniendo las lágrimas que, a los diez años, no había tenido la oportunidad de derramar. Rachel podía ver a su madre en sus ojos, una silueta tenue, un recuerdo lejano con rasgos borrosos, y sabía que él también podía ver parte de su madre en ella. Juntos, esos ecos bastaron para liberarlo del mandato que había durado décadas.

—Está bien —dijo, con la voz cargada del dolor del recuerdo, pero también de alivio—. Iré con ustedes.

Mary Grace seguía con la cabeza baja. Nadie, con el dolor del pasado aún reflejado en sus ojos, la miró y se quedó inmóvil. Las lágrimas que aún no se habían derramado se desvanecieron de su rostro. Solo por un instante, se permitió sonreír.

Guayana Británica

Enero de 1835

14

Las calles de Georgetown tenían una disposición inquietante. Los edificios que bordeaban la ribera se alineaban a lo largo del estuario como en posición de firmes. El muelle se hallaba en el extremo de la ciudad, río abajo, y más allá había franjas de plantaciones en líneas rectas desde la orilla. Después de pasar días en alta mar, resultaba discordante ver un paisaje tan cuidadosamente planificado y ordenado.

Nadie las guio por la pasarela. Un pequeño grupo de personas saludaba a los recién llegados; la mayoría eran negros, tan delgados y angulosos como los que habían salido de Barbados, pero con ropa más nueva y sin la desesperanza hundida en los ojos. Rachel se fijó en la hermosa joven del vestido lila, que se abría paso entre la multitud. La mujer caminó rápidamente hacia la calle lateral más cercana y desapareció entre las sombras.

—Conozco un sitio —dijo Nadie—. Una taberna con habitaciones. Es barata, pero no tiene tan mala fama. Quizá nos podamos quedar allí.

A medida que se alejaban del río, los edificios altos con fachadas de piedra daban paso a otros más deteriorados, con ventanas sin cristales que se abrían hacia el crepúsculo. La calle por la que caminaban estaba casi vacía. Pasaron junto a una mujer blanca que estaba apoyada en el marco de la puerta y charlaba con un hombre en un idioma que Rachel no reconoció. Las palabras ásperas, llenas de consonantes, se suavizaban con las carcajadas ocasionales de la pareja.

Rachel frunció el ceño.

—Creía que Georgetown era inglesa. —Nunca sería capaz de encontrar a sus hijos en un lugar en el que se hablaba un idioma extranjero.

—Así es —dijo Nadie—. Pero antes era holandesa. Todavía quedan algunos holandeses.

No tardaron en llegar a la taberna y les alivió comprobar que estaba abierta. A unos cien metros de distancia, el camino, recto como una flecha, se desvanecía abruptamente y lo sustituía un campo llano y estéril.

—Yo no iría para allá —advirtió Nadie—. Es un cementerio. Y los muertos no descansan tranquilos ahí.

Dentro, la taberna estaba mal iluminada, pero limpia. Algunos hombres estaban sentados bebiendo en la barra y otro grupo se apiñaba alrededor de una mesa que había en un rincón, con cartas en las manos. En esa mesa había dos soldados, uno de piel clara y el otro moreno. A Rachel le pareció que los demás eran marineros o trabajadores itinerantes: la atmósfera a su alrededor tenía un carácter cambiante y efímero; ninguno fijaba la vista en el mismo lugar durante mucho tiempo. Ella había notado que Nadie desprendía el mismo tipo de energía desde que habían abandonado el barco.

Nadie se acercó a hablar con el camarero. Tras un breve intercambio de palabras, se volvió e hizo señas a Rachel y Mary Grace para que se acercaran.

—¿Ve? —le dijo secamente al camarero—. Ambas son mujeres buenas y respetables.

El camarero era bajo, corpulento y calvo. Jadeaba ligeramente cada vez que exhalaba. Las miró de arriba abajo; sus ojos, oscuros y brillantes, parecían pinchados en su cara del color de la melaza.

—¿Y cómo van a ganarse la vida? —preguntó, dirigiéndose a Nadie—. ¿Cómo sé que no se van a dedicar a eso si están desesperadas? No serían las primeras.

Nadie iba a hablar, pero Rachel se le adelantó.

—Mi hija sabe coser un poco. Fui sirvienta en Barbados, pero también esclava de campo. Sé lo que es el trabajo duro.

El camarero la miró fijamente. Por fin, dijo:

—Si lo que quieres es trabajo duro, aquí lo encontrarás. Buscamos a alguien que atienda y que mueva los barriles cuando llegan. ¿Eres fuerte?

—Sí, señor.

—Bueno, puedo hablar con el propietario mañana. Y si acepta, te da el alojamiento en vez del salario.

Rachel se encogió de hombros. Parecía un trato razonable.

El camarero señaló con la cabeza hacia una puerta que había en un rincón.

—La habitación está por ahí, subiendo la escalera. —Se volvió hacia Nadie—. Necesito tu dinero para esta noche. No hay alojamiento gratis hasta que trabaje un día aquí para ganárselo.

Nadie tomó su alforja, pero Rachel fue más rápida. Contó las monedas que le habían sobrado del dinero que la señora Armstrong le había obligado a aceptar. Tomó la llave y subió las escaleras.

La habitación era pequeña, cuadrada y por completo anónima. Dos camas flanqueaban la ventana a cada lado, pero, por lo demás, estaba vacía. Nadie rondaba al otro lado de la puerta. Aunque controlaba bien su expresión, Rachel percibía que algo iba mal. Supuso que estaría resentido porque ella había aceptado el trabajo y había pagado la habitación. Si tenía el orgullo herido, hablaba bien de él que no lo demostrara, pero no la sorprendía. Rachel pensó que no estaba acostumbrado a depender de nadie más que de sí mismo. Desde niño, solo había experimentado las fricciones de la vida en el mar, donde el agua salada corroía la debilidad. Las únicas relaciones que había conocido eran contractuales, entre capitán y tripulación, o fugaces, entre marineros que navegaban juntos una vez y luego tomaban caminos distintos.

Rachel estaba pensando en la mejor manera de decirle con delicadeza que ella y su hija no necesitaban su dinero ni su trabajo ni su protección, sino solo su compañía, cuando Mary Grace rozó con una mano la muñeca de Nadie. Un pequeño movimiento, antes de apartarse para mirar por la ventana, pero Nadie, que no había dejado las manos quietas desde que abandonaron el barco, dejó de frotárselas y retorcérselas. Al final, cruzó la puerta.

Rachel durmió bien aquella noche, después de evitar durante tantas noches su cama bajo la cubierta del barco. Nadie había insistido en dormir en el suelo.

—He dormido en sitios peores —explicó.

Cuando estaba a punto de dormirse, Rachel había observado cómo miraba a Mary Grace. Su hija tenía los ojos cerrados y la luz de la luna proyectaba vetas plateadas en su cabello oscuro y bien recortado. Acostada allí, Mary Grace tenía una belleza suave, y Rachel reparó en que Nadie estaba embelesado con ella.

Por la mañana, Rachel se levantó temprano. Nadie aún dormía, medio enroscado como un signo de interrogación en el suelo. Mary Grace estaba despierta y miró a Rachel caminar de puntillas hasta la ventana. Al asomarse, pudo ver el cementerio al final de la calle. Inhaló y dejó que el aire húmedo de Georgetown le llenara las fosas nasales. El olor le recordaba al de Bridgetown, abarrotado y polvoriento, pero tenía un matiz desconocido, áspero y ácido, que le decía que estaba lejos de Barbados y de todo lo que conocía.

Susurró a Mary Grace que volvería pronto y, con cuidado de no molestar a Nadie, salió de la habitación. Cruzó la taberna vacía, con un bosque de taburetes colocados sobre las mesas, y salió a la calle desierta. Volvió sobre sus pasos de la noche anterior a lo largo del trayecto hasta el río, pero, a medida que avanzaba, se sentía cada vez más inquieta. Veía tantas cosas que no reconocía que a veces temía haberse equivocado de camino, aunque de todos modos iba en línea recta. Todo aquello le resultaba tan extraño que tuvo que admitir que tardaría en conocer aquel lugar.

Pasó junto a un hombre que llevaba un carro de fruta y a una mujer demacrada y ojerosa con un bebé atado a la espalda. Por lo demás, no vio a nadie. La tranquilidad la hizo sentirse incómoda. Cuando llegó a los edificios más grandes cercanos al muelle, vio que la mayoría de las ventanas aún estaban cerradas. Solo una casa tenía una ventana descubierta en la planta baja y, dentro, Rachel alcanzó a ver a una anciana con un pañuelo blanco en la cabeza, que extendía un mantel de lino inmaculado sobre una mesa de desayuno.

En la periferia de su campo visual, Rachel distinguió a sus hijos, sus sombras la acompañaban en la calle silenciosa, aunque nunca estaban todos al mismo tiempo. Ni en su imaginación podía reunir a esos dos muchachos, porque no se conocían, al menos de momento. Thomas Augustus había nacido después de la partida de Micah y solo conocía a su hermano por las historias que le contaba Rachel. De pequeño, a Thomas le encantaban esos relatos; Rachel sospechaba que no acababa de entender que Micah era una persona real. Aquel misterioso hermano mayor parecía más bien sacado de un cuento popular, uno de los muchos personajes que Rachel invocaba para arrullar a su hijo menor cada noche. Esto sucedió después de que vendieran a Mary Grace, pero Rachel estaba segura de que Thomas pensaba que faltaban pocos meses para que su hermana volviera. Que le dijeran que también se había ido otro hermano, y por mucho más tiempo, tal vez fuera demasiado para el niño. Le resultaba más fácil pensar que Micah era un invento de su madre y que Mary Grace volvería pronto con ellos, porque la alternativa era la dura verdad de que en cualquier momento podían llevarse a cualquiera de los hijos de Rachel y ella no podía hacer nada al respecto.

Pero, poco después, Samuel y Kitty murieron y Mercy desapareció, y Thomas, que ni siquiera había cumplido los siete años, comprendió lo frágil que era su familia, lo fácil que era romperla. Pronto dejó de pedir a su madre que le contara historias de su hermano mayor.

Cuando Rachel llegó al muelle, una brisa fresca procedente del río la ayudó a disipar la atmósfera fantasmal de la mañana. Varios hombres se amontonaban cerca de la orilla. Aún no había barcos, pero parecía que esperaban algo. Dos de ellos estaban más juntos que el resto, de espaldas al mar, conversando con la cabeza inclinada. Parecían padre e hijo. El más joven tenía la cara redonda e inocente. Había ecos de aquella cara en la de su padre, pero parecía como si la edad hubiera lijado sus bordes suaves hasta hacer sobresalir la mandíbula de manera prominente y marcado profundas hendiduras en las sienes.

Pensando que por algún sitio tenía que empezar su búsqueda, Rachel se acercó a ellos. El anciano dejó de hablar y le lanzó una mirada suspicaz.

—¿Sí?

—Lo siento. Busco a mis hijos.

—Bueno, no somos tus hijos. —El anciano tenía una voz tranquila y grave.

—¿Puede que los haya visto, o que haya oído hablar de ellos?

El hombre más joven respondió. Había una pizca de lástima en sus ojos.

—No hace mucho que estamos aquí. ¿Cómo se llaman?

—Micah y Thomas Augustus. Uno, alto; el otro, bajo.

El hombre más joven movió la cabeza.

—Lo sentimos. No conocemos a nadie con esos nombres.

Era lo que ella esperaba, pero un pequeño suspiro se le escapó de los labios.

—¿Cuánto tiempo llevas buscando? —preguntó el joven. Su padre, que seguía con el rostro amargado, se volvió hacia el mar.

—Muchos años —respondió Rachel—. Pero llegué a Demerara ayer.

—Bueno, siento no poder ayudarte. —Miró el mar—. Nosotros también buscamos a alguien.

—No estamos buscando —dijo su padre bruscamente—. Estamos esperando.

El joven cerró los ojos un momento y una expresión de dolor se le dibujó en la cara. Rachel trató de adivinar su edad. Probablemente la misma que Thomas Augustus, dondequiera que estuviera ahora.

—¿A quién esperan? —preguntó.

—A mi madre —respondió el joven—. Vinimos de Santa Lucía hace un año, porque hemos oído que aquí pagan un poco más. Mi madre dijo que iba a venir cuando pudiera. —Sonrió a Rachel con tristeza.

—¿Ha llegado hoy su barco? —preguntó Rachel.

El viejo respondió: "Sí", al mismo tiempo que el joven decía: "No lo sabemos".

El joven bajó los ojos, avergonzado.

—Esperamos que llegue hoy —dijo—. Siempre venimos por las mañanas y esperamos, por si acaso.

Rachel dio un paso hacia el anciano. Él debió de sentir su cercanía porque se volvió para mirarla.

—Bueno, espero que hoy sea el día —le dijo con suavidad—. Espero que el próximo barco que llegue sea el suyo.

Pero en el fondo de los ojos del hombre Rachel podía ver el mismo vacío que había llenado los ojos de sus hijos moribundos, Kitty y Samuel. El mismo horrible vacío escrito en el rostro del bebé que había nacido muerto tras salir de su cuerpo. Se le rompió el corazón al verlo: el dolor que sintió por el hombre en ese momento, y por su hijo, fue tan agudo que casi la hizo doblarse en dos. En el fondo, al anciano no le quedaba esperanza. Su corazón había muerto porque creía que su mujer había muerto a cientos de kilómetros de él y de su hijo.

El viejo no dijo nada.

El joven volvió a decir: "Lo siento". Y luego, mientras Rachel se alejaba, la llamó.

—Espero que encuentres a tus hijos.

Rachel sintió que el corazón le palpitaba con fuerza al oír sus palabras, forzando un latido para mantener viva la fe de que sus hijos perdidos aún vivían. Se apresuró a regresar a la taberna.

15

EN EL CAMINO DE VUELTA, VIO ALGUNOS POSTIGOS ABIERtos y varias chimeneas humeantes: la ciudad empezaba a cobrar vida. Las calles ya no estaban desiertas; Rachel se cruzó con un grupo de hombres silenciosos y de rostro pétreo que llevaban palas, y con un chico joven con muletas que tenía el pie izquierdo torcido de una extraña manera a la altura del tobillo y con los dedos abiertos en todas direcciones.

Cuando regresó a la taberna, el camarero de la noche anterior había vuelto y jadeaba más fuerte que antes mientras colocaba los taburetes en el suelo. Alzó la vista cuando entró Rachel.

—Esta es —dijo mirando hacia el rincón. Al volverse, Rachel vio a un hombre blanco sentado frente a una de las mesas con un libro de cuentas abierto delante de él. La punta de su pluma flotaba sobre la página mientras él la miraba por encima de sus gafas.

—Acérquese —le dijo—. Deje que la vea bien.

No era en absoluto como ella esperaba que fuera el dueño de una taberna. Tenía una nariz larga que apuntaba hacia abajo y dirigía la atención a una boca tan delgada que casi no tenía labios. La cara estaba enmarcada por unas patillas lacias y canosas. Parecía alguien estirado y quisquilloso. Rachel trató de imaginárselo tomando una copa con cualquiera de los hombres que había visto en la taberna la noche anterior, pero se dio cuenta de que no podía.

Se quedó de pie, con las manos entrelazadas en la espalda para mantenerlas quietas, mientras él la recorría con la mirada de arriba abajo.

—Entonces, ¿quiere un empleo? —dijo al fin.

—Sí, señor. —Ella evitó sus ojos. Siempre había que decidir en una fracción de segundo si mirar directamente a los blancos o no. Algunos se irritaban mucho si ella lo hacía, otros consideraban que era el colmo de la insubordinación si no lo hacía. Este hombre le daba la impresión de ser de los que preferirían que mantuviera la mirada baja, con obediencia.

—Y usted era una esclava, según he oído.

—Sí, señor. Campesina en Barbados. Luego fui sirvienta en Bridgetown.

—Bien. —Volvió a dejar la pluma en el tintero y liberó las manos para gesticular con firmeza—. Siempre he procurado contratar aquí a exesclavos. Algunos decían que estaba loco, que serían trabajadores malos, insolentes y rebeldes. Pero descubrí lo contrario, siempre que uno no tenga miedo de demostrar un compromiso con la disciplina y el orden. —Mostró los dientes con una sonrisa de amarga satisfacción—. Una vez que han visto que uno está dispuesto a hacerlos detener si se pasan de la raya, tienden a ser más obedientes. Nadie conoce mejor el valor de la libertad que un exesclavo.

Tras una pausa, Rachel comprendió que él esperaba una respuesta.

—Sí, señor.

—Bien. Puede trabajar aquí una semana y veremos cómo le va. Albert puede supervisarla. —Señaló con la cabeza al camarero, que había terminado de colocar los taburetes y estaba limpiando la barra con un paño húmedo.

—Gracias, señor. —Rachel vaciló—. ¿Y... la habitación?

El propietario hizo un gesto despectivo con la mano. Se le veían las venas a través de la piel translúcida de las muñecas.

—Sí, sí, Albert lo mencionó. Puede quedarse con la habitación en lugar del salario, siempre que sus compañeros se porten bien.

Rachel inclinó aún más la cabeza.

—Gracias, señor.

El dueño de la taberna volvió a tomar la pluma. Albert salió de detrás de la barra, pisando fuerte, y le puso el trapo en la mano.

—Sigue limpiándolo todo —le dijo.

Rachel hizo lo que le decía. Mientras ella recorría la sala limpiando las mesas, el propietario no le prestó más atención, ni siquiera cuando, al tropezar con una grieta en el suelo de losa, chocó ruidosamente la cadera contra uno de los taburetes. De vez en cuando, Rachel echaba un vistazo a la cara esquelética, que fruncía el ceño ante sus números, y no podía evitar pensar en el señor y la señora Armstrong. Su bondad se destacaba al compararlos con aquel hombre blanco y mezquino. Pero el destello de su memoria fue breve, y rápidamente lo dejó de lado. El dueño de la taberna no era el primer patrón desagradable que había conocido y ella no era tan ingenua para pensar que sería el último.

Después de limpiar, ayudó a Albert a subir barriles de cerveza de la bodega. Cuando de pronto él aflojó el agarre y descargó el peso del barril en sus brazos, Rachel supo que la estaba poniendo a prueba. La primera vez que lo había intentado, al pie de la escalera de la bodega, ella no estaba preparada y estuvo a punto de caer de espaldas. Pero se mantuvo en pie y, después, siguió apoyada contra el barril, con la mandíbula apretada, la espalda tensa y las piernas flexionadas, clavadas en el suelo. Cuando subieron el cuarto y último barril, que Rachel casi había cargado sola, el sudor le chorreaba por la frente y le escocía en el rabillo de los ojos. Miró a Albert directamente a los ojos y le sostuvo la mirada, borrando de su cara todo rastro de esfuerzo hasta que el barril tocó el suelo.

Hacia media mañana, Nadie apareció desde el piso de arriba. Saludó con la cabeza a Albert y al propietario, que le lanzó una breve mirada de desdén antes de volver a sus libros, y se sentó en un taburete mientras Rachel limpiaba los restos pegajosos de cerveza de la noche anterior que habían quedado en las jarras.

—Mary Grace se está cambiando —dijo—. No tardará en bajar.

Rachel sonrió para sus adentros mientras colocaba una jarra de cerveza en el estante.

—¿Han estado hablando? —preguntó.

Nadie se encogió de hombros.

—La verdad es que no. No me parece justo que yo hable siempre y ella escuche siempre. Así que esta mañana nos hemos sentado un rato en silencio. —Se miró las manos mientras hablaba—. Fue agradable.

El propietario cerró su libro con un suave golpe y empezó a lustrarse las gafas con la manga de la camisa, mirando a Nadie mientras lo hacía.

—Supongo que se trata de uno de sus acompañantes. Albert mencionó que había traído a un hombre y una mujer con usted.

—Sí, señor. Mi hijo y mi hija. —La mentira se le escapó fácilmente y los unió a los tres con más fuerza. Por si acaso.

—Ya veo. ¿Tiene trabajo?

—Soy marinero de profesión —respondió Nadie. Mantuvo la voz baja, firme, sin amenazar. También sabía cómo apaciguar a un hombre blanco—. El salario de mi último viaje me alcanzará por un tiempo; luego, voy a buscar trabajo en la ciudad.

El propietario asintió.

—¿Y su hija? ¿Qué hará?

—Sabe coser, señor —dijo Rachel.

El propietario volvió a ponerse las gafas en la nariz. A través de ellas, sus ojos verdes se agrandaron como bulbos.

—Lo consultaré con mi mujer —dijo—. Dios sabe que los sastres y las costureras de esta ciudad cobran una fortuna, así que puede que ella tenga algún conocido con ropa que necesite remendar o adaptar para la nueva temporada.

Rachel se quedó momentáneamente estupefacta ante ese ofrecimiento de auténtica ayuda. Pero después él dijo: "Después de todo, las manos ociosas solo traen problemas", y ella reconoció que había un trasfondo menos caritativo en sus palabras. Ante sus ojos, los negros eran unos brutos a los que solo se podía mantener a raya con las artimañas de hombres blancos que encontraban la manera de controlarlos. Ella le dio las gracias de todas maneras y siguió limpiando los vasos tan enérgicamente como pudo, por si él decidía vigilarla.

Rachel supo por Albert que el dueño de la taberna se llamaba Tobias Beaumont. El señor Beaumont nunca le preguntó su nombre y Albert le dijo que no esperara que lo hiciera.

—Pasé muchos años trabajando aquí antes de que me lo preguntara —le contó.

Después de que Rachel cargó con la mayor parte del peso de los barriles subiendo y bajando las escaleras durante unos días, Albert empezó a ser amable con ella a su manera. Era un hombre parco en palabras: a menudo le hacía una pregunta o algún comentario, pero se callaba cuando ella le respondía. Más tarde, o a la mañana siguiente, retomaba el tema. Podían estirar así una conversación entera durante casi una semana.

Siempre que Rachel hablaba a Albert de sí misma,

entremezclaba la verdad con la ficción. En parte por precaución, pero también, a veces, solo por la emoción de hacerlo. Ahora estaba a un océano de distancia de su antigua vida y de cualquiera que la conociera. La libertad de reinventarse a sí misma, aunque fuera de la manera más inconsecuente, le producía un entusiasmo que la hacía sentirse sin ataduras, flotando a unos centímetros del suelo. Le contó a Albert que su antiguo amo se llamaba Williams y no Carrington. Dijo que, aparte de Mary Grace y Nadie, no tenía más hijos. Una noche, cuando los últimos clientes ya habían salido tropezando a la calle y solo quedaban ellos dos apilando taburetes sobre las mesas, dijo en un susurro que el padre de Mary Grace y Nadie había muerto en un incendio en su antigua plantación, y se le atragantó la voz por el dolor imaginario.

A pesar de la mentira, Rachel no había olvidado a sus otros hijos. Pero el señor Beaumont era un amo irritable, difícil de complacer y rápido para criticar todo lo que se cruzaba en su camino. No dejaba a Rachel ningún margen de error y, una vez más, su vida se vio forzada a ajustarse a las exigentes demandas de otro amo. Aunque estaba lejos de Providence, y limpiar jarras y mesas no se parecía en nada a cortar caña de azúcar, sentía una extraña sensación de familiaridad. El trabajo tenía un efecto adormecedor; entregarse al servicio del señor Beaumont le embotaba la estimulante urgencia que había sentido al subir por primera vez al barco y zarpar de Barbados. El miedo también embotaba la desesperación de su búsqueda, el miedo a lo desconocido y a la vasta tierra extranjera en la que se encontraba. Era fácil dejar pasar las semanas, con la única tarea de evitar el disgusto del señor Beaumont.

Cuando Rachel conseguía escaparse una hora de la taberna, paseaba por las calles. Paraba a los transeúntes y les describía a sus hijos o, mejor dicho, los describía como podrían ser, tratando de imaginar cómo los habrían cambiado los años. Pero, al igual que las largas horas de trabajo, la búsqueda le parecía cada vez más una repetición vacía, sin sentido. Ella habitaba su cuerpo solo como una herramienta, y no como un fin en sí mismo.

Un día, un paseo matutino la llevó hasta las afueras de la ciudad, donde las casas daban paso a las plantaciones. Era una visión escalofriante. Los molinos, las cámaras de ebullición donde se hervía la caña para elaborar jarabe, las hileras de cañas… todo le recordaba a Barbados. De pronto, la distancia entre las dos colonias no parecía tan grande y no parecía tan improbable que su pasado pudiera seguirla hasta allí. En todas partes, la larga sombra de la esclavitud era la misma.

A pesar del aire húmedo y pegajoso de la mañana, Rachel temblaba.

Pero no había recorrido todo el camino en vano. Se protegió los ojos del sol; a lo lejos, creyó ver a los trabajadores que cuidaban las cañas. Salió del camino y cruzó la plantación. Miró atentamente a su alrededor, pero no había ni rastro del capataz. Cruzó los campos.

Lo que más le perturbaba era el olor: el dulzor del jugo que goteaba de los tallos recién cortados y el estiércol que cubría la tierra. Cerró los ojos, solo un instante, mareada por la sensación de que seguía en Providence, a cientos de kilómetros de distancia, y de que todo lo que había pasado antes, quizás incluso la emancipación, no era más que una ilusión. Tal vez seguía allí, sin sus hijos, y tal vez aún era una esclava.

Abrió los ojos para disipar el pensamiento, y se encontró con un hombre blanco parado frente a ella. Le gritó, con la cara roja.

—Tú —dijo.

Rachel dio un paso atrás. El hombre tenía una pistola.

—¿Quién eres? —Al hablar, escupió saliva—. ¿Qué haces aquí?

Rachel abrió la boca, como si fuera a hablar, antes de que una fría certeza descendiera sobre ella. No se podía razonar con un hombre blanco enfadado y armado.

Debía huir.

Se dio la vuelta, casi tropezando con sus propios pies, y se alejó corriendo. Detrás de ella, oyó rugir al hombre.

—¡Intrusa! ¡Ladrona! ¡Detente!

Cada palabra la empujaba hacia delante; la bilis le subía por la garganta y sus manos se afanaban por apartar las cañas y abrirse paso de vuelta al camino.

Un disparo.

¿Cuánto tiempo pasó antes de que Rachel se diera cuenta de que no sangraba? Estaba tan segura de que moriría que se le nubló la vista. Se le aflojaron las rodillas. Se arrastró, gateando.

Pero entonces...

Salió del cañaveral al camino. Poco a poco, recuperó la vista. Se atrevió a mirar hacia atrás y vio al hombre blanco a lo lejos, con su pistola apuntando al cielo. Un disparo de advertencia, pero también un recordatorio. Porque si hubiera disparado a matar, ¿quién lo castigaría? ¿Qué importaba la vida de Rachel?

Había sido descuidada, demasiado descuidada. No era un error que pudiera permitirse volver a cometer.

Se puso de pie. El sol ya se había elevado del horizonte, la luz de la mañana era fuerte y brillante. Pronto empezaría el trabajo en la taberna. Comenzó a caminar hacia Georgetown, con las manos aún temblorosas.

El señor Beaumont ya estaba esperando, mientras movía un reloj de bolsillo entre el pulgar y el índice largo y delgado.

—Llegas tarde —dijo.

Rachel inclinó la cabeza.

—Lo siento, señor.

—No te pago por llegar tarde.

No le pagaba nada, salvo el uso de una habitación para dormir, pero Rachel mantuvo la boca cerrada y la cabeza inclinada. Oyó el ruido de los pasos del señor Beaumont sobre las losas mientras se dirigía hacia ella.

—Mírame cuando te hablo.

Le puso un dedo bajo la barbilla, para obligarla a levantar la cabeza, y luego retiró la mano bruscamente, como si tocarla le repugnara. Rachel, conmocionada, lo miró sumida en un silencio atónito. Todo estaba fuera de lugar. Su habilidad para leer el rostro de un hombre blanco, perfeccionada durante años de esclavitud, le había fallado. El instinto le había dicho que mirara hacia abajo, pero ahora el señor Beaumont le había ordenado lo contrario.

—¿Dónde te habías metido? —insistió—. ¿Estuviste fuera toda la noche?

—No, señor. Salí a dar un paseo.

—Bueno, si te vuelvo a atrapar paseando… —Hizo una mueca con los labios, como si todo en ese encuentro le pareciera desagradable. Ejercía su poder con brusquedad; nada en su tono hacía que la amenaza fuera menos clara, pero no parecía producirle ningún placer.

Rachel se quedó sin palabras. La plantación, el disparo… y ahora eso. Se sentía como si hubiera pisado aguas profundas desde tierra firme. Estaba naufragando en el miedo, el antiguo miedo, el miedo de Barbados. En la mueca del señor Beaumont vio al capataz de Providence.

—Sé lo que eres —dijo Beaumont en voz baja. Seguía de pie junto a ella, con la cara a centímetros de la suya. Sus ojos húmedos estaban llenos de malicia—. Sé lo que has hecho.

Rachel no dijo nada. Seguía hundiéndose, hundiéndose, hasta que ya no quedaba luz ni esperanza.

—¿De dónde dices que vienes?

Rachel abrió la boca, pero tardó demasiado en responder.

—He dicho que de dónde.

—Barbados, señor.

Él asintió lentamente.

Lo único que Rachel pudo hacer fue mirarlo fijamente, sin decir palabra. Pero, por supuesto, ella lo sabía. Por supuesto, siempre había sabido que no estaría a salvo. ¿Cómo había podido olvidarlo?

Sobrevino un largo silencio. Después, el señor Beaumont dio un paso atrás y se guardó el reloj, como queriendo decir que el asunto estaba zanjado.

—Lo siento, señor —dijo Rachel, con la voz entrecortada—. No volveré a hacerlo.

Después de aquello, no se atrevió a salir en busca de sus hijos.

Llevaban unas semanas en Georgetown cuando Mary Grace entró al bar y se sentó. Era media mañana y Rachel estaba limpiando las jarras, como había hecho todas las mañanas desde su llegada a Demerara.

Mary Grace la miró durante un buen rato.

Rachel bajó la jarra que tenía en la mano y suspiró.

—Lo sé —dijo.

Mary Grace enarcó una ceja. En el tiempo que llevaban en Georgetown, su rostro se había vuelto más expresivo. Los músculos que antes casi no usaba se movían bajo su piel y le estiraban la boca en sonrisas más amplias de lo que Rachel había visto nunca, tan amplias que hacían que los rasgos de su cara parecieran perfectamente proporcionados. En Bridgetown, Mary Grace había sido capaz de hacerse entender, pero siempre mediante los ojos, dos elocuentes esferas en medio de un rostro por lo demás pasivo. Ahora, los sentimientos le desbordaban los ojos y se extendían por el resto de su cuerpo; incluso movía más las manos, para tocar el brazo de Rachel en medio de una conversación o para señalar por la ventana una hermosa puesta de sol. Rachel le atribuía el cambio a Nadie. De pronto, su hija tenía que dominar más expresiones para sondear más profundo en las nuevas emociones de su corazón.

—Hago lo que puedo —dijo Rachel—. Pero no... no sé dónde están...

Mary Grace rozó con la punta de los dedos la muñeca de Rachel. Al sentir la piel de su hija sobre la suya, Rachel experimentó una sacudida que le inundó de calor el cuerpo vacío. Las manos, tan acostumbradas al trabajo que no necesitaban que el pensamiento las guiara para alcanzar las jarras de metal, se quedaron inmóviles. Rachel se daba cuenta de cómo estaba parada, con los hombros encorvados para parecer más pequeña. Se enderezó. Ese pequeño acto de desplegarse no fue suficiente para deshacer las semanas transcurridas en Georgetown, y los años en Barbados, sometida por el trabajo. Pero le infundió nuevas esperanzas. Sintió el dolor que por lo general solo aparecía por la noche y lo agradeció. Le temblaba el cuerpo y ella se adueñó de él. Las manos, los brazos y las piernas tomaron nueva forma, como instrumentos de su propia voluntad.

Antes de que Rachel pudiera responder a su hija, Albert subió del sótano. Como no quería dejarse atrapar en un momento de inactividad, Rachel puso de nuevo manos a la obra. Sentía los ojos de su hija clavados en ella mientras miraba atentamente el paño húmedo con el que quitaba los restos pegajosos que chorreaban a los lados de la jarra. Intentó dar a entender, con la espalda todavía erguida, que comprendía lo que su hija había intentado decirle y se lo agradecía.

Al cabo de un rato, Rachel oyó que Mary Grace se levantaba del taburete y volvía arriba. Se quedó sola para terminar su trabajo de la mañana.

16

—Está tranquilo esta noche —dijo Albert.

Fuera estaba oscuro; era cerca de medianoche. Un anciano blanco al que le faltaban tres dedos de la mano izquierda se acurrucaba junto a una jarra de cerveza en un rincón. En otro, dos hombres más jóvenes estaban sentados en un silencio lúgubre y solo hablaban para pedir otra consumición. Por lo demás, la taberna estaba vacía.

Rachel y Albert se quedaron un momento mirando las mesas desocupadas. Entonces, Albert dijo:

—Vete. Esta noche me las arreglo.

Rachel buscó en la cara de Albert alguna señal de que se tratara de una especie de prueba, de que, si decía que sí, el señor Beaumont fuese a salir del piso de arriba y a decir que siempre había sabido que era una holgazana. Pero Albert, apoyado en el borde de la barra con un paño de cocina colgado del brazo, no parecía tener mala voluntad.

—¿Estás seguro?

—Sí. Puedes cubrirme la próxima vez.

Rachel miró hacia las escaleras que conducían a su habitación, pero, sin saber cómo, se encontró saliendo de detrás de la barra rumbo a la puerta.

—¿Vas a salir? —preguntó Albert. Rachel no se volvió, pero pudo oír el tono desaprobador en su voz.

—Volveré pronto.

Hacía mucho que no se atrevía a salir. El aire de la noche le atravesaba los pulmones a medida que avanzaba por la calle. Tenía la mente curiosamente vacía, impoluta, limpia de todo pensamiento que no fuera el de poner un pie delante del otro. Sintió la vaga intención de caminar hasta el muelle, pero, en cuanto empezó a cristalizar, giró a la izquierda para abandonar el camino que sabía que la llevaría al río y entró en una estrecha calle lateral. Un rayo de luna caía entre las casas de cada lado, como un hilo luminoso que la arrastraba por un sendero desconocido. Rachel se sentía como un cúmulo de contradicciones: voluntad pura, espontaneidad desenfrenada, rebosante de posibilidades, pero al mismo tiempo inmadura, carente de propósito, con una vida que escapaba a su control.

La calle se cruzaba con otra, casi igual de estrecha, de modo que el hilo de luz de la luna se dividía en tres. Al detenerse, Rachel miró a la izquierda y, después, a la derecha. Sabía que uno de los caminos llevaba al río porque no lo transitaba nadie. El otro la llevaría de nuevo al cementerio. Por ese camino, justo fuera de la franja de luz plateada, había una sombra agazapada.

Supo de inmediato que se trataba de un niño. Miró fijamente a la sombra y, aunque no podía ver los ojos del niño, sintió que la miraban.

El niño sombra echó a correr. Se movía con torpeza, dando pequeños tumbos de un lado a otro de la calle, y la luz de la luna le trazaba una línea en la espalda. Rachel también corría: el cuerpo la llevaba hacia delante, como cuando había huido de Providence, asustándola con su velocidad. El golpeteo de los pies resonaba contra las paredes de los edificios que la rodeaban. Agitaba los brazos, jadeante, y se esforzaba por mantener el ritmo.

No podía dejar que ese niño se fuera. Otra vez no.

Rachel trató de averiguar a cuál de sus hijos seguía en esa persecución que parecía irreal. El niño sombra era pequeño y delgado... ¿podría ser Thomas Augustus? O tal vez Cherry Jane, ya que eran casi tan altos el uno como el otro.

Estaban llegando al final del camino. Más adelante se extendía el cementerio. Expuesto a la luz de la luna, se había vuelto de un gris desvaído y enfermizo. Estaban lo suficientemente cerca como para que Rachel alcanzara a ver ondular la hierba cuando una ráfaga de viento la agitó.

El pánico le brotó de la boca del estómago, un pánico espeso y viscoso que le cerró la garganta de terror. Sabía que no debía dejar que el niño llegara al cementerio. No podía permitir que los muertos se llevaran lo que era suyo.

La adrenalina se extendió a través de su cuerpo y rebasó sus límites. Incapaz de contenerse, avanzó por la calle como si fuera pura fuerza: corrió hacia el niño y acortó la brecha que los separaba.

—¡No!

Se oyó gritar y sintió que aferraba al niño por el brazo. Sus dedos se cerraron en torno a algo sólido y firme: ella ya no era solo energía desenfrenada, y el niño ya no era una brizna de sombra, sino que estaba de pie, de pura sangre, jadeante, en el confín del cementerio. El niño se retorció para soltarse.

—¡Suéltame!

Una voz infantil, con un acento desconocido. Rachel retiró la mano como si se hubiera escaldado. No era Cherry Jane, ni Thomas Augustus, ni ninguno de los niños fantasmas que tan a menudo la atormentaban. Aquel niño no era suyo, en absoluto.

—Lo siento —dijo, dando un paso atrás.

El niño se replegó sobre sí mismo, enroscado como un resorte a punto de soltarse, pero no salió corriendo.

—Me estabas persiguiendo.

La cara del niño estaba rodeada de pelo oscuro y lacio que le habían cortado de forma desigual cerca de la base del cuello. No era blanco ni negro, sino algo totalmente distinto: la piel era del color de un mulato y estaba manchada de mugre, tenía la nariz estrecha y los ojos desorbitados, demasiado grandes para su rostro demacrado.

—Lo siento —volvió a decir, en voz baja y suave, como si él fuera un animal asustado—. Creí que eras...

Se interrumpió. El chico no dijo nada.

—¿Qué haces fuera tan tarde?

El chico no aparentaba más de once o doce años. No dijo nada. A pesar de lo extraño de sus rasgos, que acentuaban las sombras que aún le caían sobre la cara, Rachel sintió una punzada de lástima por él. Después de todo, podía ver un poco de sus hijos en ese chico.

—¿Tienes donde quedarte esta noche?

Lentamente, el chico negó con la cabeza.

—¿Tienes algo de comer?

Volvió a negar con la cabeza.

Rachel le tendió la mano.

—Ven.

El niño no se movió.

—No voy a hacerte daño —dijo—. Pero puedo conseguirte comida y un lugar cálido donde dormir.

El chico le miró la mano. Rachel esperó, tan quieta como pudo. Más allá del camino, en el cementerio, se sentía la presencia errante de los muertos. Ya no les temía, no se llevarían al niño, pero sus susurros la inquietaban. Los vivos no debían quedarse en ese lugar más tiempo de lo que sus fantasmas les permitían.

Aun así, el niño no daba muestras de querer ayuda. Al mirar sus ojos desorbitados, Rachel decidió atraerlo de otra manera. Empezó a caminar lentamente por donde habían llegado.

—Bueno —dijo, amagando con volverse, pero sin mirar atrás—. Puedes venir si quieres.

La noche era lo bastante silenciosa como para que pudiera oírse el sonido suave de los pies que la seguían.

En la taberna, los dos jóvenes ya no estaban. El anciano se había desplomado contra la pared, con los ojos cerrados y la boca abierta, y la jarra de cerveza a medio tomar apoyada peligrosamente en el regazo. Albert saludó a Rachel con la cabeza cuando entró, pero se le endureció el gesto al ver quién estaba detrás de ella.

Rachel habló rápidamente.

—Está bien. Lo he traído yo.

Albert se irguió, frunció los labios y miró desde arriba al niño.

—¿Tenemos comida? —preguntó Rachel.

Aparte de cerveza, la oferta de la taberna era escasa, por ser indulgente. El señor Beaumont decía que solo podía tolerar un número limitado de pecados bajo un mismo techo, y no estaba interesado en propiciar la gula. Pan duro, rebanadas de ternera tan finas que la luz se filtraba a través de ellas sin problemas y sopas aguadas con una capa brillante de grasa en la superficie eran lo único que podían encontrar los parroquianos.

—¿Tiene dinero? —replicó Albert.

—Ya se lo pago yo.

Con un bufido de disgusto, Albert sacó de debajo de la barra un pan deforme que crujió de manera audible cuando lo arrojó sobre el mostrador.

Rachel tomó el pan y se sentó ante una de las mesas desocupadas. El chico seguía rondando cerca de la puerta, con los brazos cruzados sobre el pecho. A la luz de las velas, se le veían todos los huesos de la cara bajo la piel de color óxido.

Ella deslizó el pan sobre la mesa de modo que quedara frente a un taburete vacío.

—Siéntate —dijo—. Por favor.

El chico se acercó despacio. Sus movimientos eran rígidos, lo que acentuaba los ángulos agudos de sus extremidades, y renqueaba ligeramente. Se sentó en el taburete, inmóvil, antes de arrojarse sobre el pan y empezar a partirlo. Rachel lo observó mientras lo devoraba.

—¿Cómo te llamas? —le preguntó.

El chico mantuvo los ojos fijos en el pan mientras masticaba frenéticamente y no respondió.

—Me llamo Rachel —le respondió con dulzura—. Vengo de una isla, a muchos kilómetros de aquí, que se llama Barbados.

El chico levantó los ojos del pan y los volvió a bajar.

—¿Tú también estás lejos de casa?

El chico se estaba terminando el pan. Se tranquilizó y vio que le quedaba un último trozo en la mano.

—Sí.

—¿De dónde eres?

Empezó a arrancar migajas del último trozo de pan y a saborear cada una. Entre bocado y bocado, dijo:

—De un pueblo río arriba. Pero mucha gente enfermó y murió. Mi madre murió. Fue duro. Mi padre me trajo aquí. Trabajábamos sin importar dónde... —Hizo una pausa mientras masticaba otro bocado de pan—. Pero mi padre murió. No hay trabajo para un niño. No hay dinero para pagar nuestra habitación. Así que me quedo en la calle.

Hablaba en voz baja y monótona, un tono parecido al de las plegarias que Rachel había oído a veces murmurar a los Armstrong por la noche, antes de acostarse. Le dieron ganas de estirarse y apartarle un mechón de pelo de la frente, pero se obligó a mantener las manos sobre la mesa.

—Lo siento —se disculpó.

Lo vio comerse el último trocito de pan y cruzar los brazos sobre el pecho. La miró a través de la mesa con sus ojos oscuros y serios, y ella se estremeció un poco por aquella mirada tan intensa.

—¿Quién es tu gente? —le preguntó—. Río arriba. ¿Tienes otra familia, hermanos, hermanas? Puedes volver.

El chico negó con la cabeza.

—No hay otra familia. Todos se fueron. Algunos vinieron al norte, como nosotros, con la idea de trabajar para los blancos. Otros buscaron lugares mejores, río arriba, en los bosques. Soy del pueblo akawayo, aborigen. Esta tierra era nuestra antes.

Rachel asintió. Había oído historias en Barbados sobre los que habían estado allí antes, aunque ya no quedaba ninguno en aquella isla. En Providence, había un hombre que estaba convencido de que había un trozo de bosque en las colinas del norte donde aún vivían algunas de esas personas desde antes que llegaran los hombres blancos. Él creía que si huías podrías llegar hasta ellos y vivir a salvo en la última pequeña franja de tierra que aún quedaba libre. Murió, no por huir, porque nunca lo intentó, sino de una muerte silenciosa por el exceso de trabajo y la lenta inanición, el tipo de muerte que golpeaba a menudo en las plantaciones. El sueño febril de ser libre entre los últimos supervivientes de los indios caribes no había podido mantenerlo con vida.

Rachel miró de reojo. Albert le sostuvo la mirada durante el tiempo suficiente para asegurarse de que sabía que la había estado mirando, y luego se ocupó de volver a tapar un barril de cerveza.

—Puedes quedarte aquí esta noche —le dijo al chico—. Con nosotros. Si quieres.

El chico apretó un poco más los brazos cruzados. Sus ojos miraron hacia la puerta. La tensión volvió a adueñarse de él, como si estuviera a punto de huir. Pero al final asintió.

Rachel lo condujo escaleras arriba. Sabía que la mirada desaprobadora de Albert los seguiría hasta que salieran de esa habitación, pero no le prestó atención. Ya estaba ensayando lo que podría decir al día siguiente, para tratar de convencerlo de que el chico debía quedarse más tiempo.

Al final de la escalera, el chico se detuvo de pronto.

—Quieres ayudar —dijo—. ¿Por qué?

Su tono era absolutamente monótono, sin ningún rastro de sospecha. Si ya lo habían traicionado antes por la falsa amabilidad de extraños, no lo demostró.

Rachel pensó en Mama B, a kilómetros de distancia.

—Porque alguien me ayudó cuando lo necesitaba. Y no hay que aceptar ayuda si no vas a ofrecerla cuando llegue el momento.

Abrió la puerta de la habitación. El chico pareció satisfecho con la respuesta y entró.

Mary Grace ya estaba dormida, de espaldas a la puerta y con la cara pegada a la pared. Nadie estaba tumbado en el suelo, pero se levantó cuando entraron. Miró a Rachel y, después, al chico. Rachel esperó sus preguntas, pero él no hizo ninguna. Nadie saludó al niño con la cabeza y volvió a recostarse en el suelo con los ojos cerrados. De algún modo, un niño perdido había reconocido a otro a través de todos los años que los separaban.

Rachel señaló la cama que usaba ella, pero el chico meneó la cabeza con firmeza y señaló el suelo a los pies de la cama. Rachel trató de acomodar las mantas para formar un colchón, pero él se las devolvió. Levantó la barbilla y Rachel se dio cuenta de que, a pesar de que era pequeño y frágil, no haría lo que ella le dijera. Antes de acostarse en la cama, lo miró acurrucarse sobre la madera desnuda.

Mientras esperaba que llegara el sueño, Rachel escuchó los ritmos superpuestos de sus respiraciones, como las mareas cambiantes de cuatro océanos diferentes. Oyó que la respiración del chico, aguda y superficial, se equilibraba hasta volverse suave y lenta como una canción de cuna.

Al principio de un sueño, cuando la solidez de la habitación empezaba a cambiar a su alrededor, Rachel oyó un susurro.

—Nuno. Me llamo Nuno.

Por la mañana, cuando todos se despertaron, el niño ya no estaba.

Cuando Albert llegó, le lanzó una mirada acusadora, pero no dijo nada. Siguieron la rutina matinal en silencio. Después de dejar el último barril detrás de la barra, Rachel dijo:

—Albert, no te dije la verdad. Tengo más hijos y dos hijas. Creo que mis hijos están en Demerara. Por eso hemos venido aquí, para encontrarlos.

Albert miró por la puerta abierta hacia la calle polvorienta. Tenía una mirada lejana que le decía a Rachel que comprendía. Ella se preguntó a quién habría perdido o a quién esperaba encontrar, pero estaba segura de que nunca se lo diría.

Tras una larga pausa, él dijo:

—Espero que los encuentres.

Durante el resto del día, volvieron a su antigua rutina y dejaron que los fragmentos de conversaciones quebradas fluctuaran durante muchas horas.

17

A RACHEL LE PARECÍA INCONGRUENTE, EN EL MEJOR DE los casos, que el señor Beaumont estuviera presente en la taberna, pero nunca tan incongruente como en las raras ocasiones en que aparecía allí por las tardes, cuando había mucha gente. Permanecía de pie al final de la barra, rígido y erguido, y si algún hombre se acercaba dando tumbos para pedir una copa, los redirigía con cara de pocos amigos a Rachel o a Albert. A medida que la noche avanzaba y los clientes se ponían más ruidosos, se le dilataban las fosas nasales y lanzaba frecuentes miradas al techo como si pidiera a Dios fuerzas para soportar el salón ruidoso, oscuro y mal ventilado. Cuanto más ocupado estaba (y, por lo tanto, cuanto más dinero ganaba), más desanimado parecía.

Rachel trató de sonsacar a Albert por qué un hombre que se sentía tan incómodo en una taberna había terminado regentando una, un misterio agravado por el hecho de que el señor Beaumont era blanco y parecía pudiente, pero sus clientes eran en su mayoría negros, aunque había mulatos y algún que otro blanco desagradable. La primera vez que preguntó fue al principio, cuando Albert no se fiaba mucho de ella; sin mirarla a los ojos, le había dicho con modales bruscos que suponía que ganaba buen dinero, y lo había dejado así. Pero unas semanas más tarde, sin que ella se lo pidiera, se le acercó y le dijo en voz baja que el señor Beaumont había tenido una tienda al otro lado de la ciudad, pero que había corrido el rumor de que no era blanco.

En los días siguientes, Albert le desveló la historia completa poco a poco. El tatarabuelo del señor Beaumont era negro, o eso había dicho un hombre que, al parecer, regentaba un negocio de la competencia. El señor Beaumont había querido ir a juicio y demostrar su inocencia, pero el daño ya estaba hecho. La gente empezó a murmurar. ¿No había algo de negro en su mirada esquiva? ¿No era su cabeza un poco demasiado estrecha, y, por lo tanto, contenía un cerebro de menores dimensiones? El señor Beaumont se había mudado a la otra punta de la ciudad y le había comprado la taberna al propietario anterior, un mulato, el antiguo amo de Albert. El señor Beaumont era un astuto hombre de negocios y obtenía buenas ganancias con el local, pero era consciente de que sería imposible elevar de manera significativa el nivel de clientes a los que atendía. La sociedad blanca de Georgetown tenía buena memoria, e incluso el rumor de una fracción de negritud bastaba para manchar al señor Beaumont de por vida.

Una de las noches en que el señor Beaumont estaba de pie al final de la barra, con cara de pocos amigos, llegó Nadie con un hombre blanco. Se sentaron juntos en un rincón y conversaron muy concentrados. El hombre blanco tenía una barba larga y desaliñada que empezaba a encanecer. Le temblaba cuando se reía, una carcajada estridente que llamaba la atención de los demás hombres que se apiñaban en las mesas a su alrededor. En un momento dado, Rachel vio que Nadie la señalaba y el hombre blanco la miró con el ceño fruncido antes de negar con la cabeza.

Rachel quiso acercarse a ellos para oír lo que decían, pero con el señor Beaumont detrás de la barra estaba demasiado ocupada tratando de parecer diligente y no se atrevió a distraerse, ni siquiera por un instante. Los hombres bebían con parsimonia sus cervezas, pero en algún momento, al estirar el cuello, Rachel alcanzó a ver que sus jarras ya estaban vacías. Salió de detrás de la barra y fue a recogerlas. Al acercarse, oyó la voz grave del hombre blanco.

—… seguro que me vendrá a la mente en un momento. Déjame ver… Sabes, recuerdo exactamente la expresión presumida de su cara, incluso hasta los pelitos que le salían de los orificios nasales, pero ¿cómo se llamaba…?

—Rachel. —Nadie le tocó el brazo—. Este es el capitán Grafton. Navegamos juntos, hace unos años.

—¡Ja! —El capitán volvió a soltar una carcajada y salpicó la mano de Rachel con un poco de saliva cuando ella alargó la mano para recoger su jarra vacía—. ¿Que navegamos juntos? Eso es muy poco decir. —La miró con ojos de un color entre castaño y verde—. Este chico me salvó la vida.

—El motín —dijo Nadie—. Ya te lo he contado. Era el barco del capitán Grafton.

El capitán mostró los dientes y sonrió a Nadie.

—Y pensar que, antes de ese viaje, yo siempre sostenía que nadie se amotinaba en mis barcos —dijo—. Resulta que Nadie fue el único que no se amotinó. —Dio un manotazo en la mesa para dar a entender la fuerza del juego de palabras.

Rachel miró detrás de ella. La taberna estaba abarrotada y había otros clientes más ruidosos que habían atraído la mirada desaprobadora del señor Beaumont. Podía quedarse un poco más.

—El capitán Grafton suele navegar a Georgetown —dijo Nadie y se acercó a ella—. Y ha venido varias veces desde Barbados. Una de ellas, en 1817.

Un temblor recorrió el cuerpo de Rachel, con tanta certeza como si Nadie hubiera pronunciado el nombre de su hijo. En su mente, el año y el nombre eran lo mismo: Micah.

—Me enteré por Nadie de que usted busca a un hijo suyo que vino a Demerara por esa época.

Si el capitán Grafton se sintió incómodo al enfrentarse a una madre a quien le habían arrebatado a su hijo y lo habían enviado al otro lado del mar con su complicidad, no lo demostró. Su mirada de ojos turbios no parpadeaba.

—No puedo decir que recuerde a nadie parecido a usted. No suelo prestar mucha atención a la carga, a menos que haya problemas. Pero sé que le vendimos la mayoría de los esclavos de ese barco a un hombre, un tipo arrogante, que hacía ostentación de haberlos comprado a todos. Quería que todo el pueblo supiera que podía permitírselo... Ya sabe cómo son esos tipos.

Las jarras que Rachel tenía en las manos dejaron de tintinear, por fin. Ya no temblaba. La invadió la misma sensación de fría claridad que se había apoderado de ella en el estudio del señor Armstrong. Se quedó quieta.

—¿Recuerda cómo se llamaba ese hombre? —Su voz le resonó en los oídos como si fuera la de una desconocida. Se sintió como si estuviera al otro lado de la habitación, observándose y observando al capitán Grafton.

El capitán frunció el ceño y se le marcaron arrugas profundas en la frente amplia.

—He tratado de recordarlo. Tengo en mi mente la cara del tipo, pero el nombre... —Se quedó en silencio.

Al volver a mirar detrás de ella, Rachel vio al señor Beaumont con los ojos fijos en los tres. Volvió en sí; su actitud tranquila se evaporó y volvió a temblar. Los labios del señor Beaumont se curvaron en un gesto de venenoso desagrado, pero Rachel se atrevió a apartar la mirada. La conversación era demasiado importante.

El capitán Grafton se retorcía un mechón de la barba entre el índice y el pulgar. De pronto, golpeó el puño sobre la mesa de madera.

—¡Braithwaite! Así se llamaba.

Rachel suspiró. No podía mirar a los ojos ni al capitán Grafton ni a Nadie; se volvió para irse, con la cabeza. Ligeramente encorvada y evitando la mirada del señor Beaumont, se deslizó de nuevo detrás de la barra, y de inmediato la abordó un hombre que se quejaba de que el pan que le habían servido estaba tan duro que se había roto un diente al morderlo. Para cuando logró apaciguarlo, al volver la vista a su mesa, Nadie y el capitán Grafton se habían marchado.

Cuando Rachel subió esa noche, encontró a Nadie y a Mary Grace aún despiertos. Estaban sentados en la cama, con las piernas cruzadas, y sus rodillas se tocaban. No era la primera vez que los veía así, mirándose a los ojos, pero por lo general solo era una visión fugaz antes de que Nadie se pusiera en pie de un salto o apartara apresuradamente la mano que tenía apoyada en la mejilla de Mary Grace. Esta vez no se movió.

—Estaba dando la noticia a Mary Grace.

Mary Grace sonrió a su madre y Rachel no pudo evitar ver el eco de Micah en el rostro de su hija. No era la primera vez que veía una sombra de su hijo aquella tarde; desde que había oído el nombre de Braithwaite, había aparecido incluso en las caras de varios desconocidos. Parecía estar más cerca que nunca.

Rachel se sentó en el borde de la cama, cerca del lugar donde estaban Nadie y Mary Grace.

—¿Cómo…? ¿Dónde…? —Todas las preguntas que le hacía a Nadie amagaban salir al mismo tiempo, pero se las arregló para quedarse con una sola—. ¿Ya sabías lo del capitán?

—Sabía que ya había hecho el viaje entre Barbados y la Guayana Británica. Pero había otros, otros hombres que conocía o de los que había oído hablar, que también podrían haber hecho el viaje ese año. He estado preguntando por ahí, investigando.

Los ojos le brillaban con la energía juvenil de un niño. En ese momento, Rachel se dio cuenta de lo mucho que había significado aquella mentirijilla de unas semanas antes, cuando había dicho al señor Beaumont que Nadie era su hijo. Se inclinó hacia él y le dio unas palmaditas en el muslo, tratando de transmitirle el calor maternal que sentía, de insuflarle vida a la mentira y acercarla a la verdad. Era bienvenido en su familia.

—Deberíamos averiguar dónde tiene su plantación ese tal Braithwaite—continuó Nadie.

—He hablado con Albert. Él oyó mencionar el nombre Braithwaite; su plantación, Bellevue, está a unos once kilómetros de Georgetown.

—Entonces, deberíamos ir allí. Mañana.

El día siguiente era domingo.

Rachel miró primero a Nadie y, después, a Mary Grace, con sus caras ansiosas y llenas de esperanza. Mary Grace no había visto a su hermano desde que se lo habían llevado, cuando ella solo tenía ocho años. Nadie no conocía a Micah, pero Rachel veía cuánto amaba él a su hija, y ese amor estaba dispuesto a extenderse, a su vez, a cualquiera que Mary Grace amara. Estaban inquietos, listos para el viaje, listos para encontrar el motivo que los había llevado a Georgetown.

Y, sin embargo, si Rachel intentaba imaginarse el momento —Micah se recortaba en el horizonte, encorvado, mientras trabajaba en el campo; levantaba la cabeza, la veía y corría hacia ella—, no servía de nada: solo se veía a sí misma y a su hijo. Compartiría su alegría con el tiempo, pero de alguna manera sabía que el momento en que él volviera a entrar en su vida quedaría entre ellos dos.

En su visión, Micah la rodeaba con los brazos y, de ese contacto imaginario, surgió el recuerdo de su nacimiento. Cada detalle estaba aún fresco en su memoria. La forma en que Polly la Grandota, que solía hacer de comadrona para las esclavas, había mirado a Rachel una tarde y pareció intuirlo. "Será pronto", había dicho Polly la Grandota, y aquella noche durmió con Rachel en su choza, para estar preparada.

Pero cuando los dolores de parto la despertaron, Rachel sintió un terror que le hizo perder la razón. Salió en medio de la noche dando tumbos, atragantándose con el aire fresco que le llenaba los pulmones. Ella era poco más que una niña; se arrastró hasta las cañas que crujían y se tumbó mientras el dolor la invadía en oleadas cada vez más intensas. Habitaba su cuerpo como una desconocida. Ya desde el embarazo, cuando su vientre se había hinchado y había sentido el aleteo del niño que pateaba en su interior, había empezado a sentirse indefensa, fuera de control. Pero en el crescendo del parto, se sintió realmente poseída. Unas manos de hierro aferraron su abdomen para forzar al niño a salir, y no podía hacer nada para impedirlo.

Por fin, llegó. Húmedo, con el pelo pegado a la piel, sorprendentemente sólido cuando lo levantó del suelo. Temblorosa, vio que respiraba y empezaba a llorar. Lo sostuvo como si fuera a romperse; seguía unido a ella por el cordón, y en la mente de Rachel anidó el vano deseo de permanecer así para siempre.

Polly la Grandota había aparecido; le costaba respirar. Rachel había pensado que la anciana quizá la regañaría, pero se había limitado a alzar al niño entre las manos arrugadas, inspeccionarlo de cerca y devolvérselo con un gesto de aprobación.

—Pulmones fuertes —fue lo único que dijo. Ayudó a Rachel a atar el cordón, pues no podían permanecer unidos para siempre, por mucho que Rachel lo deseara.

Visto en perspectiva, Rachel casi no podía creer el riesgo que había corrido al rechazar la sabiduría de comadrona de Polly la Grandota y tener a su hijo sola en medio del campo. Cuando Mary Grace nació, Polly la había ayudado a darle la vuelta cuando aún no había salido del vientre y la había salvado de nacer con los pies por delante. Rachel estaba segura de que, si hubiera huido de Polly la Grandota por segunda vez, Mary Grace no habría sobrevivido. Y, sin embargo, no se arrepintió ni por un segundo de que sus manos hubieran sido las primeras que sostuvieron a Micah, de haber imaginado, en cuclillas en el cañaveral, que eran los dos únicos seres vivos del mundo: esa sensación nunca la abandonaría.

El recuerdo se asentó. Era su primogénito. El momento en que se lo llevaron fue la primera vez que se le rompió el corazón. Rachel estaba ahora muy lejos de aquella joven que había dado a luz a Micah, pero sentía el mismo deseo de ser ella y su hijo, y nadie más.

—Creo que debo ir sola —dijo.

Mary Grace bajó la mirada. Nadie estuvo a punto de hablar, pero lo pensó mejor. La fuerza del recuerdo aún perduraba en Rachel y ella estaba segura de que los demás podían sentirla. Estaba más allá de la razón, esa voluntad omnipotente de una madre de estar con su hijo. Rachel había cruzado el océano para llegar a ese momento.

—Agradezco lo que haces —dijo a Nadie sonriendo—. Y estoy segura de que todos estaremos juntos pronto. Pero debo ir primero. Sola.

Su hijo mayor, el que se había ido hacía más tiempo. Ella iría a buscarlo, lo encontraría y volverían a ser uno, como si nunca hubiera cortado el cordón.

18

RACHEL AMANECIÓ ANTES QUE EL SOL Y SE DIRIGIÓ AL este, hacia la plantación de Bellevue. El camino desde Georgetown estaba alejado de la costa y la protegía de ese desierto salvaje que era el mar. Como sucedía con todo en Demerara, el sendero era recto y bien trazado; Rachel sintió deseos de abandonarlo y arriesgarse a abrirse paso por la tierra áspera y sin cultivar más cercana a los acantilados, pero perseveró, porque sabía que el camino más visible sería el más rápido.

Era temprano, pero ya había un flujo constante de gente que iba en dirección opuesta a Rachel, llevando sus mercancías a Georgetown para el mercado del domingo. Brotaban de las plantaciones que crecían junto al camino; algunos hablaban, otros reían, y había quienes tenían los labios apretados y renqueaban. Rachel estaba alerta por si veía Micah o a Thomas Augustus; el corazón le daba un vuelco cuando distinguía a lo lejos a un hombre de cierta edad, pero volvía a su ritmo habitual en cuanto se acercaba y comprendía que era otro desconocido.

El borde del sol comenzó a coronar el horizonte y dibujó las siluetas de las figuras que se acercaban a ella. La mayoría de los viajeros no le prestaron atención, demasiado absortos en sus propias conversaciones o demasiado concentrados en mantener las cestas en equilibrio sobre las cabezas, pero unos pocos la miraron fijamente a su paso. Un hombre, que renqueaba con la ayuda de un bastón de madera, gritó: "¡El mercado está por allá!", pero ella se limitó a sonreír y siguió caminando. A medida que avanzaba la mañana, el camino se llenaba de gente y ya no era lo bastante ancho para todos. Muchos empezaron a caminar por los bordes cubiertos de hierba o por los campos que bordeaban el sendero. La costa empezó a curvarse hacia el camino, lo bastante cerca como para que Rachel pudiera oír y oler el mar.

Supuso, por el sol, que había caminado alrededor de una hora, así que empezó a preguntar a la gente con la que se cruzaba si estaba cerca de Bellevue.

—Ah, sí —le dijo una mujer cuya hija se escondía de Rachel detrás de la falda de su madre—. No está lejos. Lo reconocerás por el café que crece justo al lado del camino; los otros campos son solo de caña.

Rachel siguió caminando. El calor del sol matutino había empezado a filtrarse en el suelo y hacía que la tierra polvorienta pareciera cálida bajo sus pies. El sudor le perlaba la piel mientras ella, impaciente, se negaba a aflojar el paso. El camino se hizo más silencioso: a esas alturas, el mercado de Georgetown estaría en pleno apogeo, así que solo los rezagados seguían caminando.

El reencuentro con Mary Grace se repetía una y otra vez en la memoria de Rachel. La sensación que había experimentado cuando la piel de su hija volvió a estrecharse contra la suya, después de tantos años, seguía presente, como si el abrazo nunca hubiera cesado. Era como si su cuerpo estuviera ensayando, preparándose para ver a Micah. Poco a poco, las advertencias que se había repetido a sí misma —que el capitán Grafton no conocía a Micah, que no podía tener la certeza de dónde había ido y que a Micah podrían haberlo vendido de nuevo a otra plantación o a otra colonia— quedaron ahogadas por la tibieza que se extendía en su interior. Aunque tenía calor y sed, y le dolían los ojos por el resplandor del sol que estaba cada vez más alto en el cielo, siguió adelante aún más deprisa que antes, ávida del abrazo eufórico del reencuentro.

No perdía de vista las plantaciones, pero solo veía cañaverales. Justo cuando empezaba a preguntarse si no habría pasado por Bellevue sin advertirlo, oyó un alegre silbido a lo lejos. Un hombre joven salió al camino desde la plantación más lejana que alcanzaba a ver, caminando sin prisa. Se había quitado la camisa, que llevaba bajo el brazo, y la luz del sol le rebotaba en la piel del torso.

—Buenos días —le dijo cuando ella estuvo lo bastante cerca para verle las costillas y la cicatriz moteada de un hierro de marcar en el hombro.

—Buenos días —respondió ella—. Busco la plantación Bellevue.

—Vengo de Bellevue, por ahí atrás. —Hizo un gesto hacia el camino, antes de mirar de cerca a Rachel—. No la conozco a usted... ¿Va a visitar a alguien?

—A mi hijo, Micah.

La actitud del hombre cambió. Fue sutil, mantuvo la sonrisa congelada en el rostro, pero Rachel se dio cuenta. Se apartó ligeramente de ella y se abrazó el pecho con la camisa como si fuera un escudo.

—¿Lo conoce? —preguntó Rachel.

—Yo... —Rachel alcanzó ver cómo se le movían docenas de pequeños músculos en la cara al hombre, que tragó saliva—. Sí, señora —dijo. Luego, rápidamente, añadió—: Yo debo irme. —Empezó a alejarse, con ritmo más apresurado que antes, pero algo lo detuvo en seco al cabo de unos metros. Se volvió y dijo—: Pregunte por Orión. Él puede hablarle de su hijo.

Un pequeño sendero zigzagueaba por un lado de la plantación de Bellevue; pasaba por el café y el algodón hasta llegar al cañaveral. Rachel imaginó que a los esclavos debían de castigarlos por manipular con torpeza las plantas desconocidas después de haber pasado meses cuidando de un cultivo distinto.

Caminó un poco más despacio junto a los campos desiertos. En parte, por precaución: aún recordaba el disparo, recordaba que no podía permitirse bajar la guardia. Pero también porque quería prolongar la ambigüedad, el tiempo en el que aún podía creer que Micah la esperaría en algún lugar de aquella larga franja de tierra. Sabía que probablemente lo habrían vendido, a algún lugar lejano, a juzgar por la mirada del hombre que había encontrado en el camino. Pero había suficiente incertidumbre como para no tener que aceptar que ese había sido su destino, no por el momento.

El suelo se volvió pedregoso y duro bajo sus pies. Entre las hileras de cultivos había una franja de tierra más áspera y menos fértil. Rachel se dio cuenta de que los esclavos habían cultivado allí sus huertos, que obtenían lo que podían de la tierra agrietada y polvorienta. Algunas de las parcelas estaban abandonadas, pero en unas pocas aún asomaban brotes verdes, contra todo pronóstico. Una mujer arrancaba boniatos cerca del camino y Rachel se detuvo para preguntarle si conocía al tal Orión.

—Está por ahí, cuidando su parcela —respondió la mujer. Señaló al otro lado del campo, donde había un hombre de espaldas a ellas, apoyado en una pala.

Rachel se abrió paso hacia él, con cuidado de no pisar nada de lo que crecía; conocía el trabajo que se debía de haber hecho para lograr que brotara vida de aquella tierra.

—¿Orión?

El hombre se volvió. Era más o menos de su edad, quizás un poco mayor, y su piel agrietada y curtida delataba toda una vida de trabajo duro. Un halo de pelo negro, que había dejado crecer más que la mayoría de los trabajadores del campo, le enmarcaba la cabeza. Los ojos, de un castaño tan oscuro que se confundía con las pupilas en los bordes, la miraron fijamente, tratando en vano de reconocerla.

—¿Quién quiere saber?

Respiró hondo.

—Me llamo Rachel. Vengo de Barbados. Busco a mi hijo, Micah.

En cuanto pronunció el nombre de su hijo, Rachel vio que cada poro de la cara de Orión se impregnaba de pura desdicha y dolor. Las arrugas de la frente se volvieron más profundas y cerró los ojos para contener las lágrimas. Le temblaba la boca. Apretó la pala con las manos hasta que pareció que los nudillos estaban a punto de partirle la piel.

Fue entonces cuando Rachel lo supo. Supo que Micah no estaba en otra parte.

No estaba en ninguna parte.

Estaba muerto.

Sintió que el fantasma del cordón que Polly la Grandota la había ayudado a cortar, la conexión que nunca la había abandonado por completo, después de todos esos años, se evaporaba y un filo de acero subía como un rayo por entre sus piernas hasta partirle el corazón en dos.

Orión se dio cuenta de que ella ya lo sabía. La pala cayó al suelo y se abrazaron. Rachel se aferró a él con fuerza, para tratar de absorber lo poco que quedaba de su hijo del hombre que lo había conocido durante todos los años en que ella no había podido hacerlo. Sus lágrimas salaron el suelo que estaba a sus pies. Durante un largo rato, los brazos de Orión fueron lo único que contuvo a Rachel. Sin ellos, se habría disuelto en la espesa niebla de tristeza que le llenaba la boca y las fosas nasales, a punto de ahogarla. Pero mientras su cuerpo amenazaba con desintegrarse, aún podía sentir la resistencia. El latido de su corazón. No estaba destrozado ni partido: seguía entero y latiendo.

Se recompuso desde el corazón hacia fuera. Pensó en Samuel. Pensó en Kitty. Pensó en los niños sin nombre. No era ajena a la muerte.

Y entonces Mary Grace, el rostro de su hija, apareció vívidamente frente a ella, con los ojos resplandecientes de un amor tierno pero poderoso.

Por último, pensó en sí misma y fue capaz de ponerse de pie y soportar su propio peso, sin depender ya de los brazos de Orión. Se dio permiso para vivir, como se había dado permiso para vivir antes. Había un núcleo de algo indestructible dentro de ella, que ni la esclavitud ni el dolor podían destruir.

Rachel era una superviviente. Y sobreviviría.

* * *

Cuando se separaron, Orión se secó los ojos.

—Lo siento —murmuró—, lo siento. —El dolor había desaparecido de su cara; solo permanecía en las arrugas profundas de las comisuras de la boca—. Incluso después de todo este tiempo, me duele. Era como un hijo para mí.

Rachel había agotado todas sus lágrimas. Volvía a sentir el cuerpo entero, pero duro, como una cáscara, con un frío vacío en su interior.

—¿Cuándo murió?

Lo único que le quedaba de su hijo eran los recuerdos, de los que tenía muy pocos. Quería —necesitaba— reunir los pedazos que quedaban y recorrer el camino hasta su muerte. Tenía que saberlo.

—Fue hace doce años —respondió Orión. La piel húmeda

le brillaba con una mezcla de las lágrimas de Rachel y las suyas propias—. En el levantamiento.

Rachel asintió lentamente. Recordaba las noticias de los disturbios en Demerara, susurradas con miedo entre los blancos cuando no se daban cuenta de que había un esclavo que podía escucharlos. Las heridas de su propio levantamiento aún estaban abiertas en Barbados, en ambos bandos. El mero hecho de pronunciar el nombre de Bussa, el líder de aquella rebelión, podía significar pasar un día en el cepo, como si los amos creyeran que los esclavos tenían el poder de resucitar sus huesos de la plantación de Bayley. La rebelión de Barbados se había cobrado muchas vidas, y algunos de los esclavos de Providence sentían un sombrío placer al oír que el levantamiento de Demerara había corrido la misma suerte. Ahora, al saber que Micah había estado entre los muertos, el dolor de Rachel se acrecentó al recordar cómo esos esclavos meneaban la cabeza con expresión de estar hartos del mundo, condenando a esos rebeldes insensatos que no eran rivales a la altura de la milicia del hombre blanco.

Orión la observaba con atención.

—Hay un árbol caído justo al borde de este campo. Lo usamos como banco —dijo—. Puedes sentarte conmigo, si quieres.

Caminaron en silencio por el suelo irregular. El árbol caído del que Orión había hablado tenía las raíces desnudas y marchitas por estar expuestas al aire. La corteza moteada del tronco estaba más lisa en los lugares donde la gente se había sentado a lo largo de los años para descansar del trabajo duro en sus exiguas parcelas de tierra.

—Todavía no puedo creer que estés aquí. —Orión soltó un suspiro largo y lento, y lo dejó silbar entre sus dientes—. Siempre hablaba de ti. De que un día, cuando fuésemos libres, volvería a buscarte.

Rachel trató de mantener la cabeza alta y se secó rápidamente las lágrimas que le brotaban de los ojos. Estaba decidida a no derrumbarse otra vez, fueran cuales fueran los detalles de la vida de su hijo a los que se enfrentara. Había un momento para llorar y otro para escuchar. Había llorado, breve y profundamente, y ahora escucharía.

—Cuéntamelo todo —dijo—. Quiero saber.

Y entonces Orión le contó la historia de Micah.

19

—Micah lloró la primera noche que pasó en Bellevue. Y no con las lágrimas silenciosas con que todos llo-
ramos para nuestros adentros de vez en cuando: eran
sollozos fuertes que resonaban por todo el pueblo. Estaba
en la cabaña contigua a la mía, y yo esperaba que alguien lo
hiciera callar. Pero los sollozos seguían y seguían, hasta que
me levanté y fui allí. Estaba hecho un ovillo, apretando las
rodillas contra el pecho. Me puse a su lado y le dije que no
podía dejar que nadie lo viera llorar así, y menos los blancos. No podía permitir que supieran que habían ganado.

”Dejó de llorar. Me di la vuelta dispuesto a irme a dormir, pero algo me detuvo. Creo que fue la forma en que seguía acurrucado; parecía más triste cuando estaba callado
que cuando lloraba. Me arrodillé a su lado y le pregunté su
nombre y él me lo susurró. Le pregunté si estaba lejos de
casa. Me dijo que sí. Le pregunté de dónde venía y, poco
a poco, me contó todo lo que recordaba de su casa, hasta
la zanja al pie de la plantación en la que chapoteaban los
niños cuando se llenaba de agua de lluvia. Al final, habló
hasta quedarse dormido.

”Al día siguiente, salió al campo con el resto de nosotros.
A la luz del día, no fue su altura lo primero que me impre-
sionó, aunque, por Dios, era alto, incluso entonces. Fue su

cara. Era tan joven... Sé que ninguno de los hombres blancos ven eso, ni cuando se los llevan de Barbados, ni cuando los venden en Georgetown. Solo ven brazos fuertes y piel negra. Pero lo vi, la suavidad de los ojos. La boca aún no se retorcía de amargura. Había inocencia en esa cara.

"Era la época del año en que cosechábamos el algodón. Me puse cerca de él en el campo y vi cómo le temblaban las manos mientras trabajaba. Le pregunté si había cosechado algodón antes. Me dijo que no. Le pregunté si alguna vez había trabajado en la primera cuadrilla y me dijo que no. Era un niño, eso lo pude ver. Su lugar no era la primera cuadrilla, por muy alto que fuera.

"Ahora bien, en aquel entonces, yo ya sabía un par de cosas sobre el amor y la pérdida. Me había casado con una chica a los diecinueve años, y uno después ella se fue, pues la habían vendido en la otra punta del país. Todos los domingos, durante un mes, traté de ir caminando a buscarla. Si caminaba día y noche, solo llegaba a la mitad del camino y volvía a tiempo para ir a trabajar el lunes por la mañana. Duele, te lo aseguro. Después de eso, no quise amar porque no quería perder otra vez.

"No pasó todo al mismo tiempo. Ese primer día no miré a Micah y supe de inmediato que me ayudaría a querer de nuevo. Pero sentí algo. Quería estar cerca de él. Protegerlo de los vigilantes, para que no vieran lo lento que trabajaba. Darle parte del algodón que recogía, lo suficiente para que no lo castigaran por holgazanear. Y al final del día, me sentaba y comía con él. Trataba de usar su nombre a menudo (sí, Micah; no, Micah; así son las cosas por aquí, Micah) para que se sintiera un poco más en casa.

"Todo fue lento. Pasábamos largos días en el campo y hacíamos largas caminatas al mercado los domingos. Él tomó una parcela junto a la mía y le enseñé a hacer crecer las cosas. Y siempre lo miraba a los ojos. Me daba cuenta de que todo cuanto hacía tenía como finalidad conservar la inocencia de esos ojos. Quería protegerlo.

"Pasaron los años. Perdió su inocencia, pero los ojos le brillaban como siempre. Me hablaba del futuro. Yo no estaba acostumbrado a eso. No tenía futuro hasta que Micah me atrajo al suyo. 'Cuando seamos libres', me decía. 'Cuando seamos libres, iremos a buscar a mi familia. Iremos a buscar a tu mujer. Tendremos nuestra propia tierra. Tendremos nuestra propia cosecha, y ninguno de nosotros volverá a trabajar en el campo'.

"Me hizo decir el nombre de mi mujer. No lo decía desde que la perdí. Susannah. Era nuestro ritual nocturno, cuando volvíamos del campo. Susurrábamos los nombres de nuestros seres queridos como la letra de una canción. Ese era el sabor de la libertad para nosotros, esos nombres en nuestros labios.

"Y a medida que crecía, a Micah le gustaba conocer gente. Le gustaba hablar con todos y escuchar lo que soñaban. Incluso algunas noches se escapaba sin permiso para visitar amigos en otros lugares. Vas a ver que hay mucha gente por aquí que tiene alguna palabra amable que decir sobre Micah. Formó parte de muchas vidas.

"Llevaba unos tres años aquí cuando empezó a ir a la capilla de una plantación situada a unos kilómetros. Iba casi todos los domingos. No estaba muy seguro de ese hombre blanco llamado Dios, decía, pero la capilla era un lugar social. La gente iba de todas partes a la capilla y a Micah le gustaba conocerlos. Fui con él algunas veces. Recuerdo que una vez el predicador dijo que hubo un hombre, hace mucho tiempo, que separó las aguas del mar para que los esclavos pudieran cruzarlo. Micah se volvió hacia mí y me dijo que incluso el Dios de los blancos sabe lo que nosotros sabemos. Que un día caminaremos por el mar hacia la libertad.

"Pronto, Micah tuvo forma de hombre, alto y fuerte. Pero aún era muy joven. Seis años lo vi crecer, temiendo que el látigo le quitara la vida. Pero no fue así. Nada apagaba ese fuego de sus ojos.

"Un día volvió de la capilla y corrió a buscarme. Dijo que había rumores de que seríamos libres. Inglaterra lo había decretado. Se paseaba por la cabaña mientras me lo contaba, pensando ya en el siguiente barco a Barbados, pero yo no estaba tan seguro. No era la primera vez que oía algo así. Tengo edad suficiente para recordar cuándo dejaron de venir los barcos de África. Entonces la gente decía que ese era solo el principio. África era la raíz, y nosotros, las ramas. Si nos cortaban, moriríamos. Decían que la esclavitud no duraría. Pero duró. Intenté decir a Micah que tenía dudas, pero no quiso oírme. No era solo un rumor. Los hombres libres de la capilla se lo habían oído a los hombres libres de Georgetown. Las mujeres, los capataces y supervisores y encargados, e incluso los amos lo oyeron también de sus amantes. Todos lo oyeron. Los hombres blancos de Inglaterra nos querían libres.

"Pasaron las semanas. La libertad no llegaba. Micah volvía de la capilla y parecía enfadado. Decía que mientras Inglaterra quería acabar con la esclavitud, los plantadores de Demerara querían mantenerla. Ahora bien, Micah no era tonto, ¿entiendes? Siempre pensó que seríamos libres, aunque no creía que los blancos fueran a dejar los látigos. Pero yo pienso que él creía que no dependía de ellos. Los blancos son nuestros dueños, pero ellos tampoco son libres, por Inglaterra. Sabíamos que en Inglaterra residía el poder. Sabíamos que dejaban de enviar los barcos de esclavos cuando los hombres de Demerara querían que siguieran llegando. Así que cuando Micah oyó que Inglaterra quería liberarnos, estaba seguro de que así sería. Con el paso de las semanas comprendió que, después de todo, tal vez no dependiera de Inglaterra. Quizá los blancos de Demerara tuvieran más poder del que pensábamos. Tal vez no quisieran darse por vencidos.

"Poco después, Micah vino a mi cabaña en mitad de la noche. Nos sentamos en la oscuridad y me susurró que había un plan. Lo había escuchado de uno de los hombres en la capilla. Romeo, creo que era su nombre. Ese tal Romeo se había fijado en Micah. Era difícil no fijarse en él, porque era bastante más alto que ningún otro hombre en kilómetros a la redonda, pero Romeo también se fijó en cómo cantaba Micah los himnos, en la fuerza que ponía en ciertas palabras; realmente quería ser libre.

"Micah me explicó que los amos no querían darnos la libertad, así que tendríamos que tomarla nosotros. El plan consistía en dejar las herramientas todos juntos y negarnos a trabajar hasta que fuéramos libres. Yo no estaba seguro al principio. Pero Micah dijo que aquella no terminaría como las otras rebeliones. Teníamos a Inglaterra de nuestro lado, porque, por aquel entonces, todos nosotros todavía pensábamos que Inglaterra realmente nos quería libres. Y no íbamos a luchar. Solo dejaríamos de trabajar. Las plantaciones no podrían funcionar sin nosotros. Ese era nuestro poder.

"Acepté ayudar a Micah a correr la voz. Fuimos cautelosos, y solo hablábamos con aquellos en nuestra plantación en los que confiábamos. Pero ellos hablaron con la gente en la que confiaban, que hablaron con la gente en la que confiaban, y así.

"Pronto, todo el mundo lo supo. Todo el mundo estuvo preparado.

"Pocos días después de que Micah me contara el plan, fuimos a una reunión secreta. Nos escabullimos de la plantación por la noche y caminamos a un lugar más allá del camino, en la tierra sin cultivar de la costa. Vinieron hombres y mujeres de muchas plantaciones. Al ver a tantos otros, el plan por fin me pareció real. Durante todos esos años en que Micah me hablaba de cuando fuéramos libres, nunca había creído que fuera a ser así, pero entonces me atreví a tener la esperanza de que la esclavitud terminaría.

"Esperamos a que alguien hablara. Romeo dio un paso al frente. Explicó el plan como yo lo había escuchado de Micah: la huelga y cómo nos llevaría a la libertad. La mayoría de la gente parecía estar de acuerdo, pero entonces otros empezaron a hablar. Había un anciano con una pierna que parecía que se le había roto una vez y nunca se había curado. No recuerdo su nombre, pero sí recuerdo que la gente lo escuchaba. Decía que pensábamos demasiado poco. 'Somos más que ellos', dijo. 'Muchos más. Si lo intentamos, podemos tomar la tierra. Mirad lo que pasó en Haití', añadió. Todos temblamos cuando oímos ese nombre.

"'Pero los blancos tienen armas', adujo otro hombre. 'Somos más, pero una sola bala de un arma blanca puede atravesar la carne de diez'. Dijo que lo había visto con sus propios ojos.

"Todo el mundo empezó a hablar a la vez. Había tantas preguntas... ¿Cuántos hombres blancos? ¿Cuántas armas? ¿Seríamos suficientes? ¿A cuántos podían matar? Entonces, Micah habló. 'Están los fugitivos', dijo. 'Los hombres y mujeres que se encuentran en el bosque. Podría haber cientos de ellos, podrían ser miles. Y ellos podrían tener armas'.

"Varias personas le gritaron. 'Los negros del bosque son un mito', dijeron. 'A los fugitivos los capturan o se mueren'. Pero el viejo de la pierna torcida dijo que Micah tenía razón. 'Hay hombres y mujeres que viven en lo profundo de los bosques', dijo. 'Conozco a un hombre que huyó y volvió muchos años después por su mujer. Nadie lo vio esa segunda vez, excepto yo, escapándose con su mujer en una noche sin luna', añadió el viejo. 'Pero él era la prueba. Hay gente que vive libre, más allá de las plantaciones. Si los llamamos, vendrán'.

"Después de que el viejo dijera eso, estuvo claro que la gente se estaba haciendo a la idea. El plan empezó a cambiar. En vez de dejar el trabajo por la mañana, nos reuniríamos la noche anterior. Emboscaríamos a los amos mientras dormían. Tomaríamos sus armas y estaríamos listos para luchar. Mientras tanto, dos hombres, ambos libres, acordaron ir al bosque y traer un ejército de fugitivos.

"Debes entender que la idea no era matar. Romeo insistía en eso. Tenía claro que el objetivo del plan era el mismo: ganar nuestra legítima libertad. Cualquier cosa que hiciéramos que no gustara a Inglaterra, como asesinar a los amos en sus camas, lo estropearía. Simplemente, al negarnos a trabajar, queríamos asustarlos. Hacerles ver que no tenían elección.

"Todavía recuerdo la noche anterior al levantamiento. Había soñado con hombres blancos que irrumpían en la cabaña y me echaban porque se enteraban del plan. Así que cuando vi una sombra que se arrastraba por la cabaña, me asusté. Solo cuando se acurrucó cerca de mí reparé en que era Micah.

"Nos acostamos cerca. Para entonces, hacía seis años que lo conocía y lo quería como a un hijo. Mientras estaba acostado, quise abrazarlo, pero nunca nos habíamos tocado así, de modo que no lo hice. Siempre desearé haberlo abrazado entonces, mientras aún podía.

"Micah me preguntó qué iba a hacer en unas semanas, cuando fuéramos libres. Le respondí que iría a ver a Susannah. Le pregunté, esperando que él también dijera algo sobre la familia. Pero respondió que no sabía. 'Esa es la belleza de la libertad', dijo. 'Nunca sabes lo que va a pasar'.

"La noche siguiente, todo salió como estaba planeado. Empezó en unas pocas plantaciones y se extendió con el sonido de gritos y disparos. No hay palabras que puedan describir el sonido de un grito de guerra arrastrado por el viento. El grito de la libertad. Me estremezco incluso ahora cuando pienso en eso.

"Marchamos hacia la casa principal, casi doscientos de nosotros. Algunos llevaban herramientas y palos que sostenían como espadas, pero la mayoría no teníamos nada. Levantamos nuestros puños y todos los puños formaron un bosque. Me imagino qué aspecto tendría desde dentro de la casa. Los blancos tenían las caras pegadas a la ventana, pálidos como fantasmas.

"Yo nunca había estado en la casa del amo. La mayoría de nosotros nunca habíamos visto cómo vivía, todas las cosas que tenía. Corrimos e intentamos tomar todo lo que encontramos: candelabros, cuchillos de cocina, atizadores... Yo estaba en el comedor y casi podía ver mi reflejo en la mesa; así de brillante era. Oí una pelea y un disparo en la otra habitación. Entré corriendo justo a tiempo para ver a Micah saltando sobre el hombre armado: era uno de los hijos del amo. Una de nuestras mujeres estaba en el suelo, aferrándose el brazo, pero no estaba malherida. Creo que las manos del hombre blanco temblaban demasiado para apuntar. Sus peores temores se habían vuelto realidad.

"Reunimos al resto de los que vivían en la casa y los llevamos afuera. Todavía había algunas personas cautelosas, que decían que tuviéramos cuidado, que no les hiciéramos daño, y así. Pero yo sentí que algo se filtraba en la multitud. Algo viejo, algo oscuro. Era como esos mitos de los que mi mamá me contaba cuando era niño, en los que el día se convertía en noche y la noche en día. Los dioses bajaban a la tierra como hombres, y los hombres gobernaban como dioses, y el caos se apoderaba de todo. El mundo estaba al revés.

"Alguien llamó al amo. Recuerdo que su mujer lloraba. Arrastramos al amo al cepo y lo encerramos. Detrás de él, vi que alguien iniciaba un incendio en uno de los campos. La caña estaba ardiendo.

"La multitud hizo silencio. Nos quedamos mirando el humo que se extendía sobre el amo mientras lo colgaban del cepo.

"El resto de la noche pasó como un borrón. La pregunta que todos teníamos en mente era: 'Y ahora, ¿qué?'. La emoción del primer golpe se desvaneció y nos quedamos con algunos blancos asustados, unas cuantas armas y un incendio medio apagado en los cañaverales. Al amanecer, algunos de nosotros nos reunimos fuera de la casa principal para hablar de las cosas, los que conocíamos el plan desde antes que el resto. Supongo que se puede decir que éramos los líderes.

"Un hombre llamado Azor habló primero. Él era un vigilante; Micah no quería hablarle del levantamiento al principio. 'Cualquiera que sostenga el látigo estará contra nosotros', había dicho. Pero yo conocía a Azor desde hacía mucho tiempo. Vi al capataz violar a la mujer de Azor y luego liberarla y llevársela cuando se quedó embarazada de él. Azor nunca se quejó y siempre trabajó duro, pero se llenó de un odio profundo después de eso. Yo sabía que estaría de nuestro lado.

"Azor dijo que debíamos ir a las otras plantaciones y ver si echaban a los amos igual que nosotros. Y quizás ir a buscar a los fugitivos del bosque. 'Debemos saber cómo es de grande el levantamiento, hasta dónde se ha propagado el incendio', dijo Micah a continuación. Estuvo de acuerdo con Azor y se ofreció a ir él mismo y ver cómo había resultado la noche. Dijo que los demás debíamos repartir las armas y vigilar a los blancos. 'Debemos esperar', dijo. 'Esperar a que el gobernador ceda y acepte que seamos libres. O, si no, esperar a que venga la milicia y confiar en que nuestras armas sean suficientes'. Esto último no lo dijo, pero todos lo pensamos.

"Los días que siguieron se sintieron como un tiempo intermedio. Hacíamos todo lo que Micah y Azor decían. Sacamos al amo del cepo y metimos a todos los blancos en una de las chozas. Algunos de nosotros nos turnamos para vigilarlos. Micah volvió al cabo de un día con noticias de las otras plantaciones. Hasta donde él había llegado, los esclavos no se habían rebelado. En algunos lugares, habían capturado a los amos y también tomado algunas armas, como nosotros. Pero en otros, los amos se habían atrincherado en la casa con las armas, y los esclavos estaban armados solo con palos. Micah no llegó hasta Georgetown, así que no pudo decir con seguridad hasta dónde se había extendido la rebelión. Y dijo que no había señales de los fugitivos.

"Nos pareció una buena noticia saber que no estábamos solos, que en unos pocos kilómetros a la redonda, el resto del mundo hacía lo mismo que nosotros. Pero sabíamos que no había terminado. Si aquello era una revolución, la rueda seguía girando; todos lo sentimos. Así que esperamos.

"Los oímos antes de verlos. Era una noche tranquila y silenciosa. Entonces, el sonido de los disparos llegó de la costa. Nos reunimos fuera de la aldea y de la choza donde estaba el amo. ¿Quién había disparado? ¿Los negros del bosque? ¿La milicia? Esa noche, hasta las ideas más descabelladas parecían ciertas. Una mujer dijo que el hombre blanco había reunido un ejército de demonios para matarnos a todos.

"Entonces, un chico vino corriendo desde el oeste. No tendría más de trece años. Recuerdo que parecía asustado y llevaba una pistola apretada contra el pecho. Nos dijo que las armas eran de la milicia. Venía desde Bachelor's Adventure, a un poco más de un kilómetro de distancia, para advertirnos. Los soldados ya habían pasado por las primeras plantaciones que había en el camino desde Georgetown, y todos se rendían sin luchar. Pero los hombres y las mujeres de Bachelor's Adventure no estaban dispuestos a rendirse. Estaban reuniendo a los que quedaban, dijo el muchacho. 'Venid con nosotros. Luchad. Los fugitivos no han venido, pero aún somos más. Todavía podemos ganar'.

"Recuerdo lo vacía que me sonó esa palabra cuando el chico la dijo: *ganar*. Antes de eso, imaginaba cómo sería ganar. Que un barco inglés viniera a ordenar al Gobernador que nos liberara. O que los negros fugitivos salieran del bosque con armas y lanzas, y mataran a todos los blancos. Pero una por una, esas ideas del futuro se habían ido, y lo que nos quedaba era marchar contra la milicia. En el mejor de los casos, los mataríamos antes de que nos mataran a todos. Y después, ¿qué?

"Al mismo tiempo, era consciente de que no teníamos elección. ¿Cómo podíamos dar marcha atrás cuando ya no había a la vista nada de nuestro mundo tal como era, con los amos en el cepo y los cañaverales incendiados? Aunque ese mundo ahora estuviera fuera de nuestro alcance, todos sabíamos que moriríamos por él si era necesario. Miré a Micah y vi que sentía lo mismo. La inocencia ya no ardía en sus ojos. Ahora, esos ojos eran como carbón, oscuros y duros.

"Caminamos poco más de un kilómetro hasta Bachelor's Adventure. El camino se llenó de esclavos. Debía de haber dos mil por lo menos. Un ejército. No teníamos muchas armas y nos dolían los años de trabajo. Muchos estaban encorvados o se habían quedado cojos o les faltaban miembros. Pero éramos un ejército igual.

"El sonido de los disparos se oía más cerca. Nos paramos en el camino, hombro con hombro. A Micah lo mandaron al frente porque tenía un arma. Yo solo tenía un atizador de hierro, así que me quedé más atrás. Todos callados, porque el miedo era la mejor arma que teníamos. Sabíamos que la milicia avanzaba de plantación en plantación y se enfrentaba a grupos de cincuenta o cien esclavos. Iban a esperar más de lo mismo. Mientras el horizonte aún nos cubriera, queríamos hacerles creer que sería así. Queríamos que tuvieran miedo cuando vieran que éramos miles.

"Estaba aplastado en medio de la multitud y casi no veía el camino, pero oía y sentía. Sentí cuando la gente de más adelante vio a la milicia. Todos contuvieron el aliento. Oí el pisoteo de las botas y, después, el silencio. Empujé los hombros del hombre que iba delante de mí y alcancé a ver las chaquetas rojas de los soldados. Se apiñaban a unos cientos de metros de nosotros. No podía verles las caras, pero creo que tenían miedo.

"No sé cuánto tiempo estuvimos así. Me parecieron horas. No los oía, pero parecía que los soldados hablaban sobre qué hacer. Todos nos quedamos callados. Recuerdo que sentí como si toda mi vida se hubiera condensado en un solo momento. Cada vez que cierro los ojos, puedo ver a Susannah. Puedo ver la sangre en la espalda de los amigos a los que vi recibir latigazos. Puedo ver la caña de azúcar y oler las plantas de café. Y, sin embargo, algunos de los recuerdos eran ajenos. Todos los cuerpos se apretujaban a mi alrededor. A veces me parece oír la voz de un niño que no reconozco, o ver la sonrisa de una madre que nunca vi. Tal era el poder de la multitud. Compartíamos nuestros recuerdos.

"En el momento en que el silencio y los recuerdos se hicieron insoportables, se oyó una voz. Alguien cerca del frente. Una voz de hombre, y parecía joven. No creo que fuera Micah, pero no estoy seguro. La voz dijo: '¡Abrid fuego!', y así comenzaron los disparos.

"Cuando una multitud se mueve, es como el agua. Te arrastra, pero tú también empujas hacia delante y llevas a otros contigo mientras avanzas. Cargamos contra el enemigo, gritando con una sola voz. Durante unos segundos, con las balas que rugían en mis oídos, volví a sentir esa creencia profunda y sincera de que íbamos a ser libres. Me atravesó hasta los huesos.

"Entonces, la presión se rompió. Los cuerpos se separaron. Algunos cayeron al suelo, aferrándose el brazo o la pierna reventada por las balas. Otros se dispersaron. La gente corría hacia los campos, hacia el mar, hacia el camino. Yo también corría. Me sentía como un animal. Me avergüenza recordarlo ahora, cómo pasaba por encima de los cuerpos, sin que me importara si morían, con tal de que yo pudiera vivir.

"Cuando ya no pude correr más, me desplomé a un lado del camino. Me di cuenta de que el tiroteo se había detenido. Lo único que alcancé a oír fue a una mujer que lloraba al otro lado del camino y los gritos débiles de los moribundos, que provenían de donde había corrido. No sé cuánto tiempo estuve allí sentado. Recuerdo que no sentía nada, ni recuerdos del pasado, ni esperanza de libertad. Me sentía vacío.

"Entonces, oí que alguien me llamaba. Levanté la vista y vi a Micah, que se acercaba renqueando, con el sol naciente a sus espaldas. Alcancé a ver el lugar donde lo había rozado una bala en la pierna, pero la herida no era grave: la sangre alrededor ya comenzaba a secarse.

"Estábamos el uno frente al otro. No me pareció bien abrazarlo. Pero, con una inclinación de cabeza, demostramos que nos alegrábamos de haber salido vivos. Le pregunté si sabía cuántos habían muerto. Se encogió de hombros. 'Cien. Quizá más', dijo. Empezamos a caminar de vuelta a nuestra plantación. En un momento dado, recuerdo que pasamos junto a unos periquitos que cantaban. La mañana era hermosa, pero todo parecía aburrido. Me sentía desanimado. Cansado.

"Al llegar a la plantación, volvimos a nuestra cabaña y

dormimos. Al cabo de unas horas, nos despertamos, y Micah y yo salimos a caminar para hacernos una idea de lo que había pasado la noche anterior y de lo que iba a pasar en ese nuevo día. No todo el mundo nos había acompañado a Bachelor's Adventure, y algunos esperaban ansiosos las noticias. Algunas mujeres nos preguntaron si había vuelto con nosotros su esposo, su hijo o su hermano. Solo podíamos negar con la cabeza.

"Con toda la agitación de la noche anterior, el amo y su familia habían escapado de la cabaña y huido de vuelta a la casa principal. A veces veíamos aparecer una cara en una ventana y nos quedábamos mirando. Pero no les hacíamos caso. Ya no parecía que el mundo se hubiera vuelto del revés, con los negros arriba y los blancos abajo. Se sentía, de alguna manera, como si los blancos no existieran. Como si el mundo fuéramos solo nosotros. No parecía que hubiéramos ganado, pero tampoco parecía que hubiéramos perdido. Era como después de un huracán, cuando sales y ves todo lo que ha destrozado.

"Recuerdo la última vez que hablé con Micah. Lo recordaré hasta el día de mi muerte. Nos sentamos a ver salir el sol el segundo día después de la batalla. Nos acercamos lo suficiente como para oler la caña del campo que habíamos incendiado hacía un rato, que parecía toda una vida.

"Cuando miré la caña quemada, supe que iba a levantarla. Todos los futuros con los que habíamos soñado durante el levantamiento habían desaparecido, y solo nos quedaba un camino. Volveríamos a los campos.

"Pregunté a Micah si pensaba que todo había terminado. Dijo que no sabía. Le pregunté si se arrepentía de algo. Dijo que no. Pero después suspiró, la clase de suspiro que no tenía por qué salir de la boca de alguien de su edad. Solo tenía dieciséis años. 'Pensaba que iba a ser diferente', dijo. 'Lo sé', le respondí. 'Yo también lo pensé'. Y eso fue todo. Las últimas palabras que nos dijimos. Nos sentamos en silencio mientras el sol subía cada vez más alto en el cielo.

"Fue por la tarde cuando llegaron los soldados. No sabíamos que venían, pero oímos algo cerca del camino: gente que gritaba, un chico que lloraba. Corrimos hacia allí y encontramos a la mayor parte de la plantación corriendo hacia el borde de los campos. '¡Azor!', gritó alguien. '¡Tienen a Azor!'. Nos abrimos paso a empujones y vimos a la milicia y a dos soldados que sujetaban a Azor por los brazos. La gente que había a nuestro alrededor gritaba, suplicaba, pero uno de los soldados levantó su arma al cielo y disparó. Todos nos quedamos callados. El soldado se adelantó, creo que era el capitán. Tenía una voz suave, pero se extendió entre la multitud a medida que leía una lista de acusaciones. Acusaba a Azor de ser el líder de la rebelión y de conspirar para asesinar a todos los blancos de la colonia.

"No dijimos nada mientras el capitán hablaba. Sabíamos lo que vendría después. Ya veíamos a los capataces y a los amos acusar a los esclavos y arrastrarlos a la cárcel. La rueda había dado toda una vuelta y nos había devuelto al mundo conocido. ¿Qué podíamos decir para salvarlo? Nos quedamos de pie, esperando a que se lo llevaran.

"El capitán hizo una pausa cuando terminó la lista. Entonces, dijo que Azor era culpable. Y les dijo a sus soldados que lo mataran.

"Fue como si el tiempo se detuviera. Recuerdo que las cosas se movían despacio, y alcancé a ver la forma en que los ojos de Azor se abrían, y la forma en que luchaba contra los hombres que lo sujetaban. Entonces, como si se liberara de todo lo que lo retenía, el tiempo saltó adelante. La sangre se disparó en el aire cuando una bala le atravesó el cuello a Azor. Una mujer saltó, gritando, pero la bota de un soldado la apartó. El capitán se volvió y me señaló directamente.

"Los dos soldados que sostenían a Azor dejaron caer su cuerpo al suelo y se precipitaron hacia delante, pero no me atraparon a mí. Atraparon a Micah. Lo arrastraron delante del capitán. Lo colocaron junto a Azor.

"Una voz dentro de mí decía: '¿Esto es real? ¿Esto está pasando?'. Antes de que pudiera responder, el capitán ya había empezado a repetir, palabra por palabra, las acusaciones que había hecho a Azor. Micah se quedó quieto mientras el capitán hablaba. Seguía parpadeando. Se miraba los brazos y miraba las manos de los soldados que lo rodeaban. Después me miró a mí.

"Por fin, pude moverme y hablar. Corrí hacia delante, pero me alcanzó la culata de un fusil. En el suelo, traté de arrastrarme hacia Micah mientras los soldados me daban patadas una y otra vez. Supliqué que lo dejaran vivir. Les dije que estaban equivocados, que era a mí a quien querían, que era a mí a quien debían matar. '¡Yo soy el culpable, no él! ¡Él es solo un niño!', les dije. '¡Solo un niño!'. Esa fue la única vez que el capitán me miró, cuando dije eso. Se detuvo y me miró y después miró a Micah, y su mirada decía: 'Esta *cosa* no es un niño, es un asesino'.

"Durante todo el tiempo, Micah se quedó en silencio. Aún me miraba fijamente. El capitán llegó al final de la lista de acusaciones y dijo que Micah era culpable. Se apartó de él, y les dijo... les dijo...

"Yo les rogué, Rachel. Debes entenderlo. Traté de que me llevaran a mí en vez de a él. Pero fracasé. Ellos..."

Las lágrimas de Orión volvieron a fluir como riachuelos. Caían por surcos ya trazados, que amenazaban con cavarle zanjas en las mejillas, pues ya había llorado esas mismas lágrimas antes, y las lloraría una y otra vez hasta el final de su vida.

—Le dispararon delante de mí... Era solo un niño... Lo siento...

20

Orión insistió en acompañar a Rachel de vuelta a Georgetown. Parecía desconcertado por el hecho de que ella hubiera escuchado su historia sin emoción alguna, sin que un solo atisbo de dolor le cruzara el rostro. Él se había enjugado rápidamente las lágrimas, como si le avergonzara demostrar su pena más que ella.

A Rachel la historia le había sonado ajena, como si fuera la de un desconocido. O tal vez, como el nombre "Micah" le atravesaba el corazón cada vez que lo escuchaba, le había parecido un cuento popular o un mito protagonizado por un dios o una criatura que ella ya conocía de una historia que nunca había oído. Fue de ese modo, insensible e indiferente, como asimiló los detalles de la vida y la muerte de Micah, y se sentía cada vez más fría y distante a medida que Orión le relataba los últimos momentos de su hijo.

A veces, en Providence, Rachel había imaginado cómo sería vivir de otra manera, sentir de otra manera. No ser siempre pequeña y tranquila. Por lo general, lo provocaba un sueño. Podía adoptar cualquier forma, pero al final ella siempre lloraba. Era ese tipo de llanto que la dejaba sin aliento, que la doblaba en dos y le contorsionaba la cara y la obligaba a lanzar un grito que parecía interminable desde el vacío de su pecho. Siempre se despertaba desorientada por el repentino cambio, de un cuerpo sobrecogido por los sollozos a uno que yacía, silencioso y quieto, sobre una estera. En esos momentos, mientras el eco del sueño perduraba, imaginaba que algún día podría dejarlo todo. Que podría entregar su cuerpo y permitir que la emoción la partiera en dos.

En algunos pasajes de la historia de Orión, recordó esos sueños. Todavía llevaba dentro el eco de algunos de ellos: un ligero estrechamiento de la garganta, un latido detrás de los ojos. Eso fue lo más parecido al duelo que sintió mientras él hablaba.

Durante el camino de vuelta a Georgetown, Rachel levantó la cara al cielo, para que el calor del sol de media mañana se le filtrara bajo la piel. Sentía los ojos de Orión clavados en ella, a la espera de cualquier señal de angustia.

—Tu mujer —le dijo, para romper el silencio—. ¿Qué le ha pasado?

La carga emocional de haber contado la historia de Micah aún se reflejaba en el rostro de Orión, pero logró esbozar una pequeña sonrisa.

—Ahora vive conmigo. Los dos trabajamos en Bellevue. Cuando me enteré de que íbamos a ser libres, fui a ver al amo y le pregunté si podía ir a buscarla. Al principio no quería que fuera, pero me dijo que podía traerla conmigo y que quería más manos para el trabajo. Lo hice por… —le tembló la voz, pero tragó saliva y continuó—, por Micah. Porque tenía razón. Después de su muerte, dejé de creer, pero entonces sucedió: nos liberamos.

Rachel no sonrió; aún no podía expresar ninguna emoción, pero se alegró por él.

Siguieron andando. Recorrieron en sentido inverso el camino de la milicia, doce años después; sus pies se apoyaban en las huellas fantasmales de las pisadas de los soldados. Entonces, Orión dijo:

—¿Qué ha pasado con los otros?

—¿Los otros?

—Tus hijos. Mercy, Mary Grace, Cherry Jane. —Parecía decir los nombres sin pensar; su voz sonaba suave y cadenciosa mientras la lengua repasaba las sílabas. Se detuvo—. Lo siento. Es que aún los recuerdo después de tantos años. Hablábamos mucho de ellos.

Rachel miró la tierra agrietada del camino.

—Mary Grace está conmigo ahora —dijo—. A los otros todavía trato de encontrarlos.

Orión la sorprendió al tomarle la mano con suavidad entre las suyas.

—Micah lo sabía —dijo—. Micah sabía que un día estaríais todos juntos.

Rachel abrió la boca para decirle que no podían estar todos juntos porque Micah había muerto, pero volvió a cerrarla. Él la miraba con tanta seriedad que se sintió obligada a decir:

—Eso espero. —Y repitió los nombres, su pequeña plegaria—: Mercy, Mary Grace, Cherry Jane, Thomas Augustus.

Orión la miró fijamente. Sus ojos cansados, aún inyectados en sangre por el llanto, se agrandaron.

—¿Has dicho Thomas Augustus?

La nube oscura de dolor se recompuso y, por un momento, Rachel se convenció de que Orión le iba a decir que también había visto morir a Thomas Augustus hacía muchos años. Pero en la expresión de Orión no vio nada del dolor que había visto cuando le mencionó a Micah por primera vez, así que respiró hondo y se obligó a disipar la pena.

—Sí. Nació justo después de que se llevaran a Micah, así que él no lo conoció. Pero al final también se lo llevaron a Demerara.

Orión parpadeó lentamente.

—¿Thomas Augustus es tu hijo?

Rachel siguió buscando cualquier señal de nuevas malas

noticias, otra historia de la muerte de otro hijo. Pero, más bien al contrario, Orión parecía emocionado.

—No puede ser… —murmuró, más para sí mismo que para ella—. Pero entonces… —Al notar la creciente angustia de Rachel, volvió a centrar la atención en ella—. Había un Thomas Augustus en Felicity, una plantación al este de Bellevue. No sé cuándo llegó y no llegué a hablar con él. Pero era muy conocido por aquí.

—¿Qué pasó con él? —insistió Rachel—. ¿Sigue allí?

Orión negó con la cabeza.

—Huyó. Por eso lo conocemos todos. No hay mucha gente que logre huir, ya no. Después del levantamiento, abandonamos nuestra fe en los negros del bosque. El amo de Thomas Augustus lo buscó y lo buscó, y habló con esclavos de todas las plantaciones de la costa, pero no llegaron a encontrarlo.

El corazón de Rachel latía con fuerza una vez más. No era la muerte. O, al menos, no era una muerte segura. Un hijo perdido era mejor que uno asesinado.

Orión parecía agitado, se movía pasando el peso de un pie a otro.

—Me gustaría poder decirte más —dijo. Después de haberle dado la noticia de la muerte de un hijo, estaba claro que quería ofrecerle algo más que la pista de la supervivencia de otro para compensarla—. Pero eso es todo lo que sé.

Reanudaron el viaje de vuelta a Georgetown en silencio. Orión no dejaba de mirar hacia el mar, donde se veía difusamente la mancha de agua fangosa del río Demerara, que zigzagueaba por la costa.

—El río —susurró.

Rachel no dijo nada, pero lo miró con curiosidad.

—Estaba pensando… ¿Cómo se escapó? La ruta terrestre son solo plantaciones, y nadie dijo haberlo visto. Está el canal, pero solo llega hasta el interior. Yo creo que si se fue por el río... Pero ¿no sería demasiado fuerte la corriente? —Orión volvió a sumirse en el silencio. Entonces, lentamente, añadió—: Aunque conocí a un hombre en el mercado. Uno de los indios, esa gente que ya estaba aquí miles de años antes de que llegaran los blancos. Me acuerdo... —Entornó los ojos por el esfuerzo de hacer memoria—. Sí, recuerdo que hablamos del río. Le hablé de mi mujer. Además de la distancia, cruzar el río fue lo que me impidió llegar hasta ella durante todos esos años. Una vez, traté de ir río arriba hacia el sur, durante muchos kilómetros, pensando que tal vez podría encontrar su fuente o un punto estrecho por donde vadearlo. Cuando le conté esta historia al indio, se rio y me dijo que el Demerara llegaba más lejos de lo que podía caminar. —Orión aceleró el paso a medida que el recuerdo lo desbordaba—. Sí. Y dijo que su gente lo remontaba en canoas, río arriba y río abajo, estoy seguro. Se ve que, si caminas lo suficiente, la corriente no es rival para los remos.

Orión miró a Rachel con decisión.

—El río —repitió—. Si Thomas Augustus escapó, se fue río arriba.

Tal vez era el dolor, que aún proyectaba una larga sombra que nublaba el juicio a Rachel. Tal vez era el calor o sus piernas doloridas; ya había caminado muchos kilómetros ese día. Tal vez fueran el hambre y la sed que se le asentaban en la boca del estómago, o el dolor de cabeza. Sabía que solo contaba con las conjeturas de un casi desconocido, muchos años después de la desaparición de su hijo. Y, aun así, iría. Ya estaba decidida y sintió que la decisión arraigaba en lo más profundo de su ser, le endurecía la mandíbula y le tensaba los puños. Iba a remontar el río y a encontrar a su hijo.

Rachel y Orión se despidieron sin decir palabra en las

afueras de Georgetown. Rachel quería darle las gracias por haber cuidado de Micah durante tantos años y por haber mantenido vivo el recuerdo de su hijo, pero no pudo. Le agradeció haberla acompañado de vuelta a la ciudad y confió, de alguna manera, en que él sintiera la gratitud más profunda que ella sentía, sin necesidad de expresarla. Orión también parecía querer decirle algo más que "buena suerte". Dejó los labios entreabiertos después de la última palabra, y Rachel se quedó un momento a su lado, vacilante, por si acaso. Pero, al final, él cerró la boca, la saludó con la cabeza y se volvió para emprender el largo camino de regreso a Bellevue.

Al verlo alejarse, a Rachel la asaltó violentamente la idea de que era una de las últimas personas que habían visto a su hijo con vida y que, al marcharse, se llevaba todos los recuerdos que Rachel nunca tendría de Micah, del muchacho joven y optimista que había sido. Pero el grito de "¡Espera!" murió en su garganta; se estremeció, cerró los ojos y dejó que la ola de dolor la atravesara. ¿De qué serviría sentarse de nuevo con Orión y hacerle revivir cada momento de la vida de Micah? ¿Presionarlo para que recordara cada sonrisa, cada suspiro, cada palabra que había pronunciado? Los recuerdos no pueden resucitar a los muertos. Orión le había dado lo suficiente para conocer al hombre en que Micah se había convertido después de alejarse de ella, y eso era lo único que importaba. Debía dejar que Orión y la sombra de Micah que vivía dentro de su cabeza hallaran la paz.

Cuando llegó a la taberna, Nadie y Mary Grace la esperaban fuera. No sabía cuánto tiempo llevaban allí, de pie, en medio del calor, quizá desde que ella se había marchado, pero en cuanto los vio, como dos figuras diminutas a lo lejos, casi se le doblaron las rodillas.

El mundo de Rachel se había estremecido tanto al saber de la muerte de Micah que era como si su vida se hubiera dividido en un antes y un después. La noticia había sido tan cruel, tan lacerante, que en realidad no había pensado que tendría que contársela a nadie más. Cuando Orión la había abrazado, llorando, en Bellevue, Rachel sintió que era la última persona del mundo que lo sabría.

Pero no era así. Nadie y Mary Grace no se habían enterado y ella tendría que contárselo. Nadie, que creía haberse ganado un lugar en su familia por haberla ayudado a encontrar a Micah; su hija, Mary Grace, apenas dos años menor que Micah, que había llorado todas las noches durante una semana cuando se lo llevaron, que había perdido el apetito, había adelgazado y se había vuelto retraída. El corazón de Rachel amenazaba con desgarrarse otra vez a medida que caminaba lentamente hacia aquellas figuras que la esperaban. Anhelaba protegerlos a ambos de la pena que ella sentía.

Debió de haber algo en su forma de moverse, cabizbaja, arrastrando los pies por el polvo del camino. Al verla acercarse, Mary Grace dio un paso adelante, con el ceño fruncido y los labios entreabiertos, con una pregunta no formulada, pero clara: "¿Lo has encontrado?".

Nadie, menos capaz de interpretar los movimientos de Rachel, la miró y luego miró a Mary Grace en busca de respuestas.

Rachel no dijo nada. Se detuvo en seco, a pocos pasos de ellos, y no pudo soportar pronunciar las palabras. Aquella cara larga mostraba su pena.

—¿No estaba allí? —La voz de Nadie se volvió cada vez más ansiosa, tal vez temiendo que la información que había conseguido para ella hubiera resultado inútil.

Pero Rachel no dijo nada. Miraba a Mary Grace, el movimiento pequeño y tembloroso de la boca de su hija. Mary Grace observó el rostro de su madre; la mirada se clavó bajo la piel de Rachel en busca de las laceraciones de dolor que había debajo. Tardó unos instantes, pero entonces Mary Grace lo entendió. Su rostro, reflejo del de su madre, se contorsionó, incapaz de controlarse. Cayó de rodillas y empezó a sollozar: sonidos fuertes como graznidos, casi animales, que no se parecían en nada al habla humana. Era como si su boca hubiera olvidado cómo formar las palabras después de tantos años de silencio y ahora solo pudiera emitir ese aullido de dolor. En silencio, Rachel cerró los ojos para poder imaginar que la angustia violenta y encarnada de su hija era la suya propia. Porque desde que había descendido sobre ella el sentimiento hueco, vacío y duro, casi había añorado el llanto de desesperación que había desahogado en el pecho de Orión, cuando se había sentido como si fuera a hacerse añicos por el peso de la muerte de Micah. Ya no le quedaban lágrimas que derramar, así que se permitió sentir cómo le vibraba el pecho y se le cerraba la garganta como si fuera ella, no Mary Grace, quien pudiera llorar.

Esa noche, Rachel se preparó para ver a Micah en sueños, pero no se le apareció. Después de haber dormido sin soñar, se despertó de madrugada y solo vio las sombras de Mercy, Cherry Jane y Thomas Augustus junto a ella, mientras Nadie y Mary Grace dormían juntos, compartiendo cama por primera vez.

Que Micah la hubiera dejado insensible era demasiado. Al final, las lágrimas volvieron a brotar. Permaneció sentada en la oscuridad, ahogando los sollozos para no despertar a los demás, mientras sus hijos aún perdidos, tal vez muertos, la miraban, serios.

21

A LA MAÑANA SIGUIENTE, RACHEL LES CONTÓ A NADIE Y A Mary Grace lo de Thomas Augustus. Trató de que no se dieran cuenta de que tenía los ojos enrojecidos y la garganta ronca por el llanto ahogado, y les relató todo lo que Orión le había dicho.

—Tenemos que buscarlo —dijo Rachel. Intercambió una mirada con Mary Grace; sabía que su hija estaba de acuerdo.

Nadie se puso en pie.

—No será fácil —dijo, pero no era una advertencia. Saboreó las palabras. Comenzó a caminar a lo largo de la habitación y se volvía cada pocos pasos. Tenía en los ojos una expresión que Rachel reconoció: le aparecía siempre que les contaba sus historias más salvajes sobre los peligros a los que se había enfrentado en el mar. Su cuerpo irradiaba una energía feroz que las cuatro paredes casi no podían contener.

Rachel también se levantó, como si estuviera lista para irse en ese instante. Nadie, al sentir su impaciencia desesperada, se ablandó. El fuego desapareció de sus ojos.

—Todo esto llevará tiempo —dijo—. Debemos prepararnos bien. El miedo nunca impidió a los hombres navegar incluso en los mares más agitados, pero todo barco debe tener una ruta trazada con antelación y cada miembro de la tripulación conoce el papel que debe desempeñar para evitar un desastre.

Después del entumecimiento que le había causado la rutina aburrida de la taberna, a Rachel la invadió una sensación de urgencia que le recorrió las venas y le aceleró la respiración. Solo mantuvo a raya el dolor con la idea de que podría encontrar a Thomas Augustus pronto. Pero Nadie tenía razón. Volvió a sentarse en la cama y aceptó la caricia de la mano de Mary Grace sobre su hombro. Tenían que prepararse.

—Necesitaremos provisiones para varias semanas —continuó Nadie—. Y una canoa. —Hizo una pausa y tamborileó con los dedos sobre la palma de una mano mientras pensaba—. Remontar el río nos llevaría a un territorio salvaje y desconocido. Esta tierra no es como Barbados o ninguna otra isla donde los blancos han domesticado cada palmo. Y puede que aún haya indios que vivan en las profundidades de los bosques, y tal vez no vean con buenos ojos la llegada de intrusos.

Al oír hablar de indios, Rachel pensó en el niño, Nuno.

—¿Y si alguien nos ayudara? —preguntó—. ¿El chico que durmió aquí hace unas noches? Me dijo que su gente venía de río arriba.

Nadie asintió.

—No estaría mal tener a alguien que conozca el camino.

Los latidos del corazón de Rachel empezaron a ralentizarse. El impulso de encontrar a su hijo aún era fuerte, pero logró canalizar su ansiedad hacia pensamientos más inmediatos: la comida, la canoa y el niño. Debían organizar todo eso. Después, irían río arriba.

* * *

Durante la semana siguiente, la vida continuó como antes.

Albert, que intuía que algo iba mal, pero no tenía la facilidad de palabra necesaria para averiguar de qué podía tratarse, estuvo más taciturno que de costumbre y durante la mayor parte del tiempo trabajaron en silencio. Rachel siguió limpiando la taberna, sirviendo a los clientes y evitando la mirada del señor Beaumont. La rutina hacía poco por calmar su impaciencia y mucho por avivar sus temores. En sus momentos más oscuros, tras largas jornadas de pie, Rachel perdía toda su esperanza de que Thomas Augustus hubiera podido sobrevivir como fugitivo entre los míticos negros de los bosques.

Pero incluso en esos momentos, Rachel luchaba con todas sus fuerzas para mantener vivo ese resquicio de esperanza. No iba a sucumbir por completo a una vida vacía. Fuera de su trabajo, un plan y un futuro empezaban a tomar forma. Entre los tres, Nadie, Mary Grace y Rachel empezaron a hacer acopio de alimentos: carne cubierta con una gruesa capa de sal para evitar que se pudriera, cereales y legumbres duras y secas, cualquier cosa que pudiera preservarse durante el tiempo indeterminado que llevaría su futuro viaje. Nadie hizo averiguaciones entre todos los carpinteros que pudo encontrar y regateó para conseguir el mejor precio por una embarcación pequeña que pudiera llevarlos río arriba. Y Rachel, cada vez que podía robar un momento al trabajo y a toda esa planificación, buscaba a Nuno.

Ahora algunos la conocían en Georgetown. La gente del mercado o de las tiendas, o los que esperaban en el muelle la oportunidad de trabajar en un barco la saludaban cordialmente y le preguntaban cómo iban las cosas con el viejo señor Beaumont. Empezó por preguntarles a esas personas si habían visto a un niño nativo, desgarbado, de pelo enmarañado y ojos grandes y oscuros. Todos negaban con la cabeza, sorprendidos, pero prometían estar atentos por si lo veían.

Durante algunas semanas, acumularon víveres, consiguieron una canoa y lo prepararon todo cuidadosamente para la partida. Nadie incluso había conseguido sonsacar a los marineros de Georgetown una descripción aproximada del río Demerara. Algunos marineros aseguraron que una vez habían navegado con un hombre que a su vez había navegado con un capitán que había remontado el río hacía ya casi cincuenta años, en busca de una ciudad hecha de oro. En aquella época, la mayoría de los hombres pensaban que podrían encontrar la ciudad legendaria en el Esequibo, ya que ese río era más caudaloso y parecía un lugar más apropiado para tal emplazamiento. Pero ese capitán, decidido a demostrar que estaban equivocados, había llevado a un pequeño grupo de hombres a explorar el Demerara hasta su nacimiento. No habían encontrado la ciudad de oro, pero habían vuelto con historias de un río zigzagueante, alimentado por cientos de afluentes y ferozmente defendido por tribus nativas e incluso por cocodrilos tan largos y gruesos como la barca en la que habían remado. Los relatos hacían temblar a Rachel, sobre todo de miedo. Pero también había otro sentimiento, oxidado y abandonado tras años de vivir una vida pequeña y reprimida: el anhelo de aventura.

Cuando Rachel era joven, antes de tener hijos, le encantaba oír a las mujeres mayores contar historias. Mitos, cuentos populares, a menudo una embriagadora mezcla de nombres africanos y temas bíblicos, o viceversa. Con asombro, se imaginaba que ella era la protagonista audaz de su propio mito, de su propia vida. Ese asombro se había desvanecido con la edad y ella lo había creído extinguido hasta ahora. ¿Tenía miedo Rachel de remar a lo largo de un río desconocido y enfrentarse a sus monstruos y sus terrores? Sí. Pero por debajo del miedo había entusiasmo ante la idea de sumergirse en la naturaleza salvaje.

En todo el tiempo que llevaban preparándose, Rachel solo había soñado una vez con Micah, un rápido destello de una imagen antes de despertarse y ver que ya no estaba. Vio a su hijo, adulto, con la determinación dibujada en la cara, agitando un mosquete y encabezando un ejército de negros.

Después de todo, tal vez pudieran crear sus propias historias.

Justo cuando Nadie y Rachel estaban más impacientes por marcharse, apareció una figura delgada en la puerta de la taberna. Era por la mañana y Rachel seguía limpiando las mesas, por lo que no se percató de la figura en un primer momento.

—La gente dice que me buscas.

Al volverse, vio a Nuno. Conservaba el mismo aire cauteloso y tenso. Aunque estaba erguido, se mantenía como agazapado y listo para huir en cualquier momento.

—Tienes mejor aspecto —dijo Rachel tras una pausa. Era cierto: ya no estaba tan delgado como antes, aunque tenía la cara ennegrecida por lo que parecía hollín y el pelo aún enmarañado.

Nuno se encogió de hombros.

—Encontré trabajo. Con un herrero. Bombeo el fuelle. Es un trabajo duro y caluroso, pero ahora puedo comer. Y a veces duermo en la herrería.

Se miraron fijamente, sin saber qué hacer.

—La gente dice que me buscas —repitió Nuno.

—Voy a buscar a mi hijo —dijo Rachel—. Pensaba que querrías venir.

Nada en la actitud de Nuno dejó ver una respuesta en un sentido u otro.

—¿Por qué?

—Vamos río arriba. Mi hijo se ha escapado. Creemos que vive en algún lugar del bosque.

Nuno asintió lentamente.

—Mi aldea no estaba tan lejos río arriba. Pero conocemos historias de lo que hay más allá. Cuando la gente enfermó y hubo muchos muertos, algunos dijeron que debíamos remontar el río. Encontrar a más de los nuestros. Mi madre, que creía en eso, quería ir. Pero mi padre, después de que ella muriese, no lo creyó. "No queda ningún lugar para nosotros que el hombre blanco no haya tomado", dijo. Así que vinimos río abajo.

—¿Tú lo crees? —preguntó ella—. ¿Eso de la gente del bosque?

Los ojos oscuros de Nuno, que antes se habían paseado por la habitación, se posaron por un momento en la cara de Rachel.

—Creo que quedan algunos lugares seguros que son nuestros. No durarán para siempre, pero están ahí.

A Rachel la invadió el instinto maternal ante aquel niño sin hogar.

—Ven con nosotros —dijo—. Por favor. Podemos buscar juntos. A mi hijo y a tu gente.

Nuno ladeó la cabeza, pensando la petición. Rachel añadió:

—Necesitamos tu ayuda. Para que nos muestres dónde podemos remar por el río, si conoces el lugar.

Nuno esbozó una sonrisa; los dientes blancos le brillaron en la cara cubierta de hollín. Por un instante, devolvió a Rachel la misma emoción salvaje, teñida de presentimiento, que ella sentía ante la perspectiva del viaje.

—Lo sé —dijo—. Así que sí. Iré.

Rachel envió a Nuno arriba a buscar a Mary Grace y a Nadie. Sus cosas ya estaban casi preparadas; llevaban muchos días listos para partir y, ahora que Nuno estaba con ellos, no había un momento que perder. Cuanto antes se pusieran en marcha, más posibilidades tendrían de llegar a la sombra del bosque antes de lo peor del sol del mediodía.

El paño de limpiar de Rachel quedó abandonado sobre una de las mesas; lo había dejado con un gesto satisfecho de conclusión. No echaría de menos ese lugar y no echaría de menos limpiarlo. Dejó que su mente divagara en la visión de Thomas Augustus, allá en el bosque, viviendo en libertad. No estaba ciega ante la magnitud del viaje que tenía por delante, pero se aferraba a la sensación de que podría encontrar a su hijo menor y de que él podría ser feliz. Tenía que mantener sus pensamientos firmes en esa senda o correría el riesgo de volver a los ejércitos de esclavos, las ejecuciones y los cañaverales en llamas. No tenía fuerzas para pensar en eso, todavía no.

Rachel estaba de espaldas a la puerta principal mientras esperaba a que los demás bajaran, así que no reparó en que el señor Beaumont había entrado en la taberna hasta que él habló.

—¿En serio ya has terminado todos tus quehaceres de hoy, o simplemente crees que tu trabajo consiste en quedarte sin hacer nada?

Rachel se abalanzó por instinto sobre el paño de limpieza, dispuesta a balbucear una respuesta, pero se contuvo y se obligó a quedarse quieta.

—¿Y bien? —insistió él.

Rachel le sostuvo la mirada acusadora.

—Nos vamos —dijo. A pura fuerza de voluntad, evitó que le temblara la voz.

—¿Cómo dices?

—Todos nosotros. Nos vamos de Georgetown. Hoy mismo.

Al señor Beaumont lo había tomado desprevenido; se esforzó visiblemente por entender lo que Rachel había dicho. Ella siempre había sabido que lo afectaban los desaires de aquellos a quienes consideraba por debajo de él; tan deseoso estaba de distanciarse de la raza de la que se rumoreaba que formaba parte. Pero con los ojos amenazando con salírsele de las órbitas, la cara ladeada en un gesto que había cambiado de su disgusto habitual a algo más oscuro... ahora sí, estaba realmente furioso.

—Vaya audacia —exclamó—. La idea de que puedes irte así, tan campante, después de todo lo que he hecho, después de que he tolerado tu trabajo descuidado... —Con cada palabra, se ponía más frenético. Se acercaba cada vez más a Rachel, impulsado por la fuerza de su ira.

Rachel dio un paso atrás, pero no tardó en quedar inmovilizada contra la barra, sin ningún sitio adonde ir.

El señor Beaumont le apuntaba con un dedo.

—No lo permitiré —dijo—. Debes quedarte.

Los años de amargas experiencias habían enseñado a Rachel a temer la ira de los hombres como el señor Beaumont. Tenían el poder de hacerle daño. A pesar de la meticulosidad con que él cumplía las reglas, en ese momento Rachel estaba segura, mientras miraba la vena que le palpitaba en la sien, de que el señor Beaumont la golpearía. Que inventaría alguna acusación por despecho y haría que la policía de Georgetown la detuviera y la metiera en la cárcel. Que enviaría un mensaje a Barbados y buscaría a su antiguo amo. Su maldad no tenía límites; sin embargo, Rachel se mantuvo firme, aunque el corazón se le aceleraba. Se aferró a la barra con las manos y se negó a parpadear.

—No —dijo.

Fuera cual fuera la respuesta que el señor Beaumont esperaba, estaba claro que no era esa. Estaban tan cerca que casi se tocaban: el señor Beaumont respiraba con dificultad y Rachel casi no respiraba. Él tenía la boca abierta, pero no emitía ningún sonido. En los confines de la visión de Rachel, la taberna se curvaba y se deformaba, como si se tratara de una gran ruptura del orden natural. Se sintió mareada, pero no se desmayó; fue capaz de mantener la cabeza alta. Todo lo relacionado con las semanas de trabajo para el señor Beaumont, el tedio entumecedor que la hacía sentir, una vez más, que no servía para nada excepto para servir a otros se le desprendía como una vieja piel; ahora lo veía con claridad.

No era su esclava.

—Nos vamos —repitió, con voz tranquila, pero firme—. No puede detenernos.

—¿Rachel?

Los demás habían bajado. Nadie estaba delante, miraba primero a Rachel y después al señor Beaumont.

—¿Hay algún problema?

Rachel miró al señor Beaumont, que seguía sonrojado y parecía no saber qué decir.

—No —dijo. Hizo una seña a los demás—. Venid.

Se apartó del lugar donde el señor Beaumont la había acorralado contra la barra y salió a la calle. Caminó con ritmo firme y no miró atrás, pero cuando estuvieron a varios pasos de la taberna, se acuclilló y vomitó en el suelo, a medida que el terror que había mantenido a raya se abatía sobre ella; solo así pudo volver a mantenerse en pie.

22

Los cuatro dejaron atrás las pulcras calles de Georgetown mientras seguían el camino público que bordeaba el Demerara. A su derecha, entre los árboles que se alineaban en la ribera, alcanzaban a ver el río de color café. A su izquierda, las llanas plantaciones se extendían hasta donde abarcaba el horizonte: campos de cañas altas e imperiosas, ordenadas y en posición de firmes como un batallón verde. A lo lejos, las cámaras de ebullición arrojaban columnas de humo al cielo matutino.

Nuno y Nadie iban a la cabeza; cada uno sujetaba un extremo de la canoa. Nuno la había despreciado y les había dicho que él habría podido construir una mejor, pero insistió en cargarla de todos modos. Rachel se ofrecía, cada diez minutos más o menos, a ocupar su lugar, preocupada por la forma en que los tendones se le tensaban a lo largo de los brazos delgados bajo el peso de la canoa, pero él aún no se había rendido. Al parecer, había tomado cariño a Nadie mucho más deprisa de lo que se había encariñado con Rachel, sobre todo cuando Nadie empezó a entretenerlos a todos con más historias de sus viajes fantásticos, mientras caminaban.

Rachel y Mary Grace los seguían y, sonrientes, escuchaban a Nadie describir una tormenta en la que un rayo había partido en dos el mástil de un barco. Nuno, asombrado, lanzaba una catarata de preguntas en los momentos oportunos: "¿Y luego qué pasó?", "¿Y el médico lo cortó?", "Pero ¿cómo es que tenías suficiente comida?", y así sucesivamente. Al cabo de un rato, Rachel dejó de prestar atención al sentido de las palabras y se limitó a escuchar el ritmo arrullador de sus idas y vueltas: la voz de Nuno, aguda y rápida; la de Nadie, grave y cambiante; la velocidad, que fluctuaba según el curso de las historias.

Rachel ya se sentía cansada, aunque no habían caminado mucho. La pequeña esperanza por Thomas Augustus la sostenía, pero aún cargaba con su duelo, como un dolor sordo en los huesos. Y no solo por Micah, sino por todas las pérdidas de su vida: hijos, amigos, amantes. No dejaba de pensar en Samuel y en Kitty, tratando de retroceder en el tiempo para ver si el dolor que sentía ahora era más fuerte que el que había sentido entonces y, de ser así, qué revelaba sobre la cantidad de amor que había repartido entre sus hijos a lo largo de los años. Pensó en los hijos sin nombre, a los que nunca había llegado a amar. El duelo por ellos era diferente, más parecido a una sombra que a un cuchillo afilado que se retorcía en sus entrañas. ¿Era justo que, porque nunca habían respirado o nunca habían tomado forma, su muerte doliera menos?

Rachel sintió que la mano de Mary Grace rozaba la suya. No era la primera vez desde que Rachel había vuelto de Bellevue que su hija la observaba con ojos serios.

Había algo en la forma en que la luz del sol matutino iluminaba el rostro de Mary Grace que hacía que Rachel apaciguara sus ansiosos pensamientos y los apartara de las pérdidas del pasado. Allí, frente a ella, estaba su hija. Hermosa, a su manera, un poco sencilla a primera vista, pero con una bondad que le suavizaba los rasgos hasta convertirla en alguien que atraía la mirada de una persona y la convencía de apreciar mejor lo que había visto al principio.

La nube oscura de los recuerdos se disipó, pero en su lugar apareció una pizca de remordimiento por los años perdidos y por todo lo que podría haber sido. Pensó en Micah, que había tratado de conquistar la libertad con sus manos. Él se había atrevido donde ella no. Tal vez debería haberse esforzado más y haber salido antes a buscar a sus hijos. Durante todos esos años, Mary Grace había estado en Barbados. Ni siquiera a un día de distancia de ella.

Pero con el calor del sol cada vez más intenso y un largo viaje por delante, Rachel sabía que no había tiempo para pensar en esas cosas. Meneó la cabeza para disipar las lágrimas y los remordimientos, y sonrió a su hija.

—Ojalá te hubiera encontrado antes —le dijo—. Espero que lo sepas.

Mary Grace asintió. No era suficiente, pero Rachel no tenía más palabras para capturar el confuso remolino de sus sentimientos. Por ahora, eso era lo único que podía decir.

Siguieron caminando. Con el tiempo, el sonido de las plantaciones (el susurro de las cañas, el corte de las guadañas en el aire, los gemidos, los suspiros y las canciones de los trabajadores) se desvaneció. La tierra se volvió más salvaje. Lentamente al principio, con los árboles de la ribera un poco más espesos y el parloteo de los vencejos, los chorlitos y los periquitos que sonaba más fuerte por encima de sus cabezas. Entonces, de pronto, la última plantación desapareció y se encontraron caminando por una tierra que de británica solo tenía el nombre. En lugar de cañaverales, había árboles que los hombres blancos aún no habían talado, con troncos gruesos y retorcidos que se dividían en un centenar de ramas. La hierba, que crecía sin control y nadie cuidaba, invadía el camino público y lo estrechaba hasta convertirlo en una senda que se abría paso entre la maleza.

El ritmo de la caminata se hizo más lento. Rachel y Mary Grace relevaron a Nadie y Nuno para cargar la canoa.

Nadie tomó un cuchillo de su alforja y se adelantó para cortar las ramas donde crecían demasiado y no permitían el paso de la barca. Nuno caminaba cerca de Rachel junto a la parte trasera de la canoa y giraba la cabeza a un lado y a otro mientras contemplaba los árboles, arbustos y enredaderas que los rodeaban.

—Mi madre conocía todos los árboles —dijo—. Pero yo no me acuerdo.

Rachel, pensando en Mama B, replicó:

—Ojalá yo también los conociera.

Volvieron a quedarse en silencio. Aún no sabían cómo comportarse el uno con la otra. Eran demasiado cautelosos, demasiado indecisos. Él era un niño huérfano de madre y, aunque Rachel no era una madre sin hijos, tenía muchos huecos en el corazón que antes habían ocupado los niños. Sin embargo, no podían ser madre e hijo: lo que habían perdido era demasiado valioso, demasiado crudo. Por eso se mantenían a distancia, por respeto a los muertos. En algún momento, Nuno volvió a acercarse a Nadie para hacerle más preguntas sobre su vida en el mar y Rachel pudo sentir, desde lejos, una sensación de calor maternal hacia ambos.

Allí donde había habido plantaciones, el camino público discurría recto, ignorando las curvas del Demerara, como si estar junto al río hubiera sido una ocurrencia tardía y tuviera que trazar su propio curso. Ahora, abrazaba el río de cerca, siguiendo cada una de sus curvas. Ya no estaban en una tierra que los hombres creyeran dominar. Se dejaron guiar por el río.

Caía la tarde cuando Nuno señaló hacia delante y dijo:

—¡Mirad!

Rachel no pudo ver nada hasta que llegaron a un claro. La repentina ausencia de árboles le pareció diferente de lo que habían visto antes, cuando pasaban por delante de las plantaciones. Ese claro estaba hecho por personas, sí, pero desde el respeto. Mientras que las plantaciones abarcaban hectáreas y hectáreas, este claro no era más grande ni más pequeño de lo necesario. Lo habían abierto con cariño en el bosque para que la gente y la naturaleza pudieran coexistir en paz.

—Aquí estaba el pueblo —explicó Nuno—. Deben de haberse ido todos. Algunos habrán muerto, otros quizá se hayan ido río arriba.

Evitó mostrar cualquier rastro de emoción en la voz, pero Rachel percibió, por la forma en que cruzó los brazos, el dolor del desarraigo que a ella le resultaba tan conocido.

Mary Grace sostuvo la canoa con una sola mano y apoyó la otra con suavidad en el hombro de Nuno. Demasiado absorto en los fantasmas del pasado, el chico se estremeció al contacto con ella, pero, poco a poco, cuando le acarició la piel con el pulgar, aflojó el cuerpo.

—¿Y si descansamos aquí esta noche? —preguntó Nadie.

Nuno asintió.

—Creo que pronto podremos remar por el río. Un poco más allá. Mejor será que vayamos por la mañana.

Nadie encendió el fuego mientras Rachel y Mary Grace repartían las provisiones. Nuno recorrió a toda velocidad los bordes del claro y recogió abundante fruta fresca de los árboles para endulzar la comida. Se sentaron y comieron en silencio, mientras el cansancio del día calaba hondo en sus huesos. Cuando terminaron de comer, el sol se había puesto y el bosque que los rodeaba zumbaba con el sonido de los grillos. Mary Grace se apoyó en Nadie, con los párpados cerrados. Rachel empezó a frotarse los pies doloridos, canturreando para sí misma. Nuno, con las rodillas apretadas contra el pecho, miraba hacia el río, cuya orilla era casi visible en el círculo de luz que proyectaba el fuego.

—¿Qué tal un cuento antes de dormir? —dijo Nadie—. Aunque imagino que todos estáis cansados de los míos. ¿Rachel? Debes de tener muchas historias.

Al oírlo, Mary Grace volvió a abrir los ojos. Rachel alcanzó a ver, en la parpadeante luz del fuego, lo que quería.

—Tengo una historia —dijo—. No muy feliz. Quiero hablaros de Micah. Todo lo que sé.

Empezó por el principio, con el niño que reía como un burro que rebuznaba. Esas eran sus propias palabras, y ahora le dolían. Por momentos flaqueó, pero se obligó a continuar. Cuando habló del día en que volvió del campo a su casa y se encontró a los otros niños de la tercera cuadrilla que la esperaban en la puerta, con sus caritas serias, para decirle que Micah se había ido, se le llenaron los ojos de lágrimas. Pero cuando empezó a contar la historia de Orión sobre la vida y la muerte de Micah en Demerara todo fue más fácil. El dolor se desvaneció. Las palabras no eran suyas, en realidad. Ella no era más que un recipiente para los recuerdos de Orión, como él había sido un recipiente para los de Micah. Y ahora, Nuno y Nadie y Mary Grace los llevarían también. Esa era la única manera de que, aun muerto, Micah pudiera seguir creciendo.

Al final de la historia, el fuego se había atenuado y Rachel casi no podía ver a los demás. Vio la silueta de Nadie, que levantaba las manos para secarse los ojos, y oyó a Mary Grace soltar un suspiro largo y tembloroso.

Ninguno dijo nada… ¿Qué podían decir? Se quedaron sentados, sumidos en sus propios pensamientos, y cada uno dio forma en su mente a su propia visión de Micah. Después, cuando el fuego se apagó y la única luz provenía de la luna, se acurrucaron en el suelo y se durmieron.

Aún estaba oscuro cuando Rachel se despertó. Permaneció un rato tumbada boca arriba, contemplando las estrellas dispersas por el cielo. Después se incorporó y miró el río, cuya superficie estaba moteada por la pálida luz de la luna. El movimiento del agua todavía era visible, aunque la corriente no era tan turbulenta cerca de la costa. El río avanzaba en un suave meandro. Rachel se levantó sin hacer ruido, se acercó al agua y se sentó cerca, para respirar su olor húmedo y arenoso. Al otro lado, la orilla era un acantilado escarpado y fangoso, como si el río lo hubiera excavado profundamente en la tierra a lo largo de los años, pero frente a Rachel el suelo descendía con suavidad y terminaba en una playa de piedras. Al estirar las piernas, Rachel rozó la orilla con los talones y dejó que el río se llevara los últimos restos de dolor de la caminata del día anterior.

Sintió, más que oyó, que alguien se le acercaba por detrás. Nadie se sentó a su lado, casi invisible a la luz de la luna. Él también metió los pies en el agua y durante un largo rato permanecieron sentados en silencio, observando las ondas de la superficie.

Rachel pensó en la familia. Pensó en el río, que fluye desde su nacimiento hasta el mar. Pensó en la flecha de su propia vida, que volaba a través del tiempo en una trayectoria que siempre le había parecido fija. Que separaba a las madres de sus hijos, que solo llevaba a la desesperación y la decadencia de un cuerpo explotado hasta la muerte. Ahora, la corriente de su vida había cambiado. O, mejor dicho, se había dividido. Desde que se había enterado de la muerte de Micah, ya no confiaba en que las cosas fluyeran hacia la felicidad y la sanación. Pero tampoco era inevitable que los hijos perdidos se perdieran para siempre.

En el ángulo de su visión, Rachel distinguió el perfil de Nadie. No era la primera vez que se preguntaba qué secretos guardaba su rostro, qué ecos de sus antepasados había en él.

—¿Alguna vez has pensado en ello? —le preguntó—. En volver a Antigua. En encontrar a tu madre.

Nadie tardó en responder.

—No —dijo al fin—. Cuando era joven, tenía demasiado miedo de que me atraparan si volvía. Después de la emancipación, pensé... pero no. —Suspiró—. Está muerta. Lo sé, no sé cómo. Lo sentí cuando ocurrió. Estaba en Estados Unidos, entre viajes. Era invierno, hacía mucho frío. Me alojaba en un hostal de mala muerte, un poco lejos de la ciudad. Ese día, me desperté antes de lo habitual, antes de que amaneciera. Me sentía incómodo. Así que, aunque estaba oscuro y hacía tanto frío como para congelar los dedos a un hombre, decidí salir a pasear un rato para calmar mi mente. No había caminado más de un minuto cuando lo supe. Me golpeó con tal fuerza que caí de rodillas. He oído a otros hablar de esos momentos de la vida en los que la verdad simplemente llega. Muchos hablan de visiones, pero ese no fue mi caso. No veía nada, salvo la calle oscura que tenía delante, pero la verdad se me metió en la cabeza: mi madre había muerto. —Su voz se hizo más grave al pronunciar estas últimas palabras. Hizo una pausa, tomó aire y continuó—. Así que no, después de aquello nunca pensé en volver. Sentía que no habría nadie allí si iba.

Rachel cerró los ojos.

—No creo que lo supiera. Con Micah. No lo sentí. —Los volvió a abrir y lo miró—. No sé lo que eso significa. —Al mirar al río, consiguió desenterrar un recuerdo, enterrado hacía tiempo y aún borroso—. Mi madre... me vendieron cuando era una bebé, así que no llegué a conocerla. Pero creo que la sentí cuando murió, como tú dices.

Rachel se quedó callada y ambos permanecieron sentados dando vueltas en sus mentes a esos viejos recuerdos; cada uno revivió su propio destello de certeza y de dolor. Rachel inclinó la cabeza hacia atrás y miró al cielo, mientras las estrellas formaban y volvían a formar líneas y ángulos de formas extrañas ante sus ojos. ¿Cómo podía ser, se preguntó, que hubiera sentido la muerte de su madre, pero no la de su hijo?

Otros recuerdos empezaron a reaparecer. Polly la

Grandota, que la había ayudado a cortar el cordón umbilical de Micah la noche de su nacimiento, tenía dos hijas en Providence: Hannah y Queen Ann. Rachel no las había visto con sus propios ojos, pues Hannah trabajaba en las cámaras de ebullición y Queen Ann estaba en la segunda cuadrilla, mientras que Rachel trabajaba en la primera. Pero había oído las historias del día en que murió Polly la Grandota, de cómo ambas mujeres, a kilómetros de distancia, se enderezaron de pronto con lágrimas en los ojos y susurraron: "Se ha ido".

Y también estaba Samuel, a quien habían llevado a la pútrida enfermería con fiebre. Estaba acostado junto al viejo Joe, el padre desdentado de otro esclavo llamado George. Ambos murieron la misma noche, pero Rachel había dormido a pierna suelta, mientras que a George lo despertó una voz en su cabeza que lo obligó a ir a la enfermería. Fue él quien encontró ambos cadáveres y quien dio la noticia a Rachel.

Así que había algo en la muerte de un padre o una madre. Un peso cósmico que se trasladaba a la generación siguiente. Un hijo podía dejar el mundo sin hacer ruido, pero la muerte del padre o de la madre se hacía notar.

Por lógica debería haber sido al revés, pensó Rachel. Porque perder a uno de los padres era algo natural, esperado. Y aunque en las plantaciones, donde todo el mundo estaba medio muerto de hambre y abundaban las enfermedades, perder a un hijo era casi tan común como perder a uno de los padres, aún parecía algo malo, como un desgarro en el tapiz previsible de una vida. ¿No debería ser más duro ese desgarro que la inevitabilidad de la muerte de un padre o de una madre?

Tal vez, pensó, fuera una especie de misericordia. El cuerpo te permite aferrarte a la mentira de que un hijo sigue vivo hasta el último instante posible. El cuerpo era algo rítmico, que seguía el compás del hambre y la sed del día, que se acostaba cansado y se levantaba con el sol. Estaba en armonía con lo esperado. Pero habría sido mejor no tener que soportar algunos dolores. Rachel pensó en las horas que había dormido mientras George estuvo en la enfermería. Pensó en todos los años que había vivido antes de que Orión le diera la noticia de la muerte de Micah. No saberlo le había dado paz. Era la paz a la que se había aferrado en Providence, la que la mantenía congelada en la plantación. Prefería no saberlo, se había dicho a sí misma. Prefería imaginar que sus hijos vivían antes que saber que estaban muertos.

Pero, visto desde donde Rachel estaba sentada ahora, a orillas del río, aquella vida no se parecía tanto a la paz. Aunque la herida de la muerte de Micah estaba abierta y era dolorosa, lo que había vivido antes era más como un sedante, como la niebla espesa y pesada de dormir sin soñar. Sí, saber le dolía: el dolor punzante, el dolor abrasador, el dolor insidioso... Los sentía todos. Pero si pudiera volver atrás y borrar el recuerdo, borrar la historia de Orión y vivir toda su vida en la oscuridad, no lo haría.

Nadie rompió el largo silencio.

—Será bueno ir por el río —dijo, y así desvió los pensamientos de Rachel de la muerte hacia el día que tenían por delante—. Más rápido que a pie.

Incluso en la oscuridad, Rachel pudo distinguir el brillo de sus ojos.

—¿Echas de menos estar en el agua?

Nadie, al captar el significado oculto de la pregunta, se volvió a mirar a Mary Grace, que seguía durmiendo.

—A veces.

—Lo que tú sabes es deambular. —Rachel también miró a su hija—. Pero ella realmente se preocupa por ti. —Hizo una pausa y formuló con cuidado las siguientes frases—.

No quiero que un día se despierte y descubra que has vuelto al mar. Ya he tratado con nómadas antes, y sé que se van.

Por un momento, Rachel pensó en… pero pronto dejó ir el recuerdo, de vuelta al lugar oscuro en el que vivía y rara vez era perturbado. No. De eso hacía ya mucho tiempo. Era inútil pensar en ello.

Una lenta sonrisa se dibujó en la cara de Nadie.

Rachel frunció el ceño.

—¿Qué?

—Es que aquí estamos, caminando kilómetros a través del bosque, después de haber navegado desde Barbados hasta Georgetown. Y ahora, si no me equivoco, nos vamos a Trinidad. —Se rio—. Si alguien está deambulando por aquí, Rachel, eres tú.

Rachel no pudo evitar unirse a su risa.

—Supongo que tienes razón.

Desde la orilla del río Demerara, bajo las estrellas y con el agua fresca que fluía sobre sus pies, su antigua vida parecía realmente lejana.

23

EN CUANTO SE ADENTRARON EN EL AGUA, RACHEL SINTIÓ como si hubieran cedido el control de su viaje. Había comenzado a sentirlo en cuanto abandonaron Georgetown y las plantaciones: la sensación de que los árboles, el río, los arbustos, los pájaros, los insectos e incluso el cielo reclamaban de algún modo su poder. Pero cuando empujaron la canoa lejos de la orilla y empezaron a retroceder por donde habían llegado, Rachel supo que estaban a merced de la naturaleza. Sí, Rachel y Nadie tomaron enseguida los remos para poner la barca en movimiento contra la corriente, así que no estaban totalmente indefensos. Pero con cada movimiento del remo, al sentir la resistencia del agua, Rachel advertía la fuerza silenciosa del río. La pequeñez de su embarcación y el vacío del agua que se extendía delante y detrás de ellos hacían que las construcciones de Georgetown parecieran más lejanas que nunca.

Al principio, eso la asustó. Era muy consciente de los escasos centímetros de madera que la separaban del río, de color pardo fangoso y profundidad indeterminada, y no dejaba de imaginar que el agua se elevaría de pronto sobre los lados de la embarcación. Pero con el tiempo, al miedo lo sustituyó la aceptación, incluso la paz. Se dio cuenta de que el río no era ni maligno ni benigno: simplemente existía y no había nada que pudieran hacer para alterar su curso o detener su caudal.

Durante los primeros kilómetros, la fuerza de la corriente aún era perceptible y enlentecía la canoa, incluso cuando abrazaban la orilla del río y los remos rozaban de vez en cuando el fondo en los bajíos. Como Rachel y Nadie estaban agotados, Mary Grace y Nuno les dieron el relevo, dispuestos a remontar el río. Sin embargo, para cuando Rachel volvió a relevar a Mary Grace, remar ya era un poco más fácil. Incluso podían, si algún árbol o pájaro de la ribera les llamaba la atención, descansar un momento y dejar que la barca derivara sin que el agua la remolcara hacia atrás enseguida.

Mediado ya el segundo día en el río, Nuno, que se sentaba en la parte delantera de la barca, sacó de pronto su remo del agua e hizo señas a Rachel para que lo imitara. Señaló a unos metros de distancia.

—Ahí.

Rachel, Nadie y Mary Grace forzaron la vista y no vieron más que agua.

—¿Qué? —preguntó Rachel, imitando su tono susurrante. Entonces lo vio: lo que parecía la punta de un tronco a la deriva abría un único ojo amarillento con una pupila negra en el centro.

Todos los ocupantes de la barca se quedaron inmóviles.

—¿Un cocodrilo? —susurró Nadie. El río había empezado a arrastrarlos hacia atrás con suavidad; la criatura seguía a su lado y la larga cola se movía lánguida de un lado a otro.

—Los llamamos caimanes —dijo Nuno.

—¿Estamos a salvo? —preguntó Rachel. No podía apartar los ojos de él. Allí estaba, encarnada, su sensación de que se encontraban en territorio salvaje y desconocido; el dominio del río sobre ellos, manifestado en la carne escamosa de la criatura.

—Debemos quedarnos muy quietos —advirtió Nuno—. Ni una salpicadura.

Rachel sentía cada pequeño movimiento de la barca que se mecía sobre el agua, a un lado y luego al otro, y se sumergía peligrosamente cerca de la superficie.

Durante largos segundos, el cocodrilo avanzó hacia ellos, lentamente y sin esfuerzo. Parecía como si la corriente lo hubiera acercado a la canoa por casualidad. Solo la mirada fija de los ojos, que no se apartaban de la cara de Rachel, demostraba que se acercaba por voluntad propia. De cerca, Rachel alcanzó a ver cada grieta de su piel moteada.

Rachel había vislumbrado la muerte antes, pero solo en destellos. El capataz que alzaba el látigo con furia, antes de decidir que esos golpes serían para castigar, no para matar. Un compañero esclavo que se abalanzó sobre el hombre que se había acostado con su mujer, antes de que lo apartara la multitud de curiosos. La muerte, cuando aparecía en los ojos de un hombre, la había atrapado, como unas manos que se cerraban alrededor de su garganta, antes de evaporarse en el aire. Había tenido la sensación de ver la muerte donde no tenía que estar, en los hombres que se sumían en la rabia. Como animales, habría dicho sobre esa rabia en aquel momento. Pero ahora, al ver la mirada del caimán clavada en ella, sabía lo equivocada que había estado. Un hombre furioso, empeñado en matar, no se parece en nada a un animal. La mirada del caimán era perezosa, curiosa y, sin embargo, llena de muerte.

No hubo ninguna descarga de terror: el miedo la invadió como una sensación lenta y sigilosa. La respiración de Rachel se hizo más pausada y el corazón se le aceleró. Cada músculo se tensó para mantener el cuerpo inmóvil; el río estaba vivo y exaltado a su alrededor. El animal que vivía dentro de ella sabía que debía aguzar todos sus sentidos para oír, ver y oler. Para sobrevivir.

Hubo un remolino de agua. El caimán avanzó. Nuno gritó. La barca se sacudió por un lado y estuvo a punto de volcar. Se aferraron unos a otros y lucharon por mantenerse sobre la superficie; Rachel sintió con la gélida claridad del terror abyecto que iba a morir. Su cuerpo estaba a punto de estallar por la certeza, la visión periférica se le oscureció y lo único que podía ver eran las mandíbulas abiertas del caimán, los dientes afilados que buscaban carne y el rosa húmedo y palpitante de la lengua dentro...

Pero el barco no volcó. La muerte no vino por ellos. El caimán se abalanzó hacia la orilla, donde un animal cuadrúpedo y rechoncho, entre cerdo y burro, se había acercado para beber. El caimán atrapó a su presa, que chilló, y la arrastró hacia el río. Las dos criaturas se agitaron juntas y el agua se tiñó de rojo —a Rachel le subió la bilis a la garganta al verlo— hasta que, de pronto, todo quedó en calma, salvo por la sangre que aún ondulaba en la superficie. Con un movimiento de la cola, el caimán empezó a moverse río abajo, con el animal muerto sujeto entre sus fauces.

Todos miraron al caimán hasta que se perdió de vista. Nuno se aferraba a Rachel con tanta fuerza que las uñas le mordían la piel, pero ella no sentía nada; solo se dio cuenta cuando él la soltó y vio las pequeñas gotas rojas como cuentas en su brazo.

Rachel y Nuno empezaron a remar de nuevo, al principio con suavidad, para no crear demasiada agitación en el agua; después, más deprisa, a la desesperada, y a menudo miraban atrás. Solo cuando el río se alejó del caimán, Rachel sintió que se le aflojaba la mandíbula y se le relajaban los hombros, y pudo volver a respirar con normalidad.

Después de que Rachel y Nuno entregaran sus remos a Nadie y Mary Grace, un rato más tarde, se sentaron juntos en medio de la barca. Rachel se fijó en que Nuno tenía la cabeza baja y las manos anudadas sobre el regazo.

—¿Estás bien?

El chico la miró, con la cabeza ligeramente ladeada y los ojos oscuros clavados en ella. Tras pensar en ello unos instantes, respondió:

—Sí. —Después, la boca se le crispó ligeramente y las comisuras de los labios se le curvaron hacia abajo antes de que consiguiera volver a controlar el gesto—. Me había asustado el caimán, nada más.

Rachel le puso una mano en el hombro y la movió despacio, como hacía a menudo cuando estaba con él. Nuno la miró fijamente, pero aceptó su caricia reconfortante sin chistar.

—Una vez vi uno —dijo con voz vacilante—. No iban mucho hasta nuestro pueblo. La corriente es demasiado fuerte. —Después, se inclinó ligeramente hacia ella y habló en voz baja para que los demás no lo oyeran—. No quería decirlo. No quería asustar a nadie. Mi padre, los otros habitantes del pueblo que pasaban tiempo en el río, siempre decían que, si te callabas y respetabas al caimán, no te haría daño y yo siempre les creí, pero… —Cerró los ojos y tragó saliva—. Uno vino al pueblo. Había un bebé gateando en la orilla del río. El caimán saltó fuera del agua y atrapó al bebé. Yo fui el único que lo vio.

La mano de Rachel apretó el hombro de Nuno sin poder evitarlo, pero él no se soltó. Al cabo de unos instantes, abrió los ojos y meneó la cabeza, como si quisiera disipar el recuerdo.

—Así que por eso lo sé. A veces, el caimán sí te hace daño.

Se apartó de ella para poner fin a la conversación y se quedó mirando los árboles que iban dejando atrás en la orilla del río. Rachel, con los brazos cruzados sobre el pecho, sintió un escalofrío de terror, no tan fuerte como cuando había mirado fijamente los ojos amarillos del caimán, pero suficiente para hacerla temblar.

Esa noche, sacaron la canoa del agua y acamparon a la sombra de una palmera. Rachel soñó, una y otra vez, con un niño pequeño que le arrebataban de los brazos; unas veces se lo quitaban las manos de los hombres blancos; otras, las mandíbulas de un caimán cuyos dientes brillaban a la luz de la luna. Cuando se lo llevaban a rastras, el niño le devolvía la mirada con los ojos de Micah, y Rachel sabía que no podía hacer nada para salvarlo.

Cuando empezaba a acostumbrarse a aquel ritmo de acunar al niño, ver cómo se lo llevaban y encontrarse de nuevo acunándolo, el niño la miró desde el interior de la boca del caimán y ella vio que era Thomas Augustus. Se tambaleó hacia delante… "No, este no, no puedes llevártelo". Entonces, se despertó, empapada en sudor; las nubes que se arremolinaban habían borrado las estrellas, de modo que lo único que vio fue oscuridad.

La corriente del río era más lenta; ya no se parecía al estuario caudaloso que arrojaba fango al mar. Rachel no había olvidado el encuentro con el caimán, pero al reanudar el viaje en la mañana de su tercer día en el agua, se sentía en paz.

Pensó en lo que Nadie les había contado en Georgetown, la historia de los hombres que habían remontado el río para encontrar la ciudad de oro. En ese relato, que había pasado de marinero en marinero, los hombres eran intrépidos exploradores, estaban solos frente a la naturaleza y eludían a los animales y a los aborígenes por igual. Incluso Nadie, en su narración, había sucumbido a la admiración. Esos eran hombres valientes, decían sus ojos mientras hablaba. Hombres que se habían atrevido a aventurarse en el corazón oscuro de la Guayana Británica únicamente con sus remos y con su ingenio.

Rachel se preguntó si aquellos hombres se habían sentido realmente tan solos como sugería el relato. Ella no se sentía sola en absoluto, aunque no habían visto a ninguna otra persona desde la última plantación, en las afueras de Georgetown. El mundo que los rodeaba estaba lleno de vida. Incluso antes de que vieran al caimán, ella ya lo sabía. Había escuchado a los pájaros y visto a los insectos que revoloteaban sobre la superficie del agua. Después del caimán, vio aún más pruebas de vida: fijó la vista en el río y empezó a notar que estaba repleto de peces. Algunos eran pequeños y veloces, y cuando se lanzaban hacia la superficie, la luz del sol brillaba en sus escamas plateadas antes de sumergirse de nuevo. Otros eran más grandes y permanecían en las profundidades del río, visibles solo como sombras oscuras en el agua pardusca.

Rachel vio todo eso y más a medida que se familiarizaba con el río, y no se sintió sola. Era una lección de humildad, eso era cierto. Le recordaba que estaban lejos de cualquier asentamiento humano, y casi se sentía como en una tierra extranjera, aunque todavía estaban en un territorio que los británicos reclamaban como propio. Pero ¿sentirse sola, como aquellos hombres? ¿Hacer caso omiso de toda la vida que la rodeaba, incluso el suave fluir del agua y la tierra fértil como compañeros de viaje? Eso le parecía el colmo de la arrogancia.

El encuentro con el caimán los había conmocionado, pero era difícil no encontrar un poco de alegría en todo ello, en ese mundo fluvial mágico y extraño. El sonido que hacía el agua al golpear contra los lados de la barca y el canto de los pájaros que volaban bajo y rozaban la superficie empezaron a sonar a Rachel casi como una canción. No pudo evitar tararear con el río mientras remaban, unirse a la melodía de la naturaleza a medida que se adentraban en el bosque.

La sensación se apoderó lentamente de Rachel: alguien los observaba, y no eran solo los ojos de los animales. Las miradas de las criaturas que estaban en los árboles o a lo largo de la orilla se deslizaban muy deprisa sobre ellos. Esta, en cambio, era una sensación diferente. La sensación de una mirada fija e inquebrantable que le erizaba la piel.

Rachel estaba junto a Nadie en la parte delantera de la canoa y notó que él también se ponía rígido. Al oír el sonido de una rama que se quebraba cerca, en la orilla, ambos giraron la cabeza. Nadie dejó de remar y sostuvo el remo inmóvil. Rachel alcanzaba a ver el ritmo de su respiración, los hombros que subían y bajaban. Pero ahora solo oían los sonidos normales del bosque.

Tal vez no era nada.

Pero, entonces, hubo un silbido. Rachel retrocedió. Nadie gritó, se tocó el brazo y estuvo a punto de caer de lado al agua.

Clavada en su piel, había una flecha, aún temblorosa.

Rachel se volvió, con un grito en la garganta, pero solo alcanzó a ver sombras.

Se oyó otro silbido escalofriante. La trayectoria de la flecha se quedó corta y se clavó en el agua.

Nadie, a quien la sangre le manaba del lugar donde había impactado la flecha, trató de remar con un solo brazo al grito de "¡Vamos, vamos!".

Pero, entonces, la canoa se tambaleó: Nuno se había puesto de pie de un salto. Gritó algo en un idioma que Rachel no conocía, pero cuyo significado entendió.

—¡Alto!

Tras el grito, se hizo un silencio que parecía un zumbido. Luego, se oyó un crujido de hojas. En la orilla, un hombre emergió de la arboleda; era estrecho de hombros y delgado, sostenía un arco y una flecha aún levantados y les apuntaba.

Nuno extendió los brazos y dijo algo en voz baja, algo que Rachel imaginó que era "No temas, somos amigos".

Detrás del hombre, medio oculta entre los árboles,

Rachel pudo ver la silueta de una mujer, casi igual de alta, con un bebé apoyado contra la cadera.

Nuno repitió las palabras tranquilizadoras. Lentamente, el hombre bajó el arco y formuló una pregunta: "¿Quiénes son?". Nuno respondió de manera escueta, señalando a Rachel, a Mary Grace, luego a Nadie, uno a uno. Por último, con la mano en el pecho, habló un poco más. Rachel imaginó que oía en aquella lengua extraña las líneas generales de su historia. El pueblo. La enfermedad. La muerte. El viaje a Georgetown. Más muertes.

El hombre no dijo nada. Nuno se dejó caer de nuevo en la barca y levantó su remo.

—Vamos —dijo—. Vayamos hacia ellos.

Cuando se acercaron a la ribera opuesta, Nuno saltó al agua, que le llegaba casi a las rodillas, y vadeó el trayecto hasta la orilla. Rachel vio que el hombre se había dado cuenta de lo joven que era Nuno. Le hizo una pregunta, que ella imaginó que era "¿Cuántos años tienes?".

Nuno respondió y el hombre meneó la cabeza con tristeza. Hizo otra pregunta y el chico, mirando a Rachel, señaló río abajo y luego río arriba mientras respondía. Rachel comprendió que debía de estar hablándoles de su viaje: de dónde venían y a quién buscaban.

Cuando el hombre habló a continuación, a Rachel se le aceleró el corazón. Creyó oír el significado de las palabras en su voz: "Conozco el lugar del que me hablas".

—¿Sabe dónde están los fugitivos? —preguntó a Nuno.

Nuno asintió y continuó hablando en su lengua materna. El hombre y él intercambiaron lo que parecían indicaciones.

Nuno se volvió hacia Rachel.

—Estamos cerca —dijo—. Nos queda medio día más de remo. Veremos dos arroyos que confluyen en el río, uno a cada lado. Tenemos que seguir por el del oeste. Al anochecer, llegaremos a su aldea.

Rachel suspiró. Asintió con la cabeza hacia el hombre. "Gracias". Él hizo el mismo gesto en señal de que había entendido.

Nuno y el hombre hablaron un rato más. Rachel notó el cansancio en la voz del hombre. La mujer que estaba detrás de él se había aproximado hasta quedar a la luz y Rachel pudo ver lo delgados y demacrados que estaban los dos. El bebé que llevaba la mujer en la cadera estaba despierto, pero no emitía ningún sonido y miraba el río con los ojos hundidos.

Al final, Nuno y el hombre intercambiaron lo que parecían palabras de despedida. La mujer del bebé no dijo nada, pero levantó la mano y tocó el brazo del hombre. Después, se metió la mano en la falda, sacó una tira de tela y se la tendió a Nuno, que la tomó y la llevó a la barca.

—Para ti —le dijo a Nadie—. Saca la flecha. Después, envuelve la herida con esto.

Nadie se estremeció al sacar la flecha, con las manos pegajosas de sangre, pero, una vez puesto el vendaje, su respiración se hizo menos agitada. El bálsamo que contenía la tela había hecho efecto. Se volvió hacia la orilla y esbozó una sonrisa.

—Gracias.

Mary Grace tomó su remo, y ella y Nuno volvieron a guiar la barca río arriba.

—Viven la vida que quería mi madre —dijo Nuno—. En el interior, lejos del hombre blanco. Pero dice que es dura. Muchos de los míos vienen de la costa y a veces traen consigo la enfermedad del hombre blanco. Dice que antes había muchos en su aldea, pero que ahora solo están él, su mujer y el niño. Dice que el hombre blanco se acerca cada día más. Dice que ven barcos en el río, no tan lejos como aquí, pero que con el tiempo llegarán. Él y su familia se adentrarán más en el bosque, porque temen que este hogar no les dure.

Rachel se volvió para echar un último vistazo al hombre y a su familia, con el corazón dolido por todas las pérdidas que ya habían soportado. Antes de que el río trazara una curva y la familia desapareciera de su vista, Rachel consiguió captar la atención de la mujer de la orilla. Movió apenas al bebé sobre la cadera y sostuvo la mirada a Rachel. Entre ellas se entendieron. Sabían lo que era buscar algo, estar agotadas, dobladas por el peso de la pérdida, pero de alguna manera seguir arrastrándose de rodillas, con las manos extendidas, tanteando en la oscuridad para encontrar los pedazos de lo que se había roto.

La familia.

El hogar.

Justo cuando la mujer desapareció detrás de los árboles, Rachel vio una sonrisa en su cara y sintió el calor de las palabras silenciosas: "Que te vaya bien". La familia se perdió de vista y Rachel se volvió hacia el río que se extendía delante de ellos.

24

LLEGARON A LOS DOS ARROYOS, TAL COMO LOS HABÍA DES-
crito el hombre aborigen. El que zigzagueaba hacia el oeste
era demasiado estrecho para la canoa, así que la sacaron del
agua y caminaron junto al curso de agua. Después de todas
las horas pasadas en el río, el suelo parecía extraño bajo los
pies de Rachel, sólido e inflexible. Las copas de los árboles
no tardaron en engullir el cielo y formar un espeso techo
verde sobre su cabeza a medida que avanzaban. El arroyo
se abría paso entre los árboles con dificultad; en muchos
lugares, el flujo del agua quedaba interrumpido por pequeños islotes de los que brotaban helechos y arbustos.

Poco a poco se dieron cuenta de que anochecía: los ricos
matices verdes de la luz del sol que se filtraba por las hojas
se oscurecieron y el canto de los pájaros diurnos dio paso a
las llamadas graves de los nocturnos. Se mantuvieron lo más
cerca posible del arroyo, guiándose más por el sonido que
por la vista, siguiendo el goteo del agua sobre las piedras.
Nadie y Rachel llevaban cada uno un extremo de la canoa.
Mary Grace se aferraba con una mano a la parte posterior
de la falda de su madre, mientras que Nuno, a su vez, iba de
la mano de Mary Grace. De esa manera, como una cadena
ininterrumpida, avanzaron lentamente por el bosque.

A cada chasquido de una ramita o con el susurro de las

hojas en la oscuridad, Rachel sentía una punzada de miedo. Era como si la hubiera engullido el vientre del bosque; su mente repasaba todos los peligros que podían acecharla. No podía quitarse de la cabeza la imagen del caimán. A veces creía ver sus ojos, luminosos y dorados, antes de parpadear con fuerza y darse cuenta de que no había nada allí.

Nadie se detuvo y dijo:

—Quizá deberíamos descansar aquí. —Mantenía la voz baja; aun así, atravesaba la penumbra del bosque—. No los encontraremos sin la luz del día.

Rachel abrió la boca para replicar, pero, antes de que pudiera hablar, una voz grave dijo:

—Dime quién eres.

La canoa se tambaleó y a Nadie casi se le cae el extremo que cargaba. Rachel sintió las uñas de Mary Grace clavadas en el muslo cuando su hija se aferró aún más fuerte a la falda. Pero de alguna manera, de todos los sonidos del bosque, ese no asustó a Rachel. Respondió con voz firme:

—Me llamo Rachel. Esta es mi hija, Mary Grace. Él es Nadie. Fuimos esclavos. Y este es Nuno, un niño indio. Toda su gente desapareció.

A su lado, lo que le había parecido la silueta de un árbol se movió y Rachel se dio cuenta de que las ramas eran brazos extendidos que terminaban en la curva de una espada.

—Hemos oído hablar del fin de la esclavitud —dijo el hombre de las sombras—. No hemos vuelto a tener fugitivos. ¿Cómo has llegado hasta aquí?

—Busco a mi hijo Thomas Augustus.

El hombre bajó el arma.

—Thomas Augustus dice que nació en Barbados.

—He recorrido un largo camino para encontrarlo.

El hombre se acercó tanto que ella pudo sentir su aliento en la mejilla. Se movió lentamente a su alrededor, observando lo que podía en la oscuridad.

—Tienes su nariz —dijo al final—. Y su valor: él tampoco tuvo miedo cuando me acerqué a él así hace muchos años. —Rachel vio que sus dientes brillaban en una sonrisa—. Me llamo Quamina. Me alegro de que hayáis venido.

Quamina hizo una señal para que lo siguieran. Dejaron atrás el arroyo, enfilaron un estrecho sendero entre los árboles y pronto se encontraron al borde de un claro. Las siluetas de varias tiendas y cabañas eran casi invisibles a la luz de las estrellas que salpicaban el cielo abierto.

—Estamos a salvo —dijo Quamina a medida que se acercaban—. Son amigos.

Al oír sus palabras, el claro se llenó de gente que salía de las sombras más negras o se asomaba por las puertas oscuras. Se apretujaban y empujaban para acercarse unos a otros, por lo que era difícil saber exactamente cuántos eran. ¿Quince? ¿Quizá veinte?

—Thomas Augustus —dijo Quamina—. ¿Dónde está Thomas?

—Aquí.

Una de las sombras se separó de la multitud. Incluso en la oscuridad y después de casi cuatro años, Rachel lo reconoció al instante.

Susurró su nombre:

—Thomas.

El último en irse, el dolor aún vivo. Solo dos veces, cuando los hombres blancos se llevaron a sus hijos, dejó que la vieran llorar. Cada pérdida traía lágrimas, pero solo dos veces no pudo contenerlas hasta que estuvo sola. La primera, cuando se llevaron a Micah, porque era consciente de que sería apenas el principio, y la otra, cuando se llevaron a Thomas Augustus, porque ya no tenía nadie más a quien perder. Cuando lo apartaron de la plantación, lo sintió como el final, el vaciado final de su vida.

Pero ahí estaba él. Volviendo a empezar.

—Thomas —repitió—. Estoy aquí. —Abrió los brazos para darle la bienvenida.

Con un sollozo de reconocimiento, se desplomó contra ella. Rachel sostuvo su peso mientras los cuerpos volvían a fundirse. Era como si nunca se hubiera separado de ella.

La multitud los rodeaba y Rachel sintió las manos de familiares, amigos y desconocidos mientras todos compartían por igual la alegría de su reencuentro. Al sentir el aliento de su hijo que le templaba el cuello y la cabeza que se le acomodaba perfectamente en el hueco del hombro, el momento le pareció de un profundo amor. Estaba sanando algo roto que ella había enterrado tan profundamente en su interior que nadie lo había visto nunca. Y, sin embargo, le hacía bien estar rodeada de gente, exponer la intimidad del dolor y de la alegría, la pérdida y la reparación, a quien quisiera verlos. Para todos los fugitivos del bosque, la fractura de las familias era algo tan común como el trabajo en los campos de algodón y caña de azúcar o en las cocinas de las grandes plantaciones. Pero de vez en cuando, los fugitivos presenciaban como se recomponía una familia. Era poco habitual, pero ocurría. Una mujer que salía renqueando de entre los árboles y arrancaba un grito de su esposo al reconocerla. O un hombre que regresaba a su aldea, sangrante y con cicatrices, cargando a la espalda a un niño, muy crecido, pero que seguía siendo suyo.

Rachel no había sido testigo de momentos así, como los fugitivos, pero los sentía en la euforia de su contacto, como esperaba que ellos, a su vez, pudieran sentir cada recuerdo que ella tenía del niño que había conocido, el niño que ahora podía volver a conocer. Temblorosa, Rachel sintió que los hilos de su vida y de la de su hijo por fin podían entrelazarse. La historia de ambos era suya, y no había ninguna igual, ni antes ni después. Pero también sintió los otros miles de hilos, el tejido colectivo de todas las vidas.

Lo realmente bonito era que no serían la primera madre y el primer hijo en reencontrarse y, con suerte, no serían los últimos.

Rachel estaba agotada. Sentía cada paso y cada golpe de remo del viaje, pero sabía que aún no era hora de descansar. Quamina encendió una hoguera para iluminar mejor a los recién llegados. Una vez encendida, Rachel volvió a emocionarse hasta las lágrimas al poder ver cada centímetro del rostro de su hijo y comprobar cómo lo había cambiado el tiempo. Mary Grace, vendida cuando Thomas Augustus tenía pocos años, abrazó a su hermanito, que ya se había convertido en un hombre, y él pudo por fin ponerle una cara a la hermana que solo conocía como un nombre y una cálida presencia en sus recuerdos tempranos. Rachel le presentó a Nadie, que se había dado la vuelta para secarse las lágrimas de los ojos con la esperanza de que nadie lo viera, y Thomas Augustus lo saludó como a un viejo amigo.

Rachel hizo señas a Nuno, que permanecía en las sombras más allá de la luz del fuego, para que se acercara. Vio su vacilación, la forma en que sus ojos vagaban de una cara a otra. Se dio cuenta, con un poco de culpa, de que mientras ella había encontrado lo que buscaba, él no. La mayoría de los allí presentes eran esclavos fugitivos: no era el santuario de los suyos que él había esperado hallar. La vida en ese lugar no sustituiría la que había perdido.

Quamina, de pie junto a Rachel, se inclinó para acercar su cabeza a la de Nuno.

—Bienvenido.

Nuno, sin decir nada, apretó los labios en una fina línea.

Una mujer se deslizó entre la multitud detrás de Quamina. En cuanto Nuno la vio, la tensión de su cuerpo, que lo mantenía preparado para huir en cualquier momento, empezó a aflojar. Por último, todo su cuerpo se relajó.

—Esta es mi mujer —le dijo Quamina a Nuno—. Se llama Tituba.

Tituba sonrió. La luz del fuego bailaba en cada mechón de su pelo oscuro, recogido en una gruesa trenza larga hasta la cintura. Habló a Nuno en el mismo lenguaje suave del hombre que habían conocido en la orilla del río. Al escuchar su lengua materna, los labios de Nuno empezaron a temblar.

Tituba le tendió los brazos y volvió a hablar. Sus palabras tranquilizadoras trascendían el idioma, y Rachel la entendió. "Ahora estás a salvo". En pocas zancadas, Nuno se acercó a ella y dejó que le abrazara mientras lloraba.

Tituba miró a Rachel por encima de la cabeza de Nuno.

—¿Cómo se llama? —susurró en inglés.

—Nuno.

—Nuno —repitió. Luego volvió a cambiar a la lengua que compartían para consolarlo en voz baja, mientras le alisaba con una mano el pelo enredado de la coronilla.

Una vez que Nuno dejó de llorar y Thomas Augustus, Rachel y Mary Grace se abrazaron, rieron, lloraron y se tomaron de las manos hasta saciarse, se reunieron con los fugitivos alrededor del fuego.

—Contadnos vuestra historia —dijo Quamina—. ¿Cómo habéis llegado aquí?

Rachel fue la primera. Lo dejó salir todo. Ahora era más fácil. Se había vuelto más fácil cada vez que lo contaba, cada vez que volvía a unir las piezas de su vida, primero para Mama B, luego para Mary Grace y los Armstrong, después para Nadie y para Nuno, y ahora para los fugitivos. Cuando llegó a la parte relativa a Micah, Thomas Augustus la aferró del brazo, con el rostro retorcido por la angustia.

—No lo sabía —susurró—. Estaba muy cerca de su plantación, pero no llegué a enterarme.

Cuando Rachel terminó de contar todo lo que tenía que

contar, se volvió hacia Nadie. Él retomó la historia donde ella la había dejado y retrocedió al barco en el que ambos se habían conocido. A partir de ahí, habló de su vida en el mar y se refirió a algunas de sus mayores aventuras, historias que ya eran familiares para Rachel, pero que siempre la emocionaban, incluso la segunda o tercera vez que las escuchaba. La multitud que rodeaba el fuego estaba cautivada, con los ojos muy abiertos, en los que se reflejaban las llamas, mientras Nadie describía tormentas, naufragios, motines y batallas contra piratas. Por fin, vacilante, contó la historia de la plantación. Al principio narró pinceladas generales; se limitó a describir su nacimiento, cómo había llegado a conocer su nombre y aludió al hecho de que había abandonado la plantación cuando era niño. Luego, después de que Mary Grace le pusiera una mano en el brazo, volvió sobre sus pasos para rellenar los huecos. Con los ojos humedecidos por las lágrimas, habló de su madre y de su huida.

Al terminar, se hizo un largo silencio. Rachel pudo ver en las caras de los fugitivos que cada uno revivía con Nadie el momento en que él había huido de su plantación, coloreado con sus propios recuerdos al haber dejado atrás su vida anterior. Y por vacía que les hubiera parecido la vida como esclavos, Rachel sabía que todos los que estaban en aquel claro tendrían a alguien —una madre, un hermano, una esposa, un amigo— a quien echarían de menos. El sabor de la libertad era agridulce.

Por último, Rachel miró a Nuno. Estaba sentado entre ella y Tituba, echado hacia atrás y apoyado en las manos, con las piernas estiradas hacia el fuego.

—¿Les vas a contar algo? —preguntó Rachel.

Levantó la vista hacia Tituba, que sonrió, animada. Algunos murmullos recorrieron el círculo: "Queremos oír tu historia, niño", "Cuéntanosla si estás preparado", y así sucesivamente.

Nuno se enderezó. Al principio, tras respirar hondo, no dijo más que lo que Rachel ya sabía.

—Vivía en una aldea con mis padres. Mi madre murió. Mi padre nos llevó a Georgetown, la ciudad de los blancos junto al mar. Después, murió. Rachel me encontró y me ayudó. Vine con ella río arriba. Ahora estoy aquí.

Volvió a sentarse. Nadie habló. Nadie se movió, excepto Tituba, que le hizo una leve inclinación de cabeza. Un silencio expectante se apoderó de todos como el calor del fuego. Esperaron.

Nuno se miró las rodillas manchadas de barro.

—Tenía una hermana —dijo—. También murió. Un caimán se la llevó de la orilla cuando era muy pequeña. Después aquello, mi madre ya no volvió a ser la misma. La enfermedad se la llevó, pero ya no era ella. Algo había muerto mucho antes.

Miró fijamente a Rachel a través del fuego. En el fondo de sus ojos, ella vio una profunda desesperación. Detrás de la voz llana y la mirada cautelosa y desconfiada, había dolor, demasiado dolor como para que su pequeño cuerpo pudiera contenerlo. Rachel había entreabierto los labios cuando Nuno dijo que la bebé que el caimán había matado era su hermana, y se había quedado congelada en esa expresión. ¿De qué otra forma podía transmitirle a través de su rostro cuánto deseaba retroceder y reordenar el tiempo para que él no llegase a conocer tal sufrimiento? Le sostuvo la mirada durante un buen rato, con la esperanza de que, de algún modo, lo entendiera.

Nuno continuó la historia de esa manera: largas pausas interrumpidas por pequeños detalles de su vida. De vez en cuando, se volvía hacia Tituba, pronunciaba una palabra en su lengua materna y ella se la decía en inglés. Habló con detalle de la muerte de su madre. Habló de la reunión de los aldeanos sobrevivientes y de la discusión que se prolongó hasta bien entrada la noche sobre si dirigirse al norte, hacia las plantaciones, o al sur, hacia el bosque. De cómo el propio hermano de su padre les había rogado que fueran hacia el sur, pero su padre, hundido en un pozo de dolor y temeroso del río después de lo que el caimán había hecho a su hija, se negó. Habló de Georgetown, de los abusos y las miradas, y del dolor de la jornada de trabajo duro en los muelles o en una plantación cercana. De la lenta caída de su padre en la bebida, hasta que una pelea en un bar por una pinta de cerveza derramada acabó con su vida.

Cuando Nuno terminó, no había un solo ojo seco alrededor del fuego. Dolor, pérdida, desarraigo, búsqueda del hogar... Cada uno de ellos conocía todo eso también, a su manera. Se quedaron sentados con su pena, pero también con el asombro de que, de algún modo, todos hubieran sobrevivido.

Quamina empezó a cantar. Su voz era rica y profunda, y entonó una melodía inquietante. Las palabras le resultaban dolorosamente conocidas a Rachel, aunque no podía entenderlas y no reconocía la canción. Se trataba de un tipo de recuerdo más profundo, que se conservaba tanto en el cuerpo como en la mente, un recuerdo ancestral que el tiempo y la distancia no podían borrar, aunque los amos blancos de todo el Nuevo Mundo lo hubieran intentado. Rachel sintió que la música le vibraba en la garganta y que las palabras se le escapaban de la lengua. Quamina sonrió cuando su voz se unió a la suya. Antes de que pudieran darse cuenta, todos estaban cantando.

Mientras cantaban, Rachel lo sintió. El tirón de la tierra, que la arraigaba y la llamaba a casa. El claro del bosque tenía cierto anonimato: podría haber miles de claros como aquel, diseminados en miles de kilómetros cuadrados de bosque. No había caminos que llevaran a él. No estaba marcado en ningún mapa. Ninguna persona había intentado bautizarlo como una plantación, con algún título grandioso como Endeavour o God's Grace. Y, sin embargo, Rachel sintió su poder. Sentía lo que había atraído a los fugitivos durante décadas. Habían construido un hogar en ese lugar sin nombre, en ninguna parte. El claro no era de nadie y, sin embargo, era suyo. Y ahora se ofrecía a Rachel, a su vez. Cualquier persona perdida o a la deriva era bienvenida a anclarse allí.

Rachel tomó la mano de Thomas Augustus. Apoyó la otra en el muslo de Mary Grace. Cerró los ojos y dejó que el pensamiento la invadiera.

Después de tantos años, ¿un hogar?

25

A LA MAÑANA SIGUIENTE, THOMAS LLEVÓ A SU MADRE hasta el río. Siguieron una huella tan estrecha que llamarla sendero habría sido generoso. De día, Rachel pudo ver lo que no había visto la noche anterior: docenas de huellas similares que corrían como capilares por la maleza del bosque. Los fugitivos no habían cortado más de lo necesario para navegar entre los árboles y también, sospechaba Rachel, se habían abstenido de dejar ningún camino visible de vuelta a la aldea, para que los hombres blancos no acudieran a buscarlos.

Thomas iba adelante y Rachel se maravillaba de su habilidad para detectar un árbol con flores amarillas o una rama que se torcía demasiado y modificar el rumbo de su caminata en consecuencia. Se movía con soltura; a Rachel le recordó a Mama B, en el bosque del norte de Barbados, hacía una eternidad de tiempo, o así parecía. Thomas Augustus y los demás fugitivos vivían realmente según la filosofía de Mama B: "la conexión entre todas las cosas".

El río tomó a Rachel por sorpresa. Intentaba hacerse una idea de dónde se encontraban en el bosque y sentía que casi se había orientado en la dirección que habían tomado y el terreno que habían recorrido, cuando apareció de pronto, mucho antes de lo que esperaba.

—¡Oh! —exclamó, y pensó en las horas que habían pasado la tarde anterior siguiendo el arroyo.

—Sí —dijo Thomas, mientras buscaba los aparejos de pesca en una bolsa que llevaba en la cintura—. Llegas mucho más rápido si conoces el camino.

Se sentaron uno junto a la otra. En la orilla opuesta, los árboles se inclinaban como si rezaran y ofrecieran sus ramas más bajas a la superficie centelleante del río. Rachel respiró hondo, inhaló el aroma fresco del agua y la dulzura de los árboles frutales cercanos. Observó los meandros de la corriente y las libélulas tornasoladas que bailaban rozando el agua.

Thomas dejó que el hilo de pescar avanzara hasta la mitad del río y esperaron.

—A veces bajamos aquí con lanzas y pescamos de esta manera —dijo—. Pero es bueno hacer las cosas despacio. Te da tiempo para pensar.

Sobrevino una larga pausa. Como había hecho con Mary Grace todos aquellos meses en Bridgetown, Rachel esperó a que su hijo llenara el silencio. Al igual que Mary Grace antes que él, Thomas no lo hizo.

Al final, Rachel habló.

—Anoche escuchaste mi historia. Pero yo no escuché la tuya.

—No tengo mucha historia —respondió Thomas, mientras seguía con la vista la trayectoria de un pájaro de alas verdes que volaba bajo para beber del río—. No tuve grandes batallas, como Micah. Ni aventuras en el mar, como tu amigo Nadie.

—Aun así, quiero oírla.

Los interrumpió el hilo de pescar, que se sacudió en la mano de Thomas. Él se puso de pie de un salto, lo enrolló y sacó del agua un pez que luchaba por soltarse y cuyas escamas plateadas refractaban la luz del sol mientras se retorcía alrededor del anzuelo. Thomas lo puso en el suelo y, tras un rápido golpe en la cabeza, el animal se quedó inmóvil. En sus branquias se acumulaba sangre espesa que teñía de negro el suelo. Thomas lanzó un nuevo hilo de pescar.

—Si quieres saberlo —dijo—, desde Providence me llevaron a Bridgetown. Después un hombre blanco me llevó a una pensión. Me hizo lavar y me dio ropa limpia. Me dijo que íbamos a ir en un barco y que debía mantener la cabeza baja y la boca cerrada. Si alguien preguntaba, yo debía decir que era su esclavo doméstico. Navegamos hasta Georgetown, y desde ahí, llegué a Felicity. No era lo suficientemente fuerte para la primera cuadrilla, así que trabajé en la cámara de ebullición. Un día, a un hombre se le quedó atrapado el brazo en los rodillos. Yo lo liberé con un hacha, para que el resto del cuerpo no lo siguiera. Por un tiempo, pensé en huir, pero fue entonces cuando me decidí: después de cortar el brazo a ese hombre.

Se quedó callado, como si eso fuera el final.

—¿Cómo escapaste? —preguntó Rachel.

Thomas se encogió de hombros.

—Me fui una noche. Tuve suerte de que todos los blancos estuvieran durmiendo, borrachos después de una cena ostentosa. Fui a Georgetown, pensé en quedarme allí o en conseguir pasaje en un barco, pero decidí seguir el curso del río y adentrarme en el bosque. Caminé muchos días sin descanso. Estaba a punto de darme por vencido y morir cuando vi un pueblo en la otra orilla. Un indio se me acercó en una canoa y me subió. Me llevó a su choza, me dio comida y me dejó descansar por la noche. A la mañana siguiente, me llevó de vuelta a la otra orilla y me dijo que caminara hasta llegar al arroyo. Así que caminé, encontré a los fugitivos y ahora estoy aquí.

Volvieron a quedarse en silencio. Thomas había contado su historia como si la hubiera oído de tercera o cuarta mano; le había narrado solo los huesos y nada de la carne o el corazón. El tono de voz era monocorde, sin las subidas y bajadas de un narrador experimentado como Nadie. Thomas se parecía más a Nuno: las palabras no le salían con facilidad. Había muchas cosas que no quería compartir. Rachel sintió una punzada de nostalgia por el niño parlanchín que hacía tantas preguntas; se había convertido en el hombre que ahora estaba sentado junto a ella, de rostro impasible, que no revelaba nada.

—Ya verás que hay dos tipos de gente en el pueblo —dijo Thomas—. Algunos aman el pasado. Es lo único que les queda. Quieren contarlo y volver a contarlo. Quieren transmitirlo, mantenerlo vivo. Otros no. Para nosotros, lo importante es estar aquí. Habernos escapado. —Entrelazó los dedos de su mano libre con los de Rachel. La otra mano sujetaba el hilo de pescar que seguía flojo y flotaba en la superficie del río—. Ahora estamos aquí. Eso es lo que importa.

Hablaba con una firmeza que, al igual que el ceño fruncido y la mandíbula rígida, contradecía su edad. Había en él un cansancio que Rachel no esperaba encontrar. Se había escapado y, sin embargo, tenía la voz profunda de un hombre que había pasado cuarenta años o más en cautiverio. Algo en el proceso de apropiarse de su libertad le había dejado marcas. Lo había envejecido.

Rachel miró hacia abajo, donde sus manos se tocaban.

—¿Alguna vez pensaste en nosotros? En mí. En los demás. ¿Te preguntaste en qué lugar estábamos?

—Pensé en ti —susurró Thomas—. Nunca pensé en encontrarte, pero tu recuerdo siempre estaba ahí.

Después suspiró. Aún no tenía veinte años, pero era el suspiro de un anciano. ¿O no? Rachel miró su cara. Había oído los suspiros y los gemidos de muchos ancianos. Había oído los suspiros de los moribundos. La cara de Thomas reflejaba la edad, pero no la encarnaba: le faltaba algo.

Así que no, no era el suspiro de un anciano, sino más bien el suspiro que su hijo debió de creer que haría un anciano.

—¿Los otros, Micah y Mary Grace y el resto? —continuó él—. Yo... En la plantación, estaba tan solo... Perdí la esperanza. El trabajo y la soledad casi me matan. Así que perdí la esperanza por ellos también. Pensé que debían de estar muertos. —Parpadeó varias veces. Parecía estar sorprendido de sí mismo—. Nunca se lo había dicho a nadie. Ni siquiera lo sabía hasta ese momento. Pero eso fue lo que sentí. Que estaban muertos, o que la plantación los había destrozado, así que era mejor que estuvieran muertos.

A Rachel la recorrió un escalofrío. Dejó que su mano se soltara, flojamente, de la de él, pero Thomas no pareció darse cuenta.

—Contigo era diferente —continuó—. Yo sabía que tú sobrevivirías. Pero no sabía cómo iban a lograrlo los demás.

Rachel se abrazó a sí misma. El peso de las palabras de Thomas le oprimía el corazón y los pulmones, pero él parecía el mismo de siempre, mirando el río. ¿No sentía nada? ¿Acaso proclamar la muerte de sus hermanos no lo conmovía en absoluto?

—Mary Grace —dijo ella.

—¿Qué quieres decir?

—Ella sobrevivió.

Thomas frunció ligeramente el ceño.

—Sí, es verdad. —Pero después, como si el enigma estuviera resuelto, añadió—: Pero estaba en Bridgetown.

—¿Eso lo hace más fácil?

Los interrumpió de nuevo el hilo al tensarse, y Thomas sacó otro pez del agua. Lo dejó en el suelo y dudó un momento, observando cómo se retorcía. Después, como antes, bajó el puño y puso fin a su agitación.

—Era diferente si nos íbamos de Barbados —continuó—. Creo que en algún lugar de nuestro interior todos tenemos el recuerdo de cuando nos sacaron de África. Que nos lleven otra vez… es demasiado. O sea que, sí, Mary Grace sobrevivió. Y yo también sobreviví. Pero ¿y los demás? —Seguía mirando al pescado muerto, con la boca abierta y los ojos negros y fríos brillantes a la luz del sol—. No lo sé.

Rachel no dijo nada. Sentía que no había nada que decir. Thomas ya no tenía preguntas; se había convertido en un hombre con una sola respuesta y con arrugas prematuras que se le acumulaban en la frente.

Volvió los ojos hacia el río. Reparó en que, si dejaba que los ángulos de su visión se nublaran, podía imaginar que era el agua la que estaba fija, y ella, la que iba a la deriva lentamente hacia el mar.

—Por eso no me gusta hacerlo —dijo Thomas con un hilo de voz—. Pensar en el pasado. Los recuerdos son demasiado dolorosos. La esperanza duele. Lo único que quiero es vivir la vida que tengo por delante, porque es un milagro que haya llegado hasta aquí.

Esperó a que Rachel dijera algo, pero el agotamiento de los músculos, que se había aliviado tras el largo sueño, la volvía a invadir.

"La esperanza duele". Su hijo había conseguido expresar la verdad que había regido su antigua vida. El estribillo que había abandonado en cuanto salió de Providence para emprender su viaje. Había sobrevivido mucho tiempo reprimiendo la esperanza, pero, cuando se marchó, se atrevió a creer que aún podría encontrar a sus hijos.

La esperanza, reavivada, había impulsado a Rachel hacia el sur, donde había hallado a Mary Grace, y a cruzar el mar para encontrar a sus hijos varones. La esperanza la había llevado hasta Thomas. Pero los recuerdos tristes vinieron a ahogar los felices. ¿Había sido la esperanza lo que había matado a Micah? La esperanza te llevaba a soñar cosas que no podían ser, como la libertad arrebatada de las manos reacias del hombre blanco o el reencuentro de la familia.

Rachel pensó en Mercy y Cherry Jane, pero su imagen se desvaneció. Al igual que con el río, perdió la noción de quién se movía: ¿ella misma o ellas? ¿Bastaría la esperanza para llevarla hasta ellas? ¿O la esperanza ya las habría destruido, como había predicho Thomas, antes de que ella llegara?

Lo que sacó a Rachel del umbral de su dolor por Micah y por sus hijas aún perdidas fue el sonido del bosque. Detrás de ellos, entre los árboles, un pájaro empezó a cantar. Era un canto ligero y gorjeante que no dejó ninguna huella duradera en el corazón de Rachel. Cada vez que el ave se detenía, Rachel casi olvidaba cómo sonaba hasta que volvía a empezar. También estaba el sonido que hacía el agua al chocar con cada orilla. El zumbido de las moscas y otros insectos alados. Sonidos suaves y purificadores que la alejaban de la introspección y del dolor. En ellos estaba el eco de la súplica de Thomas: olvida el pasado y vive la vida que tienes ante ti.

Desde que había abandonado la plantación, Rachel había sentido, más que nunca, que estaba hecha de recuerdos. Eran la moneda que intercambiaba con la gente que encontraba en su viaje: con Mama B, con los Armstrong, con Quamina y los fugitivos. Eran su sustento. Eran la esencia de su cruzada para retroceder en el tiempo, para recuperar lo perdido, para recomponer lo destruido.

Pero ¿dónde estaba ella en todos esos recuerdos?

¿Qué vida tenía por delante? ¿En qué se diferenciaba de la vida que tenía detrás?

Su mente no le daba respuestas. Solo dirigía sus oídos a los sonidos del bosque y sus ojos a la corriente incesante del río.

26

Rachel aprendió, día a día, a vivir en la aldea de los fugitivos. No estaban del todo aislados del mundo exterior: comerciaban regularmente con las tribus cercanas, que a su vez comerciaban con otras tribus, que a su vez comerciaban con algunos de los hombres blancos que vivían en la frontera de la región civilizada de la Guayana Británica. A veces, Rachel veía pequeños signos de esta permeabilidad, como un filete de ternera que chisporroteaba en una olla de hierro fundido sobre el fuego, y recordaba que, incluso allí, no era posible olvidarse de los blancos. Pero por la noche, cuando los aldeanos se reunían en torno al fuego, era fácil sentir que más allá del claro no había más que árboles. Esta sensación de aislamiento generaba una estrecha familiaridad entre los fugitivos, que aceptaron a Nuno, Rachel, Nadie y Mary Grace como iguales, sin rechistar.

Al principio, los recién llegados dormían en una tienda desocupada y estaban bastante cómodos, pero Thomas Augustus sugirió que empezaran a trabajar para construir una cabaña. Nadie estuvo dispuesto a ayudar y los dos pasaban los días cortando leña en silencio, satisfechos. Rachel los observaba a veces y se daba cuenta de la facilidad con que trabajaban juntos. A pesar de que a Nadie le gustaba contar historias de sus días de marinero, ella comprendía que él y Thomas no eran tan diferentes. Vivían la vida que tenían delante, habían escapado del pasado.

La habilidad de Mary Grace con la aguja la convirtió en una especie de costurera del pueblo. Su tarea principal consistía en remendar los agujeros de las ropas gastadas de los aldeanos, pero cuando un rollo de tela teñida se coló en un paquete de mercancías comprado a una tribu cercana, lo cortó en cintas y se ofreció a adornar pantalones y faldas cosiéndoles una banda de color brillante alrededor de los dobladillos. Esa noche, Quamina llevó un pequeño tambor de su choza y tocó mientras la gente bailaba, girando tan rápido que se convertían en borrones oscuros con franjas azules alrededor de los tobillos.

Rachel no tenía ninguna responsabilidad especial en la vida cotidiana de la aldea, pero no le importaba. Después de la monotonía del trabajo en el campo, de las tareas domésticas y de su estancia en la taberna del señor Beaumont, disfrutaba del hecho de poder ocuparse de quehaceres diferentes cada día. A veces, se unía a Nadie y a Thomas para aserrar y martillear mientras la cabaña tomaba forma. Otras veces, iba a pescar o a buscar comida, a menudo con Tituba y algunas de las otras mujeres. Incluso una vez fue con Quamina en un viaje río arriba, para llevar algunas botellas de ron que pudieron cambiar por hachas nuevas para Nadie y Thomas.

Nuno, por su parte, se quedaba casi siempre cerca de Tituba o de Kamu, el otro nativo de la aldea. El chico parecía feliz y a todos los de la aldea les gustaba tenerlo cerca. Le encantaba hacer preguntas y escuchar historias, ya fueran cuentos míticos de dioses y monstruos o relatos de la huida de alguna persona de su antigua plantación.

No había más niños en el pueblo. Había matrimonios entre los aldeanos, e incluso un padre con su hijo adulto, pero era como si faltara una generación. Rachel no quería averiguar por qué, pero se lo preguntaba. Recordó que Nuno había dicho que pensaba que los lugares seguros, lejos de los hombres blancos, no durarían para siempre. Quizá los fugitivos consideraban que vivían de prestado.

Por debajo de la tranquilidad de la vida en el bosque, Rachel era consciente de que la aldea parecía el destino final. Los fugitivos se habían tambaleado y arrastrado hasta allí y, cuando llegaron, por fin habían podido descansar. Pero el trabajo de dejar ir para empezar de nuevo podía llevar toda una vida. Y, por eso, no había brotes verdes en el pueblo. No se había talado ningún árbol para plantar cultivos; incluso cultivar habría parecido demasiado atrevimiento, a riesgo de que la frágil libertad, por fin conquistada, se hiciera añicos ante sus ojos.

Un sueño recurrente: caminaba por las ruinas del bosque tras un gran incendio y solo veía tocones carbonizados y ennegrecidos, con ramas calcinadas que sobresalían hacia el cielo.

Micah estaba con ella. Era la primera vez que lo veía en sueños desde Georgetown, y la primera noche que él estuvo allí, el corazón de Rachel se aceleró. Pero la alegría duró poco; la expresión de su rostro era triste mientras observaba lo que quedaba de los árboles. Caminaban. Al primer paso, era un chico joven, no mayor que cuando se lo habían arrebatado. Lo veía crecer a medida que avanzaban, más allá de la edad en que murió, hasta que era casi de la misma edad que ella. Lo único que no cambiaba era la expresión de su cara: las arrugas se hacían más profundas en la frente, en las comisuras de los labios y de los ojos mientras miraba a su alrededor, tratando de descifrar la destrucción.

Finalmente, hablaba:

—No me lo imaginaba así.

—¿Qué imaginabas? —preguntaba Rachel.

Pero siempre se despertaba antes de oír la respuesta.

Quamina dijo:

—Me di cuenta de que la canción de la primera noche te conmovió. ¿Eres akan?

—No —dijo Rachel—, nací en Barbados.

—¿Tu madre era akan? ¿Y tu padre?

—No llegué a conocerlos.

Quamina la miró fijamente.

—Puede que no lo sepas, pero lo recuerdas. Lo veo en ti. —Por un momento, la cálida y sabia sonrisa desapareció de su rostro—. Yo era joven cuando llegué. Pero mantuve ese recuerdo en mi cabeza. Cada noche, antes de dormir, pienso en mi hogar. En la familia. Susurro algunas palabras en akan para que nada se desvanezca. —Volvió a sonreír—. Yo puedo enseñarte. Si quieres.

Y así, la mayoría de las tardes buscaba a Rachel y se sentaba con ella para contarle cuentos populares y enseñarle algunas palabras de su lengua. Al principio, ella se preguntó si pasar el tiempo con alguien que, a diferencia de Thomas, se deleitaba revisando el pasado le daría una perspectiva diferente, si funcionaría como un contrapeso de la creciente sensación de que olvidarse de Trinidad y de sus hijas tal vez vivas, tal vez muertas, sería tan fácil como dormirse. Sin embargo, a medida que Quamina hablaba, Rachel veía que tanto ella como Thomas la llevaban a la misma conclusión. Si la aldea era un destino final, un lugar de descanso, él se sentía tan a gusto allí como los demás. Solo que, para él, el final podía encontrarse al principio, remontándose en el tiempo hasta aquellos primeros diez años antes de que lo encadenaran y metieran en el vientre de un barco rumbo al Nuevo Mundo.

A cambio de sus detalles sobre la vida en África, Rachel empezó a hablar a Quamina de Mercy y de Cherry Jane. No de cómo podrían ser, en algún lugar de otra parte del Caribe, sino de cómo habían sido. Habló de sus infancias. Le habló de las dos niñas que se paseaban de la mano por las parcelas de los esclavos, buscando flores silvestres en la tierra. Cuando las encontraban, Mercy las trenzaba en el pelo de su hermana con mano firme, y el joven rostro de Cherry Jane brillaba de alegría, más radiante que nunca bajo su corona de pétalos: blancos, rojos, morados y azules. Y Rachel habló a Quamina de la noche, después de que se llevaran a Cherry Jane a trabajar a la casa principal, en que se despertó justo a tiempo para ver a Mercy salir sigilosamente de la cabaña. Rachel había corrido tras su hija, dispuesta a arrastrarla de vuelta; no era seguro que las niñas vagaran por la plantación tan tarde. Pero Mercy le tendió un pequeño ramo de flores.

—Las he recogido hoy —había dicho su hija en voz baja—. Las dejaré fuera de la casa principal, para que Cherry Jane pueda quedárselas.

Rachel, agradecida de que la oscuridad ocultara sus lágrimas, acompañó a su hija a dejar las flores junto a la puerta de la cocina, aunque nunca supo si Cherry Jane las encontró.

Contar esas historias a Quamina calmaba la parte de Rachel que seguía inquieta, ansiosa por la búsqueda. Y a medida que las semanas se convertían en meses, empezó a preguntarse si eso podría ser suficiente, esos viajes nocturnos al pasado.

El dolor en el pecho, el que la había empujado a abandonar la plantación hacía tantos meses, nunca la abandonó del todo. Era un dolor que ella sabía que Quamina también sentía. Lo oía en el temblor de su voz cuando cantaba. Pero en las noches que compartían, Rachel se daba cuenta de que podían habitar el dolor, vivir en la vieja herida, contar sus cicatrices. El dolor nunca desaparecería, pero podrían hacer las paces con él.

Una noche, Rachel preguntó a Quamina:

—¿Alguna vez has pensado en volver?

—Lo he pensado. Pero ¿lo intentaré alguna vez? No.

—¿Por qué?

Quamina suspiró.

—Porque cuando pienso en mi hogar, pienso en un lugar que ya no existe. Pienso en mi familia, que probablemente esté muerta o desaparecida. Deben de haber matado y convertido en esclavos a mi gente después de mi partida. Mi padre decía que la nuestra era una tierra fértil. El suelo nos sostuvo durante miles de años. Pero la tierra no puede protegernos cuando vienen los traficantes de esclavos.

Estaban sentados junto a las cenizas de la hoguera, observando los susurros de humo que flotaban de unas pocas brasas aún encendidas.

—No quiero ver qué fue de todo eso —continuó Quamina—. Quizá soy demasiado cobarde. Me siento aquí a contar historias. Tengo miedo de que no quede nada; por eso sé que nunca volveré. Este es mi hogar.

Rachel estaba cansada. Muy cansada. Se movía despacio cuando buscaba comida o caminaba hacia el río. Aún le dolían los pies por cada kilómetro recorrido. Cada noche, cuando se acostaba a dormir, los ruidos del bosque la envolvían y le susurraban: "Descansa".

La cabaña, una vez terminada, no era ni grandiosa ni ornamentada. Por dentro, estaba dividida en dos habitaciones, una para Rachel y otra para Nadie y Mary Grace; Nuno decidió que prefería quedarse en la tienda.

Rachel pasó las manos por las paredes interiores. Nadie y Thomas no eran expertos artesanos, pero, a pesar de algún que otro tablón desigual, toda la cabaña tenía una belleza humilde y funcional. No pretendía ser ni más ni menos que lo que era.

De pie en su propia habitación, observó a través de la puerta cómo Nadie y Mary Grace colocaban sus esteras una junto a la otra. Nadie tarareaba y Mary Grace se aseguraba, con sumo cuidado, de que las esteras estuvieran rectas y de que la silla de madera que Thomas les había regalado estuviera en el rincón donde mejor quedaba. Rachel se dio cuenta de que era la primera vez que alguno de ellos vivía en un lugar verdaderamente suyo.

Aquella tarde llovió, pero la nueva cabaña los mantuvo secos. El olor de la madera húmeda, el sonido de las gotas de lluvia en el techo y la sensación del aire fresco que entraba por la ventana proporcionaron a Rachel una sensación de calma. Se sentó con Nadie y Mary Grace a comer un plato caliente de estofado de pescado y se sintió segura.

Después de comer, cuando se hizo de noche, Nadie desafió la lluvia para ir a ver cómo estaba Nuno en la tienda. Cuando se quedaron las dos solas, Rachel susurró a Mary Grace:

—¿Eres feliz?

Rachel se había dado cuenta de los cambios que había experimentado su hija. El amor de Nadie y de los aldeanos hacía que Mary Grace se abriera como un capullo de un árbol frutal. Todas las partes de sí misma que se habían empequeñecido se desplegaban ahora como pétalos, aún delicados, pero lo suficientemente brillantes para arrancar una sonrisa a cualquiera que la viera. Había empezado a reír más a menudo, y no la risa tímida y ahogada que solía tener, sino un sonido que brotaba de lo más profundo de su vientre y resonaba por todo el bosque. Cuando reía, el pueblo reía con ella.

En ese momento, en la cabaña, la expresión de Mary Grace no delataba nada. Si estaba contenta, triste, afligida o alegre, no lo demostraba. Mantenía la mirada fija en el cuenco de madera que aún tenía en las manos.

Rachel se inclinó hacia su hija.

—¿Crees que podemos quedarnos aquí?

Antes de que Mary Grace pudiera responder, Nadie entró en la cabaña, secándose la lluvia de la frente. Cuando Mary Grace lo miró, Rachel vio que algo brillaba en los ojos de su hija. El amor. Los brotes verdes de una nueva vida. Esperanza.

Nadie tocó la nuca de Mary Grace, un pequeño y tierno roce de los dedos contra su piel. Mary Grace cerró los ojos, solo por un momento, con gesto tranquilo y sereno.

No estaba escrito que el pueblo de los fugitivos fuese un destino final, pensó Rachel. Tal vez ella, que tenía la mayor parte de su vida a sus espaldas, solo podía ver que las cosas llegaban a su fin, pero no tenía por qué ser así. No para su hija. Mary Grace merecía esperanza. Merecía volver a empezar.

A su alrededor, las paredes de la cabaña eran sólidas. Bajo sus pies, después de correr durante tanto tiempo, el suelo del bosque podía mantenerlos en pie.

27

Pasó la estación de las lluvias y los aldeanos agradecieron que las tormentas hubieran sido suaves. Quamina contó a Rachel historias del año en que los fuertes vientos habían arrancado chozas y tiendas del suelo y les habían obligado a construirlo todo de nuevo. La naturaleza podía tener un poder oscuro e indiscriminado, dijo, pero ese año se habían salvado.

Una mañana, una semana después de las últimas lluvias, Rachel salió de su cabaña y vio a Tituba sentada cerca; estaba enseñando a Nuno a tallar una flecha. Tituba vio a Rachel y le hizo señas para que se acercara.

—Voy al río esta mañana —dijo—. ¿Me acompañas? Siempre voy después de las últimas lluvias, para bañarme cuando el agua está fresca.

Rachel solo había utilizado el arroyo para lavarse o lavar la ropa, ya que estaba mucho más cerca del pueblo. La idea de poder sumergirse era tentadora.

—Sí —dijo—. Me gustaría.

Tomaron el atajo al río, a través del denso bosque. Rachel ya casi conocía el camino; los árboles, que antes le parecían indistinguibles, ahora eran tan diferentes como los rostros humanos y podía decir, por el crecimiento de los troncos o por el musgo de las bases, si iba en la dirección correcta.

Cuando llegaron al río, Tituba se desató el cinturón y se quitó la sencilla túnica que siempre usaba. Se metió en el agua hasta los muslos y se volvió para esperar a Rachel con una sonrisa.

—El agua está perfecta —dijo—. Como siempre.

Rachel se desnudó, siguió a Tituba y disfrutó de la sensación de ligereza que subía por sus piernas. Se metieron hasta la cintura y se quedaron un rato de pie, para dejar que el agua las limpiara.

Tituba echó la cabeza hacia atrás y se dejó flotar en el agua, con los ojos cerrados. Rachel no pudo evitar mirar y comparar el cuerpo de Tituba con el suyo, observando en qué se diferenciaban y en qué se parecían. La diferencia más obvia era el color: una era bronceada y la otra se parecía más al castaño oscuro de los granos de café o de la madera mojada por la lluvia. Rachel también vio más suavidad en Tituba, en la curva de los hombros y en los pechos que sobresalían justo por encima de la superficie del río. El cuerpo de Rachel se había endurecido y afilado por el trabajo del campo: los músculos y tendones eran visibles a través de la piel y el pecho era casi plano.

Cuando Rachel miró la parte inferior del cuerpo de Tituba, vio algo que la sorprendió. El bajo vientre casi no asomaba, porque las caderas y piernas estaban sumergidas en el agua. Lo que a primera vista parecía el efecto de la luz del sol sobre la superficie ondulante del río eran, en realidad, pálidas rayas de piel que iban desde el ombligo de Tituba hasta los muslos. Rachel también tenía esas marcas: un recuerdo borroso de cuando su vientre se había hinchado durante los embarazos.

En todos los meses que llevaba en el pueblo, Rachel apenas se había enterado de una pequeña parte de la historia de Tituba. Ciertamente había aprendido de ella; a menudo iban juntas a buscar comida y Tituba le indicaba los mejores frutos que recoger y qué raíces desenterrar. Pero, a diferencia de su esposo, no mostraba ningún deseo de compartir detalles sobre su pasado. En ese momento, al mirar las marcas que Tituba tenía en el vientre, Rachel casi se sintió avergonzada, como si el cuerpo le hubiera susurrado un secreto que la propia Tituba querría guardar.

Temerosa de toparse con más secretos si seguía mirando, Rachel siguió el ejemplo de Tituba y se puso a flotar boca arriba en el agua. La corriente era lo suficientemente lenta para que, excepto por una patada ocasional o un empujón con los brazos, pudiera mantenerse quieta. Tenía los oídos bajo la superficie del agua, lo que bloqueaba casi todos los sonidos. Se sentía pequeña, aislada de todo excepto de sí misma y, al mismo tiempo, completamente infinita. Por encima de ella, el cielo parecía interminable.

Sintió más que oyó hablar a Tituba, un sonido distorsionado que vibraba a través del agua. Volvió a ponerse de pie.

—Lo siento, ¿qué has dicho?

Tituba también estaba de pie. El agua le chorreaba de las puntas del pelo y corría por el pecho, a lo largo de las rayas del vientre y hacia abajo, al río.

—He dicho que no eres feliz aquí.

Rachel bajó la mirada y observó el agua que se movía alrededor de su cuerpo.

Tituba continuó.

—Parece que hay algo que te ocupa la mente.

Rachel logró levantar la vista y mirar a Tituba a los ojos. Temió que admitir su malestar fuera un insulto, después de todo lo que habían hecho los fugitivos por ella. Pero de pie ante Tituba, se sintió despojada, una desnudez más reveladora que limitarse a estar sin ropa. No podía mentir.

—Me habéis hecho sentir bienvenida —dijo—. Pero... no puedo sentirme en casa. Siento que algo no está bien. No sé por qué.

Los ojos de Tituba eran penetrantes, pero tenían una calidez que no era cruel. Parecían líquidos; su mirada evaluadora se derramó sobre Rachel.

—A muchos de nosotros se nos hizo difícil al principio. Lleva su tiempo.

Rachel no pudo evitar volver a mirar las estrías a lo largo de las caderas de Tituba. Se preguntó qué había llevado a Tituba al pueblo, pero luego se sintió avergonzada por preguntárselo, como si incluso el hecho de imaginar la pregunta fuera una intrusión en la vida de la otra mujer.

Permanecieron un rato en silencio y dejaron que el agua les acariciara la piel. Desde lados opuestos de la orilla, dos pájaros parloteaban entre sí, un brillante vaivén que se hacía cada vez más urgente y entusiasmado, hasta que los dos cantos se convirtieron en una armonía única y continua. Tituba movió con suavidad una mano por el agua; no lo suficiente para hacer una ola, pero sí para que la superficie se le arremolinara alrededor de la muñeca.

—Para los que han sido esclavos, creo que es lo más duro de todo —dijo—. Hay cosas que puedo entender. La pérdida de la familia. La pérdida de un hogar. Pero la pérdida de la libertad nunca la he conocido. Deja cicatrices.

Tituba miraba su mano en el agua. Rachel también la miraba: los movimientos lentos y deliberados, el cuidado que ponía en no agitar la superficie con demasiada violencia.

—He visto a gente a la que le costaba vivir después de haberse fugado —continuó Tituba—. La libertad era lo que deseaban desde hacía mucho tiempo. La libertad significa cruzar los límites de la plantación. Pero después, ¿qué? Puede ser difícil vivir después de liberarse. —Levantó la vista y Rachel volvió a sentir el impacto de sus ojos oscuros y penetrantes—. Creo que todos hemos conocido ese hueco entre lo real y lo que imaginamos. ¿Tú no?

—Sí.

Si Tituba esperaba o quería que Rachel dijera algo más, no lo demostró. Volvió a ponerse boca arriba en el agua y su largo cabello negro se extendió detrás de ella. Cerró los ojos y tarareó las primeras notas de una canción. Los pájaros aún se llamaban unos a otros y la música de Tituba se superponía a su canto. Todo en ella, el cuerpo que flotaba en el río, el tarareo que se mezclaba con el canto de los pájaros se fundía fácilmente con el bosque. Estaba en paz.

Rachel también volvió a flotar y se dejó llevar por la ingravidez una vez más. El azul ininterrumpido del cielo tenía una belleza sencilla. Vacío sin parecer hueco. Con el agua en los oídos, Rachel alcanzaba a oír los latidos de su corazón.

Se preguntó si Tituba tenía razón. Tal vez ella, como tantos otros, estaba luchando con esa brecha entre la libertad tal como la había imaginado y la libertad tal como era. La pregunta que la había perseguido a menudo, desde la primera mañana después de la emancipación, resurgió.

"Y ahora, ¿qué?".

Se lo había preguntado una y otra vez. ¿Tenía miedo de la respuesta?

"Esto. Solo esto".

Pero en la espesa quietud de las corrientes bajo el agua, había algo más que le susurraba. El pueblo de los fugitivos no era el mundo. Había otras formas de ser libre. Se podía ser aprendiz: libre solo de nombre, obligada por la ley a trabajar para un amo blanco. También estaba la vida en el mar. Incluso estaba la muerte: Rachel había conocido a muchos que la habían elegido como forma de hallar la libertad.

El contacto del agua fría con la piel le aportó claridad. No el estallido de luz que había buscaba, sino una claridad más suave. Ahora lo sabía. Su pregunta no tenía una única respuesta: tenía muchas.

Un pequeño movimiento en el agua indicó a Rachel que

Tituba ya estaba de pie, y Rachel se enderezó con ella. Los ojos de Tituba recorrieron una vez más el rostro y el cuerpo de Rachel, como si buscasen algo. Rachel resistió el impulso de cruzarse de brazos y, en cambio, aceptó la mirada. Casi agradeció la valoración de la otra mujer.

"Dime lo que ves".

"Muéstrame cómo soy".

—¿Cuánto hace que te enteraste de que Micah había muerto?

Por supuesto. Parecía la pregunta más obvia que Tituba podía hacer, lo más obvio que ella podía ver. El dolor aún estaba escrito por todas partes en la piel de Rachel.

—Hace cuatro meses.

Tituba asintió.

—Todo dolor tiene poder, pero el dolor que una madre siente por un hijo es el más fuerte de todos.

Rachel ya no tenía miedo de mirar las marcas de la piel de Tituba, los fantasmas de los niños pasados. Tituba reparó en que la miraba y algo pasó entre ellas, bajo el agua, a través de los pozos de dolor de los ojos de Tituba, antes de que su rostro se recompusiera en una expresión tranquila, casi regia. No dijo nada, pero no hizo falta.

Rachel lo comprendió.

Esa noche, tuvo el mismo sueño. Los árboles quemados. Micah a su lado.

Él dijo:

—Esto no es como me lo imaginaba.

—¿El qué?

Esta vez, él respondió:

—La libertad.

Rachel miró el bosque muerto que los rodeaba.

—No. Yo tampoco me la imaginaba así.

28

CUANDO RACHEL CONTÓ A NADIE Y A MARY GRACE LO
que había decidido, lo que finalmente se le había revelado
mientras flotaba en el río, no se sorprendieron. Todos sabían lo que se avecinaba. Nadie y Mary Grace debieron de
sentir el cambio que se había producido en Rachel, y ella, a
su vez, supo que la acompañarían. Estaban listos para partir.

Pero primero, dijo Nadie, había una cosa más que él y
Mary Grace querían hacer. El bosque parecía el lugar ade-
cuado. ¿Lo permitiría Rachel?

El corazón de Rachel rebosó alegría; por una vez, hizo
desaparecer todo rastro de dolor y pérdida.

—Sí —dijo.

Por supuesto, tuvieron su bendición.

La boda se celebró justo antes del atardecer. Los árboles
proyectaban largas sombras como rayas en el claro, y a
medida que Mary Grace caminaba desde la cabaña hasta
donde estaba Nadie, atravesaba la oscuridad, luego la luz,
luego la oscuridad y luego la luz.

Se había puesto un vestido que Rachel no le había visto
antes, con el inconfundible sello de la señora Armstrong.
Mary Grace ya era una buena costurera, pero la delicada
mano de Elvira, el arte de cada puntada, era difícil de

igualar. Era azul claro, sencillo, sin adornos de encaje o cintas. Mary Grace debió de llevarlo consigo desde Bridgetown, envuelto entre sus otras ropas, intacto durante todos los meses que habían pasado en Georgetown y en el pueblo. Rachel se imaginó a su hija desdoblando el vestido en secreto, acercándoselo al cuerpo y guardándolo a toda prisa... No, todavía no. Demasiado bonito, demasiado sofisticado, demasiado elegante, debió de haber pensado Mary Grace. Era imposible que se lo pusiera. Hasta ese momento.

Los aldeanos rodearon el centro del claro, vestidos con sus mejores galas. Para el ojo ajeno, no parecían tan diferentes de cualquier otro día, pero Rachel se fijó en los lazos azules de las faldas y los pantalones, que Mary Grace les había cosido, así como en las flores que llevaban detrás de las orejas y trenzadas en el pelo.

Mary Grace entró en su círculo, donde Nadie la esperaba. Las lágrimas le caían con toda libertad por el rostro, y dejaban huellas que se confundían con las comisuras de su sonrisa. Deslizó su mano en la de Nadie. Él le besó la coronilla. A su alrededor, los pájaros y los grillos cantaron sus bendiciones, y el cielo, salpicado de nubes rosas y naranjas, fue el telón de fondo perfecto para el amor de la joven pareja.

Thomas Augustus ofició la ceremonia. Había oído a Rachel hablarle a Nadie sobre la iglesia de Bridgetown y preguntarse si Mary Grace querría que la boda honrara al Dios que ella y los Armstrong habían adorado cada domingo.

—Puedo oficiar la boda si ella quiere —había dicho Thomas—. Conozco un poco la Biblia. Iba a la capilla en la plantación. —Y Rachel se había dado cuenta, con gran tristeza, de que había muchas cosas que no sabía sobre su hijo.

Thomas sonrió a su hermana y al hombre que iba a ser su esposo.

—No sé gran cosa —dijo—, pero sé que Dios nos ama.

Y debemos tomar su amor y usarlo para amarnos unos a otros.

Mary Grace se apretó contra Nadie. Sus cuerpos parecían fundirse, hasta que no era posible distinguir dónde terminaba la piel de ella y dónde empezaba la de él.

—El amor es el corazón de todo. Dios nos creó para amar y nos envió a su hijo para que pudiéramos amarnos mejor.

Mary Grace levantó los ojos al cielo, quizás hacia donde sentía que estaría su Dios. Rachel hizo lo mismo, aunque no creía en un dios del cielo. Pensaba que, si existían uno o más dioses, estarían diseminados entre todas las cosas y todos los habitantes de la Tierra, ni benévolos ni malignos, sino simplemente existentes, unificadores de todo, de lo vivo y de lo muerto. Pero el cielo estaba hermoso aquella tarde y, por un momento, todos los aldeanos elevaron la mirada al cielo y dejaron que los últimos rayos de sol los bañaran en el amor de Dios.

—Mary Grace —dijo Thomas y los hizo volver a todos a la tierra—. Mi hermana, ¿amas a este hombre que está a tu lado?

Mary Grace asintió.

—Y Nadie, que eres como un hermano para mí, ¿quieres a esta mujer?

—Sí. —La voz de Nadie sonó clara e inquebrantable, por encima de los sonidos de los animales en el crepúsculo.

—Entonces, yo os declaro marido y mujer, con la bendición de Dios y la de todos nosotros.

Se besaron al son de los vivas y de las risas, un breve estallido de ruido humano antes de que todos volvieran a callar y le cedieran el aire crepuscular al aleteo de los pájaros, el susurro de las hojas y el zumbido de los mosquitos. Quamina se había ofrecido a cantar una vez celebrada la ceremonia, pero al adelantarse, Tituba lo tomó del brazo.

—Déjame a mí —le dijo.

Su voz era más suave que la de Quamina, pero no menos cautivadora. Su canción y sus palabras eran por completo desconocidas para Rachel; no tenían nada de la familiaridad ancestral de las canciones del pueblo akan que había cantado Quamina, pero la belleza residía en la extrañeza. Al no entender nada, Rachel podía crear su propio significado. Podía dejarse llevar por la música, lejos de los huesos enterrados y de los recuerdos antiguos. Cada nota abría más posibilidades. No había un camino predeterminado. Las canciones de Quamina siempre daban la sensación de transmitir conocimientos, sentimientos, dolor y alegría, de una generación a otra, para mantener vivos ciertos recuerdos. Rachel recibía con gusto esos regalos del pasado. Pero ahora experimentaba la emoción de una música que la quebraba, que la vaciaba de sí misma en lugar de introducirse en ella. Mientras Tituba cantaba, Rachel sintió que el mundo se abría ante ella en todo su esplendor. Por primera vez en meses, en años, sintió el corazón ligero.

Mary Grace y Nadie bailaron. Se movieron lentamente, envueltos la una en el otro. Cuando Tituba terminó su canción, Kamu, el otro indio, entró en su choza y volvió con un tambor. Sustituyó la continua melodía por un ritmo rápido que pronto hizo saltar, girar, aplaudir y reír a toda la aldea. Ese era un lenguaje que todos entendían, que no necesitaba palabras. Mary Grace, girando desde los brazos de Nadie hasta el centro de la multitud, fue la que más alto habló; dejó que su cuerpo dijera lo que su boca no podía. Rachel miró a su hija a los ojos y ambas reconocieron que solo les quedaba una noche más. Una noche más en ese lugar de ensueño, ese bosque profundo donde las estrellas eran más brillantes y el aire más dulce, y las flores y los frutos de los árboles más vibrantes que en ningún otro lugar de la Tierra.

"No es para siempre", decía Mary Grace moviendo las caderas. "Nada lo es". Levantó las manos al cielo para exaltar el ritmo del tambor y a su Dios. "Con este movimiento", dijo, "mañana seguiremos adelante y adelante y adelante, hasta que no quede ningún lugar al que ir. Por supuesto, iré con vosotros. ¿Cómo no voy a hacerlo?".

Cayó la noche y seguían bailando a la luz de la luna. Rachel encontró a Thomas al borde de la multitud; marcaba un complejo ritmo con los pies en el suelo. Le tocó el hombro y le señaló su choza.

—¿Vienes? Podemos hablar.

Thomas la siguió y se secó el sudor de la frente. Todo el cuerpo le brillaba con la energía y el calor de los festejos de la noche. Parecía feliz. A gusto consigo mismo.

Quería decirle muchas cosas, pero se obligó a empezar por el final.

—Tengo que irme —dijo—. Pronto. Mañana.

La sonrisa desapareció de la cara de Thomas.

—¿Irte? ¿Adónde?

—A Trinidad.

Se llevó una mano hacia el pelo y se frotó la cabeza, entre la incredulidad y la angustia.

—Puedes venir —dijo Rachel. Pero ella ya sabía la respuesta.

—No. Esta es mi casa. También puede ser la tuya.

—Sabes que no, Thomas.

Era doloroso. Rachel había pasado de un extremo a otro: el reencuentro fácil con Mary Grace, seguido del desgarro absoluto por la muerte de Micah. Estos de ahora eran tonos grises. Su hijo vivía y ella lo amaba. Pero no podía quedarse y él no se iría.

—No lo entiendo.

Rachel vio que la juventud volvía al rostro de Thomas,

que por lo general aparentaba más edad que la que realmente tenía. La testarudez le endureció la mandíbula, y abrió los brazos en busca de una respuesta que Rachel había vivido lo suficiente para saber que no existía.

—Tengo que terminar esto —dijo—. En cuanto salí de la plantación, no hubo otro camino. Debo encontrar a las demás.

La ira estalló dentro de Thomas, que se sintió herido.

—¿Por qué no ves que no hay esperanza? No las encontrarás. El hombre blanco te capturará y te obligará a trabajar. Volverás donde empezaste, a cosechar la caña hasta que mueras. Pero puedes quedarte aquí. Puedes ser libre.

Rachel lo dejó enfurecerse, aunque le ardían las lágrimas en los ojos. Desde su primera conversación, cuando pescaron en la orilla del río, supo que una rigidez se había desarrollado en él, un deseo de ver y vivir la vida de una sola manera. Él quería que ella se quedara porque no podía comprender por qué podría querer irse. Para él, amar e irse no podían ir de la mano. Para él, lo que había dejado atrás en su antigua vida había dejado de existir.

—Yo no lo veo así —dijo ella con suavidad—. La libertad significa algo diferente para mí. La búsqueda... esa es la libertad.

Los ojos de Thomas no mostraban comprensión, pero ella sabía que tenía que seguir intentándolo.

—El no saber es lo que me duele. Eso es lo que la esclavitud me quitó: yo no sabía. No sabía dónde estaban mis hijos. Y si me quedo aquí, nunca podré saberlo. Eso no es libertad. No para mí.

Thomas no dijo nada. Rachel notó que la terquedad y la ira abandonaban su cara. Aún parecía joven, pero ahora se veía pequeño. Inseguro. Como el niño que había sido. Las preguntas se reflejaban en sus ojos.

—Saber puede doler —dijo Rachel—. Cuando supe que

Micah… —Tomó aire, se tranquilizó—. Pero me alegro de haber conocido al hombre que fue Micah. Prefiero saberlo a evitar el dolor.

Thomas miró al suelo.

—No puedo perderte otra vez —dijo—. A ti, a Mary Grace. La última vez casi me mata.

Rachel lo abrazó. Fue un movimiento espontáneo, pero había llegado al límite de lo que podía decir solo con palabras. Él dejó que lo estrechara contra su pecho. Rachel sentía los latidos del corazón y la respiración entrecortada de Thomas. Poco a poco, el cuerpo del muchacho se aflojó.

—Te quiero —le susurró entre los rizos del pelo—. No es que quiera irme. Es que no puedo quedarme.

Thomas no dijo nada. Rachel se apartó de él lo suficiente para poder mirarlo a los ojos.

—No nos perderás —dijo—. Aquí creamos nuevos recuerdos, mejores que en los días de la plantación. Recordarás cuando nos sentamos a hablar junto al río. Recordarás a Mary Grace el día de su boda. Recordarás las risas y las sonrisas. Y sabrás que somos libres.

Se separaron. Thomas ya no parecía enfadado ni herido ni testarudo, ni demasiado viejo ni demasiado joven. Simplemente parecía él mismo.

—Entonces, ¿mañana?

—Sí.

Asintió con la cabeza. Parecía que no tenía nada más que decir.

Volvieron a salir, Rachel primero y Thomas detrás. El aire nocturno, ya cercano y húmedo, estaba impregnado de olor a sudor. Quamina había tomado el relevo en el tambor y Kamu, Tituba y Nuno estaban en el centro del baile. Cada uno de ellos bailaba pasos diferentes pero que, de alguna manera, se hacían eco mutuamente. A Rachel le recordó lo que ocurre cuando una piedra cae al agua y las ondas se abren en abanico: las bandas se distorsionan, pero nunca llegan a diferenciarse de la forma original del chapoteo que las creó. Con la suave luz que la luna proyectaba sobre la piel reluciente y el vaivén de las largas trenzas de Tituba, la escena era tan hermosa que Rachel se detuvo a contemplarla.

—Me alegra que hayas venido.

Thomas tuvo que acercarse para hacerse oír por encima del ritmo de los tambores.

—Yo también me alegro —respondió Rachel.

—Nunca esperé… No lo imaginé. Tú, aquí. Parecía imposible. Así que… me alegro.

De todas las palabras que él le había dicho desde su reencuentro, esas, dichas al oído, fragmentadas, con la voz un poco quebrada al final, fueron las que más la conmovieron. A veces, es imposible ver una sombra antes de que se alce, y Rachel por fin se dio cuenta de que había tenido miedo. Había tenido miedo de que ir hasta allí no hubiera cambiado nada. Ese mundo verde, aislado de todo, donde la vida era tan extraña, donde la gente iba para escapar, pero donde acababa, de alguna manera, atrapada en sí misma. Hacía falta mucho valor para llegar a la aldea de los fugitivos. Rachel lo sabía, y, sin embargo, los que llegaban ya estaban disminuidos. Habían conseguido la libertad, pero a un precio alto. La esclavitud les había minado la voluntad de imaginar otro futuro que no fuera ese: una vida al límite, fugitiva, que parecía fugaz incluso mucho después de que los aldeanos se hubieran asentado.

Cuando Rachel había imaginado cómo le diría a Thomas que se marchaba, había esperado el dolor, la ira de su hijo. Pero el temor que la carcomía, realmente, era que esos sentimientos se desvanecieran una vez que ella se hubiera ido. Que ella volviera a ser casi nada, una parte del pasado al que a él le había costado tanto dolor no volver.

Ese miedo ya no la dominaba. Rachel se había equivocado. Ella no se desvanecería de la vida de su hijo. Lo vio en sus ojos.

—Siempre recordaré esto —dijo Thomas. La miró y después miró a los bailarines. Tituba, Kamu y Nuno estaban enseñando a Mary Grace y a Nadie sus pasos y mezclaban los movimientos de las diferentes tribus en una única expresión de todo lo que hay en el mundo. La felicidad, la tristeza, la historia, la esperanza... todo estaba en esa danza, interpretada en medio de ese pueblo mestizo de almas perdidas que se habían encontrado.

—Sí —convino Rachel—. Yo también lo recordaré.

Mary Grace los vio allí de pie y se abrió paso hacia ellos. Se detuvo un momento para leer sus expresiones. Cuando comprendió todo lo que había pasado entre ambos, los aferró por las muñecas y los arrastró hacia la multitud. El tambor marcaba el ritmo que atravesaba a Rachel como un latido y los cuerpos se apretujaron contra ella: Mary Grace, Thomas, Tituba, Nadie. Ella no conocía los pasos, pero no importaba; nadie los conocía. Al combinar los bailes, habían creado algo nuevo, algo que nunca se volvería a ver. Algunos músculos que Rachel no había utilizado en años —en la cara interna de los muslos, a lo largo de la caja torácica, entre los omóplatos— se deshicieron de su rigidez y le permitieron moverse de maneras en que nunca se había movido.

Se iría al día siguiente. Abandonaría el bosque y volvería al mundo de los caminos, las plantaciones y las ciudades, donde las chozas derruidas se acurrucaban a la sombra de las grandes casas y las severas torres de las iglesias. Pero nunca olvidaría la aldea donde había reído, llorado, sufrido, amado y visto crecer a su hijo y a su hija. No el rápido crecimiento de los niños pequeños, que parecen un poco más altos cada día y cuya vida está salpicada de "primeras veces":

primeros pasos, primeras palabras, primer día de trabajo en los cañaverales. Thomas Augustus y Mary Grace no habían cambiado mucho. Cuando el arroyo de la infancia se ensancha hasta convertirse en un río, el caudal de la vida adulta erosiona profundamente el suelo. El curso de esos ríos no se altera fácilmente, pero el más pequeño empujón, en un sentido u otro, puede hacer que el río se desvíe de forma sorprendente.

Descubrir en Thomas ese pequeño atisbo de comprensión, descubrir que tomaba en consideración algunas formas de ver el mundo que no eran la suya, en cierto sentido le dificultó partir. Si se hubiera resistido al intento de Rachel de dar cuenta de sus actos, podría haberlo imaginado diez, veinte, cuarenta años después, siempre tomándose la vida día a día, sin dejarse perturbar por pensamientos sobre lo que quedaba atrás o lo que podría haber por delante. Dolía un poco perder esa certeza. Aquella noche, ella había visto en él la posibilidad de un cambio. ¿Qué haría ahora con su vida? ¿Hasta dónde se desviaría su río?

En los años venideros, cuando pensara en él, no tendría el consuelo de saber exactamente dónde estaba y cómo vivía. Pero nada era fijo. Ella lo sabía, y ahora él también. Ahora que sus caminos se separaban, ella no podía decir hacia dónde se dirigiría ninguno de los dos. Simplemente se alegraba del tiempo que habían pasado juntos, codo a codo. De alguna manera, él estaría con ella, y ella con él, siempre.

29

El viaje de vuelta a Georgetown fue rápido. El Demerara arrastraba la canoa con su corriente, lo que solo requería remar con calma, y lo que les había llevado cinco días en el camino hacia el bosque solamente les llevó dos en el viaje hacia el mar.

Además, la embarcación era más ligera ahora, lo que mejoraba la velocidad. Habían dejado a Nuno en la aldea, pues no tenía ganas de volver río abajo a los lugares donde había sufrido. La mañana en que partieron, con los aldeanos reunidos para despedirse, Rachel se dejó a Nuno para el final: salvo a Thomas Augustus, fue la última persona a la que abrazó. Con las manos sobre sus hombros, se tomó un momento para apreciar cómo lo habían cambiado unos meses en el pueblo. Sus brazos seguían delgados, pero ya no eran esqueléticos: la buena comida y las muchas horas que había pasado cargando cestas de frutos y cortando ramas para hacer mangos de hacha y astiles de flecha habían contribuido a poner más carne sobre los huesos.

Él le sostuvo la mirada y aceptó el contacto sin tensarse ni retroceder, lo que indicaba el cambio más importante que había experimentado. Se había vuelto más seguro de sí mismo; ya no era un niño salvaje y perdido, listo para luchar o huir en cualquier momento, aunque los ojos mostraban que en su interior aún quedaba algo de la antigua cautela. El bosque no había limado todas sus asperezas, y Rachel esperaba que no lo hiciera. Había vivido demasiadas pérdidas para alguien tan joven, y algunas de esas heridas nunca sanarían. Pero el hecho de que Tituba, Kamu y el resto de la aldea lo amaran y lo aceptaran le había hecho bien.

—Cuídate —dijo Rachel. Incluso después de todos esos meses, nunca sabía qué decirle. Había un trasfondo de cautela en todas sus conversaciones, no tan agudo como la primera vez que sus caminos se habían cruzado, pero lo suficiente como para que ella se preguntara si él entendía lo que ella quería decir. Se miraban como animales heridos de distintas especies, reconociendo lo que tenían en común —la búsqueda del hogar tras la dispersión de la familia— pero sin llegar a entenderse por todo lo que los separaba.

—Buena suerte —dijo Nuno, con una pequeña inclinación de cabeza.

No pasó nada más entre ellos, y la punzada que sintió Rachel pronto se vio eclipsada por la necesidad de despedirse de su hijo por última vez. Pero hubo momentos en el río en los que pensó en Nuno y fue consciente de lo mucho que echaría de menos sus ojos agudos y su tranquila voluntad de supervivencia. Le deseó lo mejor, casi tanto como a su propio hijo.

Después de meses en el bosque, volver a Georgetown era una agresión a los sentidos. Rachel había olvidado lo ruidoso que era todo: el traqueteo de los carruajes, la gente que se asomaba a las ventanas para entablar conversación con alguien que estaba en la calle y en los gritos de los borrachos, o los que perseguían a algún ladrón. Lejos habían quedado los sutiles olores a tierra, frutas silvestres y agua fresca. En lugar de eso, sus fosas nasales se llenaron del hedor de la gente, cientos de personas sucias y apretujadas unas contra otras.

A pesar del ruido y el olor, Rachel se alegró de estar de regreso. No de volver a Georgetown exactamente —no sentía ningún apego especial por la ciudad, y no la echaría de menos una vez que se hubiera ido—, sino de volver a estar entre la gente y todas las imperfecciones de un mundo hecho por personas. Eso la vigorizaba, daba agudeza y claridad a su mente y a sus propósitos. El tiempo que había pasado en el bosque había sido como flotar, atrapada en los huecos entre los momentos de la vida, en lugar de habitarlos en toda su riqueza. La aldea de los fugitivos miraba hacia dentro, y muchos de sus habitantes también, y solo veían su pasado y su futuro. El estado desordenado, descarado y apestoso de Georgetown sacó a Rachel de sus ensoñaciones y la devolvió al mundo.

En cuanto llegaron, Nadie se dirigió a los muelles y consiguió trabajo en el primer barco que saldría de Georgetown rumbo a Trinidad. Como regalo de despedida, Quamina les había dejado algunos paños hechos en la India y, al venderlos junto con la canoa, consiguieron una pequeña cantidad de dinero, suficiente para el pasaje de Mary Grace. Rachel, al igual que Nadie, tendría que trabajar para que la dejaran subir a bordo.

El barco transportaba ganado a Trinidad. Cabras, cerdos, pollos y vacas se amontonaban en la bodega, que apestaba a sus heces incluso antes de que el barco abandonara el muelle. El trabajo de Rachel consistía en cuidar de los animales. El capitán, con la piel casi del color y la consistencia del cuero tras años de sal y sol, la miró con dureza. En una travesía de dos días tendría dos pausas de unas horas para descansar, le dijo. De lo contrario, tendría que estar siempre bajo cubierta, vigilando a los animales.

—Y ni se te ocurra echarte una siesta —le advirtió—. La última vez, el chico que tenía abajo se quedó dormido y una de las vacas se soltó y mató a la mayoría de las gallinas.

Cuando Rachel descendió a las entrañas de la nave, la idea de despertarse con los gritos agonizantes de las gallinas y el olor de su sangre en el aire ya viciado fue suficiente para mantenerla alerta.

A pesar de las dosis regulares de jengibre, el apretado nudo de náuseas del estómago de Rachel nunca se calmó del todo. Los animales no ayudaban: no era solamente el olor, sino su miedo. Resoplaban y se empujaban unos a otros, y en la oscuridad ella podía ver el blanco de los ojos cuando los revoleaban, aterrorizados. Comenzó a compartir su angustia; cada quejido del barco le producía un estremecimiento en el estómago. El capitán le había pedido que diera una vuelta de vez en cuando para revisar todos los rincones de la bodega, pero pronto no se atrevió a alejarse más de unos pasos de la salida y de la brisa marina que de vez en cuando la recorría. Si se aventuraba demasiado adentro, la sensación de que se asfixiaba, de que la engullía el calor de los cuerpos asustados, era demasiado insoportable.

En ausencia de luz, no había manera de marcar el paso del tiempo, y Rachel intentó en vano utilizar otras señales, como contar cada vaivén del barco sobre las olas o cada respiración agitada de la vaca más cercana. No se podía confiar en esos ritmos: la hora a la que esperaba ser relevada transcurrió dos veces antes de que por fin oyera unos pasos que descendían desde cubierta. Un chico joven, poco mayor que Nuno, demacrado y anguloso, ocupó su lugar y Rachel escapó al aire fresco.

Era una noche sin luna y, salvo por las estrellas puntiagudas en lo alto, no había más luz sobre la cubierta que abajo. De algunos miembros de la tripulación solo se veían sombras en la popa o alrededor del mástil. El mar no se veía, solo se le oía golpear los lados del barco. La sensación general era de un vacío inabarcable, y Rachel se sintió inmediatamente libre de la angustia por el encierro que había compartido con el ganado, abajo.

Estaba exhausta e inquieta a la vez. Las horas de agitación constante la habían agotado, pero su mente, liberada de la tensión de evitar el pánico, saltaba de un pensamiento a otro a un ritmo vertiginoso.

Decidió no descansar; no podía volver a bajar a buscar una hamaca. En lugar de eso, se apoyó en la barandilla y miró hacia donde podía oír, saborear y casi sentir el mar.

Entendía por qué a Nadie le había gustado esa vida. Cada viaje era como un renacimiento. El agua debajo nunca es la misma y, sin embargo, su vaivén suave, como de metrónomo, casi podía hacer creer engañosamente que sí era siempre la misma. Una embriagadora combinación de familiaridad y extrañeza.

Rachel se miró las manos y descubrió que tenían la misma cualidad: el flujo y reflujo de lo cambiante y lo inmutable. Esas mismas manos se habían aferrado a las barandillas de un barco desde Bridgetown. Habían enjugado lágrimas de dolor por un hijo y de alegría por otro. En los bosques de la Guayana Británica, habían cavado en busca de raíces de mandioca y recolectado bayas silvestres. Se habían unido para celebrar el matrimonio de su hija y habían abrazado a Thomas Augustus antes de separarse. Allí estaban sus manos, todavía con diez dedos, todavía con una cicatriz que iba desde el borde de la palma izquierda hasta la base del pulgar. Y, sin embargo, cuánto habían hecho, cuánto habían cargado, cuánto habían aferrado. Su vida en Providence, congelada en un crepúsculo inmutable de duelo, parecía más lejana que nunca. Rachel estaba creciendo otra vez… y aún faltaba mucho más.

Cuando la débil luz del sol empezó a asomar por el horizonte, Rachel volvió a la bodega y a los animales. Descubrió que era la rigidez lo que le provocaba las náuseas. Si se relajaba un poco y se dejaba llevar por el barco, su cuerpo empezaba a adaptarse. No era un trabajo agradable, pero se le hizo más llevadero. Renunció a contar las horas que habían pasado o que faltaban para el próximo descanso y se concentró en la sensación de fluidez que las olas daban a sus movimientos. Ya habría tiempo en Trinidad para tomar decisiones difíciles y dar largos paseos por la isla. Disfrutó del respiro temporal de no tener que domesticar su cuerpo y dejó que el mar tomara el control.

Trinidad

Agosto de 1835

30

Puerto España se agazapaba entre pantanos a la sombra de las montañas del norte de Trinidad. A Rachel le desagradó de inmediato. Estaba acostumbrada al calor sudoroso y desesperante de las ciudades caribeñas, pero Puerto España le parecía peor que cualquier otra que hubiera conocido. Febril, sofocante. En las calles, la gente brillaba, con la piel permanentemente húmeda por el sudor.

Una hilera de cañones a lo largo del muelle miraba, sin pestañear, hacia el mar, protegiendo la ciudad, Rachel no sabía de qué. Más tarde, al oír la mezcla de idiomas que se hablaban, descubriría que varias oleadas de hombres blancos habían reclamado Trinidad como suya, pero nunca aceptó que esa explicación fuera válida. Se planteaba una pregunta más profunda: ¿por qué habían ido allí? ¿Qué habían visto en ese lugar pantanoso que los entusiasmara tanto como para matarse entre sí para adueñarse de él? Pero, en fin, a ella siempre la habían confundido los extremos a los que llegaban los hombres blancos por la posesión. Tal vez su avaricia no tuviera límites, porque, aunque Rachel entornara los ojos, no veía ningún rincón de Puerto España que la impulsara a conquistarlo ni a apuntar los cañones para defenderlo.

Con el salario que Nadie obtuvo del viaje, pudieron

alquilar una habitación en una posada. Se conformaron con la más sórdida que encontraron, con la esperanza de que, así, el dinero les alcanzara para más, pero Rachel sabía que solo aguantarían un par de semanas antes de tener que buscar trabajo, y la idea le resultaba casi tan opresiva como el calor. Ella quería resistirse a lo que ya conocía. En Bridgetown y Georgetown, el pragmatismo la había convencido de echar raíces de manera provisional. Ahora, no tenía miedo de la vida nómada y transitoria que sabía que debía llevar, tarde o temprano, si quería encontrar a sus hijas. Resolvió que era mejor no tener compromisos con Puerto España. Buscarían todo lo que pudieran y, cuando se les acabara el dinero, se marcharían a otra parte.

Llegaron un viernes, y Rachel esperó impaciente a que el largo y húmedo sábado diera paso al día de mercado. El domingo por la mañana, se levantó temprano y salió a la calle. Aunque acababa de amanecer, pronto estuvo empapada de sudor. Todas las manzanas eran irritantemente iguales, y caminaba sin saber en qué parte de la ciudad se encontraba, ni cuál de las esquinas idénticas debía doblar a continuación. Los edificios con los que se cruzaba —la mayoría de madera, algunos de piedra, todos en diferentes estados de deterioro— le parecían todos feos. Aceleró el paso; cuanto antes abandonara la ciudad, mejor.

Por último, llegó a una plaza donde había comenzado a montarse el mercado. Unos cuantos intrépidos trabajadores del campo, con las plantas de los pies ennegrecidas por el viaje, habían llegado temprano a fin de asegurarse un lugar privilegiado para sus provisiones de frutas y verduras o, en el caso de un hombre, una sola cabra que sujetaba con una cuerda corta.

Rachel no perdió el tiempo. Recorrió metódicamente la plaza preguntando por Mercy. A veces solo recibía miradas o murmullos de disculpa en lenguas desconocidas. Algunas personas se mostraron un poco más comprensivas cuando le dijeron que no, que no conocían a nadie con ese nombre. Un hombre dijo, entornando los ojos, que había conocido a una Mercy en alguna parte, pero después, tras un silencio largo y pensativo, se rio y dijo que era una Martha en quien estaba pensando. Rachel aflojó los puños e insistió.

Una mujer con una escasa cosecha de mangos con tara y demasiado maduros tomó la mano de Rachel cuando se enteró de que era de Barbados y empezó a enumerar con voz desesperada a todos los miembros de la familia que había dejado en la isla hacía muchos años. Al invertirse los papeles, Rachel sintió una pena insoportable. Retiró la mano con suavidad y negó con la cabeza. No, no conocía a ninguna de esas personas. Sí, si alguna vez volvía a Barbados, si alguna vez llegaba a conocerlos, mencionaría aquel encuentro. Les transmitiría el mensaje de que aquella mujer los quería con locura y los echaba de menos cada día.

A lo largo de la mañana, el mercado creció. Los vendedores y los clientes desbordaron las calles laterales. En medio de la multitud, Rachel aminoró el paso hasta que casi no pudo moverse, y hablaba con todos los que podía. Debió de notársele el cansancio apagado en la voz, porque empezó a recibir menos respuestas bruscas y un poco más de amabilidad. Una anciana, doblada por el peso de la cesta que llevaba sobre la cabeza, insistió en que le diera una descripción de Mercy y prometió estar atenta. Sugirió a Rachel que se dirigiera al mercado de pescado del muelle: tal vez allí alguien conociera a su hija.

La resignación amenazaba con instalársele en el pecho y Rachel luchó para evitarla mientras caminaba hacia el mar. El sol avanzaba al mediodía, pero aún quedaban muchas horas por delante. No podía pensar en la derrota, todavía no.

El calor que subía desde la tierra empañaba y enrarecía el aire. A pesar del bullicio del mercado, la calle estaba vacía. Las casas eran más grandes: de dos plantas, de piedra, con ventanas acristaladas que brillaban a la luz del sol. En el interior, Rachel alcanzó a ver a la alta sociedad de Puerto España, que disfrutaba del té y de suntuosas raciones de comida. Las personas parecían pintadas, congeladas tras el cristal; casi no se movían, salvo para mordisquear pasteles o sorber de sus tazas, mientras las criadas de piel oscura esperaban en los rincones para servir.

Pero hacia la mitad del camino, se oyó movimiento en una de las ventanas. La gente que estaba en esa casa se preparaba para irse; las mujeres se alisaban las faldas y los hombres se estrechaban las manos con fuerza. Rachel dirigió la mirada al centro de la sala, donde una mujer vestida de rosa reía con la cabeza echada hacia atrás.

La mujer se volvió. Sus ojos se encontraron con los de Rachel a través de la ventana y del calor rutilante de la calle, y Rachel se dio cuenta. Era imposible y, sin embargo, la fuerza de la certeza la detuvo en seco y casi la derribó.

—Cherry Jane. —Al principio, casi un susurro. Luego más fuerte—: ¡Cherry Jane!

Debieron de oírla dentro. Algunas personas la miraron. Rachel se movió lentamente; las piernas le pesaban como si estuvieran bajo el agua, mientras trataba de acercarse.

Había un hombre de pie junto a la mujer que Rachel estaba segura de que era su hija. Tenía la piel tan clara que parecía blanca. Frunció el ceño y apoyó una mano en el brazo de Cherry Jane; su boca formó palabras que Rachel no pudo oír.

—¡Cherry Jane!

Rachel estaba ahora apretada contra el cristal y vio que su hija miraba al hombre que estaba a su lado, meneaba la cabeza y se volvía. Algunos de los presentes hacían gestos a Rachel, con un mensaje claro. Uno de los criados se acercó a la ventana y la fulminó con la mirada.

—Váyase o llamaré a la policía —advirtió, con la voz apagada a través del cristal.

Cherry Jane, de espaldas a su madre, desapareció de la habitación.

Rachel se apartó de la ventana, aturdida. El murmullo débil y políglota del mercado flotaba sobre los techos de los edificios circundantes. Se frotó las manos en la parte superior de los muslos, como si quisiera comprobar la solidez de su propia carne para bajar a tierra.

¿Se lo había imaginado?

Dudó de sus sentidos. ¿Cómo podía estar allí Cherry Jane? De todos los lugares, en todas las islas, ¿allí? ¿Y en esa gran casa, con toda esa gente elegante? Rachel se había convertido en una experta en todos los caminos imposibles que podía tomar una vida: alejarse de las plantaciones y cruzar océanos o adentrarse en los bosques. Sin embargo, esa visión de su hija con un vestido rosa era lo único que su mente no podía aceptar. Cherry Jane no podía estar tomando el té en un gran salón con un hombre casi blanco, cuando en Barbados había sido poco menos que una esclava doméstica.

Pero aquellos ojos… Rachel los había mirado cuando se abrieron por primera vez, hacía casi veintidós años. Reconocería los ojos de su hija en cualquier parte.

Un pequeño movimiento en el aire sofocante le levantó el borde de la falda —gruesa y sencilla, a años luz de la falda de la mujer que había visto a través de la ventana— y la brisa la impulsó hacia delante, hacia el muelle. Siguió preguntando y preguntando por Mercy. De vez en cuando le parecía ver el destello de un vestido rosa y se volvía, medio enloquecida, para buscar entre la multitud. Pero la mujer y su compañero de piel pálida no aparecían por ninguna parte.

Al anochecer, lo único que impidió a Rachel descartar que la mujer de la ventana hubiera sido un sueño fue lo vívido del recuerdo. Cada vez que cerraba los ojos, veía a su hija. En lugar de desvanecerse o difuminarse, la imagen se había vuelto más nítida a lo largo del día, hasta que, mientras caminaba de regreso a la posada con las largas sombras del crepúsculo a su alrededor, estuvo tan segura de ella como de los latidos de su corazón. Era Cherry Jane. Estaba allí.

Al día siguiente, en cuanto hubo luz suficiente para orientarse, Rachel volvió a salir. No dijo nada de lo que había visto ni a Mary Grace ni a Nadie; hablar de ello parecía amenazar su verdad frágil e improbable. Guardó el secreto y evitó la mirada interrogante de Mary Grace para no revelar nada.

Avanzó despacio, guiándose más por la vista que por cualquier sentido de la geografía de Puerto España. Siguió las pequeñas cosas que reconocía: un edificio con la puerta principal podrida, un yunque oxidado frente a la fachada de un taller de herrería. Así, pudo llegar a la plaza del mercado, ahora desierta, excepto por un hombre acurrucado en una esquina, que dormía dentro de un saco vacío. Desde allí, tomó el camino que llevaba al muelle.

Cherry Jane la esperaba. Estaba de pie a lo lejos, cerca de donde la calle se abría al muelle pavimentado. La brisa matutina le agitaba el pelo descubierto y la falda de su vestido, esta vez amarillo, aunque sobre su piel parecía dorado intenso. Detrás de ella, el mar, moteado por la luz del sol naciente, ofrecía un telón de fondo distinguido y brillante a su belleza. Cherry Jane permanecía tan quieta que casi parecía una estatua y, por la inclinación de la cabeza y la forma en que mantenía las manos juntas frente a ella, se notaba que estaba acostumbrada a que la observaran.

No se movió cuando Rachel se acercó. Solo los labios, ligeramente curvados hacia abajo, delataban alguna emoción, ya fuera disgusto o dolor. Los ojos, dos esferas perfectas de color castaño claro, parecían reflejar algún sentimiento, pero su profundidad era una ilusión: no revelaban nada.

Rachel se detuvo a unos metros de su hija, como si hubiera algún límite que no pudiera cruzar. Temía que con un solo suspiro pudiera disipar aquella visión y dejarla sin nada.

—De verdad eres tú. —Cherry Jane habló primero.

Cada palabra encerraba una riqueza y una precisión que encajaba perfectamente con lo recargado de su vestido y su porte. Pero todavía, dentro de esas palabras, quedaba suficiente de la niña que Rachel había conocido y eso hizo que no pudiera contenerse. Hizo caso omiso al temor de que la aparición de su hija se desvaneciera, se apresuró a acortar la distancia que las separaba y estrechó a Cherry Jane en sus brazos.

Su hija olía a algo crujiente y fresco; la única referencia que Rachel encontró para ese aroma fue el recuerdo de las sábanas recién lavadas del amo de la plantación de Providence, cuyo olor el viento transportaba, a veces, a la aldea de esclavos. Mientras madre e hija se abrazaban, Rachel sintió el contorno nítido de su propio cuerpo y fue plenamente consciente de las capas de piel que las separaban.

Se apartaron. A su lado, se abrió una puerta y Cherry Jane se sobresaltó. Un hombre negro salió a toda prisa, seguramente de camino al trabajo, pero su mirada se detuvo en ellas. Rachel reparó en lo extrañas que debían de parecer y se preguntó cuál creería el hombre que era la relación que las vinculaba. ¿Ama y criada, tal vez? Aunque eso no explicaría la rigidez con la que permanecían una frente a la otra, como soldados que negocian una tregua en nombre de sus pueblos.

—No puedo quedarme —dijo Cherry Jane cuando el hombre desapareció—. Es demasiado arriesgado que me vean aquí.

—¿Por qué?

Cherry Jane separó las manos y volvió a juntarlas. Solo a través de esos pequeños gestos Rachel pudo percibir la incomodidad creciente de su hija; el rostro permanecía tan inexpresivo y hermoso como siempre.

—La gente de aquí cree ciertas cosas sobre mí. Sobre mi lugar de origen. Sobre quién soy.

Rachel recordó al hombre elegante que había visto a través de la ventana.

—¿Qué les dices? —preguntó. Su voz se había vuelto fría.

—Que soy hija de dos prominentes mulatos libres de Bridgetown.

Rachel se sintió obligada a ocultar cuánto le había dolido aquello; Cherry Jane tenía tal refinamiento que resultaba difícil no igualar su comportamiento sereno e inexpresivo. Cualquier otra cosa le habría parecido demasiado brusca, demasiado vulgar. Sin embargo, a Rachel la recorrió un dolor agudo. Su vida estaba irrevocablemente marcada por los esfuerzos que los hombres blancos habían hecho para negarle antepasados o descendientes. Al abandonar la plantación para buscar a sus hijos, los había desafiado. Se había atrevido a regenerar las frágiles ramas de su árbol genealógico. Ahora, Cherry Jane tenía una cerilla en la mano, dispuesta a quemar lo que quedara entre ellas.

Cherry Jane se alisó la parte delantera del vestido.

—Debo irme.

—Cherry Jane.

Su hija hizo una mueca.

—Por favor, no uses ese nombre. Cherry Jane ya no existe.

Se dio la vuelta. Rachel se lanzó hacia delante y la aferró del brazo.

—Espera.

Rachel esperaba que su hija se soltara, pero no lo hizo.

Fijó los ojos solemnes en la mano de su madre, en el punto donde los dedos oscuros y callosos se encontraban con la piel suave y de color miel.

Rachel eligió las palabras con cuidado. No quería suplicar. En cierto modo, tenía el orgullo herido por esa hija que no quería que la vieran con ella.

—He recorrido un largo camino para encontrarte.

Cherry Jane separó levemente los labios. Un movimiento minúsculo, tan breve que Rachel casi lo pasó por alto. Un parpadeo de sorpresa y desapareció.

—¿Por eso estás aquí? ¿En Puerto España? ¿Has venido a buscarme?

—Sí.

Las comisuras de los labios de Cherry Jane se curvaron aún más, así que Rachel añadió:

—No quiero hacerte daño. Si tienes una nueva vida aquí, me parece bien. No voy a perturbarla.

Cherry Jane abrió la boca, se contuvo y volvió a cerrarla. Rachel siguió hablando para llenar el silencio.

—Mary Grace también está aquí. Querrá verte. Nos alojamos en una posada, junto a la cárcel. ¿Puedes venir?

Cherry Jane cerró los ojos un instante e inhaló.

—Iré —dijo—. Mañana, antes del amanecer.

Rachel soltó a su hija. Cherry Jane aún se miraba la piel del brazo donde la mano de su madre la había tocado.

—¿Sabes que será solo una vez? —preguntó Cherry Jane. Otro pequeño destello de emoción pasó por su cara; parecía insegura—. No puedo… Es demasiado arriesgado…

—Lo sé —dijo Rachel—. Nos iremos pronto de Puerto España. Y entonces te dejaremos en paz.

No tenían nada más que decirse.

De regreso a la posada, a Rachel empezó a dolerle el pecho, como tantas veces le había dolido por sus hijos. Pero ahora el dolor era como un ácido que le corroía el corazón.

Con unas cuantas respiraciones profundas, fue capaz de disiparlo. Había llegado demasiado lejos y había vivido demasiado como para encontrarse con tanta amargura.

Vería una vez más a Cherry Jane, a esa hija que prefería inventarse una nueva madre a que la vieran en la calle con la madre que tenía, y luego se marcharía. Escalaría todas las montañas y cruzaría todos los pantanos de Trinidad, si fuera necesario, para encontrar a su última hija.

Aún no había terminado.

31

RACHEL ESTABA FUERA, ESPERANDO A CHERRY JANE. EL sol aún no había salido, pero el horizonte mostraba el tenue resplandor del amanecer. Frente a la posada, la cárcel era una silueta acechante en la penumbra; a veces, por la noche, Rachel se despertaba al oír los gemidos débiles que, estaba segura, eran los últimos jadeos de los moribundos dentro de aquella prisión. Pocos días antes había conocido en la calle a un hombre que le había contado que en aquel lugar entraban muchos más cuerpos de los que salían. Según él, el compañero de celda más habitual era un cadáver. Los carceleros esperaban a que la carne se marchitara antes de utilizar los huesos para golpear a los presos.

Cuando apareció Cherry Jane, vestía de azul, de un tono tan intenso que se confundía con las sombras. Se había envuelto la cabeza con un chal. Rachel solo la reconoció por su manera de caminar, con una fluidez ininterrumpida, como el agua. Siempre se había comportado así, incluso de niña. Rachel solía decirles a las demás mujeres de la plantación que su hija no caminaba, flotaba.

Se abrazaron. La sensación fue distinta de la del día anterior: aún estaban rígidas, pero era como si cada una trabajara para que los cuerpos de ambas encajaran. Rachel tenía encarnado el recuerdo de llevar a Cherry Jane dentro de sí. Ardía con tanta fuerza en su memoria que sabía que su hija debía de sentirlo… y, con él, la imposibilidad de borrar aquella huella de su cuerpo. Ninguna mentira, por grande que fuese, podía destruir el recuerdo de cuando no habían sido dos, sino una, cuando habían compartido juntas la vida y la sangre.

Arriba, Mary Grace y Nadie las esperaban. Inclinaron la cabeza ante Cherry Jane, que no devolvió el gesto. Se quitó el chal de la cabeza y se soltó los rizos, y se oyó un suspiro en la habitación cuando dejó al descubierto su belleza.

Rachel observó el rostro de su hija. Lo triste, pensó, era que Cherry Jane era hermosa a pesar de su piel, no a causa de ella, y no estaba segura de que su hija lo supiera. Los ojos y los labios, la curva de la barbilla, eran los detalles que destacaban. La piel clara era algo secundario. La forma perfecta de los rasgos de Cherry Jane le recordaba a Hope, aunque carecía por completo de la vitalidad de esta. Era igual de hermosa, pero más dura, más fría, como el mármol.

Cherry Jane recorrió la habitación con la mirada. Ahora que sabía lo cuidadosa que era su hija a la hora de controlar sus gestos, a Rachel le resultó irritante que Cherry Jane no se molestara en ocultar la altivez con que miraba. La sensación de acidez brotó de nuevo y le carcomió el corazón. Había soportado muchas vejaciones en la vida, pero que su propia hija la mirara con desprecio estaba en el límite de lo que podía tolerar.

Mary Grace apoyó la mano en el hombro de Rachel. Un gesto mínimo, pero que le sirvió para sujetarse. Reforzaba la valía de todos ellos, se negaba a que su hermana los considerara poca cosa. Rachel cubrió la mano de Mary Grace con la suya e intentó combatir la amargura. A pesar de sus aires de grandeza, Cherry Jane seguía siendo su hija. Se obligó a concentrarse en las partes que reconocía. La forma en que los rizos le caían sobre la cara. El lunar oscuro del cuello, casi invisible por encima del cuello del vestido. To-das las pequeñas marcas de la niña que había sido.

Cherry Jane tenía las manos cuidadosamente cruzadas. Llevaba guantes blancos de encaje. Al final, rompió el silencio.

—Hola, Mary Grace. —Después, se dirigió a su ma-dre—: Oh, pero ¿puede...?

—No. —Nadie habló primero—. Todavía no puede hablar.

—Ya veo.

—Soy su esposo.

—Ya veo. Felicidades.

—Gracias. Mi nombre es Nadie.

—Qué raro.

Nadie entornó ligeramente los ojos.

—La verdad es que no. He sido Nadie todos los días de mi vida, así que, de hecho, es bastante habitual. Al menos, para mí.

Cherry Jane arqueó una ceja. La antipatía mutua se congeló en el aire entre ambos. Rachel miraba al suelo y se preguntaba si se había equivocado al querer ver a su hija por última vez, cuando era tan evidente que Cherry Jane no quería saber nada de ellos.

Cherry Jane se ajustó uno de los guantes en la muñeca.

—¿Dijiste que no tardarás en irte de Puerto España?

—Sí —respondió Rachel.

—¿Adónde vas a ir?

—Creemos que Mercy está en algún lugar de la isla. La buscaremos aquí mientras tengamos dinero para la habita-ción; después iremos a buscar a otra parte.

Cherry Jane se mantuvo quieta con esa forma que tenía de posar, como de retrato. La mención de su otra hermana no pareció conmoverla en absoluto.

Pero, entonces, habló.

—Y después de eso, ¿adónde irás? ¿Buscarás a los demás?

La pregunta pilló desprevenida a Rachel. No esperaba que Cherry Jane pensara en sus hermanos. Su hija parecía demasiado inmersa en la mentira de ser una mulata libre como para preocuparse. La sorpresa fue suficiente para que una pizca de esperanza entrara en el corazón de Rachel.

—Mercy es la última. Thomas Augustus vive en la Guayana Británica. Lo vimos allí. Micah murió.

El mármol se resquebrajó; los labios de Cherry Jane temblaron. Rachel recordó, con toda la viveza de un sueño lúcido, la manera en que Micah cargaba a Cherry Jane sobre sus hombros, cómo reía y le decía que algún día sería tan alta como cuando se sentaba encima de él. Rachel logró contener las lágrimas, pero Cherry Jane no. Una sola corrió por su mejilla derecha y estropeó, por un momento, la perfecta simetría de su rostro.

—Lo siento —dijo—. No lo sabía.

Las palabras eran redundantes —¿cómo iba a saberlo?—, pero el sentimiento era auténtico. Por un momento, el artificio había desaparecido y había dejado a la vista a una mujer joven, que aún podía sentir las emociones a flor de piel.

Todos guardaron silencio. Conmovida por el inesperado dolor de su hija, Rachel alargó la mano y tomó la de Cherry Jane.

—Me alegro de haberte encontrado —dijo. Puso toda la calidez que pudo en esas palabras. Después de una conversación rebuscada, largos silencios y un desprecio apenas disimulado, esa era su ofrenda de paz. Rachel no quería acabar mal con Cherry Jane. Era su hija. Sus caminos se habían separado, probablemente para siempre, pero era tarea de Rachel enseñar a Cherry Jane que la familia no podía olvidarse.

Cherry Jane jugueteó con los flecos de su chal. Estuvo un buen rato sin hablar. Quizá no tenía palabras. Vivir negando hasta esos extremos su pasado, su filiación, tal vez implicara pagar un precio demasiado alto. Había reducido su capacidad de expresión. No podía decir que también se alegraba de ver a aquella madre, tan diferente de la que ahora simulaba tener. Pero, en cierto modo, estaba contenta; eso era lo que Rachel podía ver en sus ojos. No era mucho, pero era suficiente.

Cherry Jane, que había permanecido de pie todo el tiempo, se sentó finalmente en el borde de una de las camas. El nudo de tensión acumulada en los hombros de Rachel empezó a aflojarse; su hija ya no parecía querer huir de la habitación de un momento a otro.

Cuando Cherry Jane habló, fue poco más que un susurro.

—¿Qué le pasó?

—Fue en el levantamiento de Demerara —explicó Rachel.

Las palabras ya le eran conocidas, pues no era la primera vez que contaba la historia de Micah, y se le habían quedado grabadas. Pero esta narración era diferente: el dolor animal volvió a desgarrarla, con sus garras tan afiladas como el día en que Orión se la había contado por primera vez. Tuvo que apoyar una mano en el marco de la cama para estabilizarse.

—Luchó por su libertad y lo mataron por ello.

A través de la bruma de lágrimas que brotaban de sus propios ojos, Rachel vio que la cara de Cherry Jane cambiaba. La máscara de belleza perfecta y equilibrada se desvaneció y los ojos reflejaron una auténtica ira. Volvió a recordarle a Hope, y ahora no había tantas diferencias entre ambas. Una era clara, y la otra oscura, pero ambas eran mujeres feroces y duras, con un agudo instinto de supervivencia. Las manos de Cherry Jane, con sus guantes de encaje, eran puños apretados.

Rachel se acercó a su hija y le tomó la cara con ambas manos. No tuvo que pensarlo; el movimiento fue tan natural como respirar. Cherry Jane no se acobardó ante el contacto de su madre. La ira le desapareció del rostro, pero en los ojos aún le brillaban las lágrimas. Las dos mujeres se miraron y sintieron el calor de la piel de la otra.

—He oído que su vida fue buena y plena —dijo Rachel—. Mucha gente lo recordará, y lo recordará para bien.

Los labios de Cherry Jane se estremecieron en algo parecido a una sonrisa.

—¿Y Thomas? ¿Es feliz?

—Sí. Ha encontrado una especie de libertad que le da paz.

—Me alegro —dijo Cherry Jane. Pero, entonces, la sonrisa se desvaneció y ella dejó caer su mirada hacia el suelo. Una sombra le cruzó la cara; sus cejas se juntaron, en un pequeño signo de alguna lucha interna.

—¿Qué pasa? —preguntó Rachel.

Cherry Jane tardó en hablar. Cuando le salieron las palabras, ya no eran suaves y equilibradas, sino entrecortadas y vacilantes. Todas sus actitudes parecían siempre tan estudiadas que Rachel imaginaba que las había perfeccionado muchas veces para hacerse pasar por la mujer que intentaba ser. Pero esas palabras eran diferentes. Esas palabras salían de su boca sin pulir, como si no hubiera sido capaz de decirlas antes, ni siquiera a sí misma.

—A Mercy... La vi una vez. Hace algunos años. Creo. No estoy segura. Yo no... No pude... Fue solo un vistazo. Estaba cabalgando, más allá del pueblo. Oí reír a una mujer y sonaba como ella, tal como la recordaba de hace tantos años. Me volví para mirar, pero la mujer se alejaba de mí, junto a un hombre. Iban vestidos como peones de campo, así que, si la estás buscando... Las plantaciones. Deberías empezar por ahí.

—¿Dónde la viste exactamente? —preguntó Nadie con brusquedad—. ¿Hacia dónde se dirigía?

Cherry Jane negó con la cabeza.

—Es lo único que sé.

Las palabras "lo siento" quedaron flotando en el aire. Una parte de Rachel sintió que debía agradecer a su hija por haberles dado alguna pista de que Mercy aún podría encontrarse en las plantaciones de Trinidad, pero su parte más airada la obligó a guardar silencio. Rachel no podía comprender que Cherry Jane hubiera estado tan cerca de su hermana y no hubiera dicho ni hecho nada. Tanta frialdad la aterrorizaba.

Tras un largo silencio, Cherry Jane levantó por fin la cabeza. Miró a Rachel en busca de algo... de perdón, se dio cuenta Rachel. La absolución. Cherry Jane lo había ocultado bien, pero llevar el secreto de Mercy dentro de ella le había dolido. Había hecho su elección, pero no había sido fácil, y Rachel la compadeció por ello. Con la misma rapidez con la que había surgido, Rachel sintió que su ira se desvanecía.

Fue Mary Grace quien rompió la quietud entre ellas. Pasó junto a Rachel, se acercó a su hermana y le rozó la mejilla con la mano. Cherry Jane cerró los ojos y se inclinó hacia la caricia de su hermana; después, los volvió a abrir. Las dos se miraron, y el significado del gesto fue claro.

"Gracias".

Cherry Jane se puso en pie.

—Tengo que irme a casa.

Rachel se sintió como si fuera una tela que se desgarraba; ya se había sentido así antes, al ver a Orión alejarse, meses atrás, en Demerara, llevándose consigo los recuerdos de Micah. El deseo de saber la abrumó. No tenían mucho tiempo y la expresión de Cherry Jane estaba recuperando su aplomo inescrutable, pero Rachel no pudo evitar hablar.

—El hombre con el que te vi, ¿es tu marido?

Cherry Jane pareció sorprendida. Tenía las manos enguantadas, con los dedos entrelazados, encima de la falda y recorría lentamente el encaje con uno de los pulgares.

—No. Todavía no. Pero pronto, espero…

—¿Y eres feliz?

Cherry Jane tenía lista la respuesta, con las palabras en la punta de la lengua.

—Henry es muy…

Pero se detuvo. Miró a Mary Grace, después a su madre, y, de pronto, sonrió: una sonrisa de verdad, de corazón, que iluminaba su rostro y dejaba en sombras el resto de la habitación. La sonrisa era de una belleza incomparable y, también, era la sonrisa de Micah, de Thomas Augustus, de Mary Grace, de la propia Rachel. Todos estaban allí, en esa sonrisa.

—Sí, soy feliz —dijo—. Yo también he encontrado una especie de libertad. Y me trae algo parecido a la paz.

Rachel había perdido a Cherry Jane dos veces: una, en la casa principal, y la otra, con los hombres blancos que se la habían llevado de Providence. Había muchas cosas de su hija que no comprendía, y a esta elegante mulata que tenía delante la entendía aún menos. Sin embargo, en aquel momento, hubo una chispa de algo entre ellas. Ambas mujeres se ablandaron. Rachel ya no veía la mentira de Cherry Jane como un acto de destrucción que amenazaba los lazos que las unían. Era el acto de hacerse un lugar en el mundo, algo que Rachel había tardado décadas en atreverse a hacer. No le gustaba, habría preferido que su hija reivindicara su parentesco abiertamente y sin vacilaciones, pero podía aceptarlo.

—Bueno, adiós —dijo Cherry Jane.

Rachel se preguntó si se abrazarían por última vez. Notó que su hija movía levemente los brazos, pero no, no se abrazaron.

Cherry Jane se echó el chal sobre la cabeza y se dirigió a la puerta, pero se detuvo en el umbral.

Miró hacia atrás y dijo, en voz baja:

—Espero que la encuentres.

Rachel sonrió.

Cherry Jane dejó tras de sí el olor leve de algo parecido al rocío de la mañana o al amanecer después de una fuerte lluvia, pero no perduró. El aire pesado y húmedo se coló por debajo de la puerta y por las rendijas de las ventanas, y borró el último rastro de ella.

Nadie se acercó y rodeó con un brazo la cintura de Mary Grace. Mary Grace tomó la mano de Rachel y la apretó. Un cansancio que ya le era familiar le nubló la cabeza y se le propagó por los brazos y las piernas. Traía consigo el tipo de tristeza suave y difusa que se extendía lentamente, como una nube.

Recogieron sus cosas. Una manta, una camisa de repuesto, una hogaza de pan que habían podido comprar tras vender el vestido de novia de Mary Grace. No era mucho, pero Rachel se movió despacio, para tratar de alargar el momento y darse tiempo para curarse. Solía pensar en Thomas Augustus, más bajo y moreno que Cherry Jane, que había elegido una vida en los bosques en lugar de en el corazón de la sociedad, pero en su mente ambos empezaron a fundirse: eran los hijos cuyo futuro no encajaba con el suyo. Imaginarlos así la hizo sentirse un poco mejor, y la tristeza empezó a disiparse. Ambos eran jóvenes. Y por mucho que intentaran impulsarse adelante, sin pensar en lo que quedaba atrás, Rachel sabía que no la olvidarían. Podrían olvidar su cara, su voz, la sensación de su abrazo, tal como ella había olvidado a su propia madre. Pero no podrían olvidar su calor, su amor y su deseo de que estuvieran bien.

Rachel se imaginó a Cherry Jane, dentro de muchos años, en una lujosa cena. A su lado estaba el hombre que Rachel había visto con ella el día del mercado, pálido, con la mano en el brazo de su hija.

"Oh, sí", imaginó Rachel que diría Cherry Jane a los

demás invitados. "Mi madre era muy apreciada. Una mulata, con la piel casi tan clara como la mía".

Rachel imaginó que su hija haría una pausa y añadiría con una sonrisa: "Era buena y amable". Dentro de la mentira, un núcleo de verdad. Sería el amor de Rachel lo que Cherry Jane sentiría al pronunciar esas palabras. Eso nunca se desvanecería.

32

Tomaron el Camino Real hacia el este, abrazando el pie de las montañas. Con Puerto España a sus espaldas, Trinidad hizo recordar a Rachel la tierra salvaje que había más allá de las plantaciones de la Guayana Británica. Aunque algunos de los bosques se habían talado y el paisaje estaba salpicado de señales de ocupación blanca, había largos tramos del camino en los que no veían a nadie y todo a su alrededor era indómito. Rachel pensó en Barbados y se dio cuenta de lo pequeña que era, aunque a través de la niebla de la memoria tal vez pareciera más pequeña aún. Recordar su vida allí la hizo sentirse atrapada e inquieta. Aceleró el paso sin darse cuenta y Mary Grace tuvo que tomarla de la mano para frenarla.

El camino se bifurcó y, solo por instinto, Rachel los condujo hacia el sur; no veían nada más grande que las chozas de madera que se apiñaban alrededor de pequeñas parcelas de tierra. Nadie les había advertido que Trinidad apenas estaba cultivada; les había contado de los hombres blancos que se habían precipitado, demasiado tarde, a la cresta de la gran ola del cultivo de azúcar caribeño y que después se habían quedado luchando por obtener escasos beneficios de la tierra. Rachel comprendió que aún faltaban muchos kilómetros para divisar los cañaverales.

Al caer la noche, acamparon a la orilla de un río que corría junto al camino. Desenrollaron la manta como si fuera una estera de dormir y la compartieron, con los cuerpos apretados. Sin sol y con las estrellas lejanas y medio ocultas por las nubes, la noche era fría, pero a Rachel no le importaba. Le gustaba el aire fresco y el sonido del agua que corría sobre las piedras. Sentía la mente aguda y despejada. Se fue a dormir con sus pensamientos reducidos a un solo punto, y ese punto era el amor. El tipo de amor que, como una flecha lanzada desde un arco, no podía fallar el blanco. Se lo imaginó disparado a toda velocidad hacia su objetivo, y esa imagen la sumió en un sueño profundo.

Al amanecer, Nadie sacó un cuchillo de su alforja y lo utilizó para afilar un palo y convertirlo en un arpón. Se metió hasta las rodillas en el río, lo sostuvo en alto y esperó. Cada vez que cambiaba el peso de su cuerpo de un pie al otro, levantaba pequeños regueros de fango que se le arremolinaban alrededor de los tobillos, mientras que el resto del agua permanecía transparente. Desde la orilla, Rachel y Mary Grace lo vieron hundir el arpón bajo la superficie y sacarlo con un pez que se retorcía desesperado en la punta y salpicaba gotas de sangre de su herida. El pez era pequeño, apenas de la longitud de la mano de Rachel, por lo que, una vez que Nadie hubo vadeado el agua para dejarlo en manos de las mujeres, volvió a entrar para seguir intentándolo.

Rachel no perdía de vista el sol, que, en su lento ascenso, marcaba las horas transcurridas. Cuando Nadie sugirió que cocinaran parte de la pesca y ahumaran el resto, ella trató de oponerse, para llegar a las plantaciones antes del anochecer, pero él le ganó por cansancio. La comida que habían traído de Puerto España no duraría eternamente y el pescado ahumado no se echaría a perder tan rápido como cualquier otra cosa que pudieran recolectar en el camino.

Rachel terminó por acceder, tensa, como si llevar el pescado equivaliera a admitir que podrían pasar semanas o más en viaje. Dejó que Mary Grace y Nadie encendieran el fuego y pasó la mayor parte de las horas de espera con los ojos cerrados y los pies en el río. Trató de mantener la mente en blanco, de controlar su inquietud y concentrarse en las sensaciones sencillas del calor del sol en la cara, el agua fresca que le rozaba los tobillos y el ligero ardor del humo que le entraba por la nariz y la parte posterior de la garganta.

Cuando volvieron a caminar, el calor era sofocante y tuvieron que moverse despacio, como si los rayos del sol hubieran espesado el aire. El pequeño bocado de pan y pescado que había desayunado Rachel apenas le mantenía el hambre a raya. Era casi como volver a la plantación: estaba sudorosa, con las piernas doloridas, la cabeza palpitante, una sed pesada y un vacío en el estómago que pronto se extendió hacia fuera, como si su cuerpo buscara por todas partes una manera de alimentarse.

Una gota de sudor le hizo arder la comisura de un ojo y se detuvo para secarla.

—¿Estás bien? —le preguntó Nadie.

Casi se rio.

—Estoy bien. Esto no es más duro que trabajar en el campo.

Y era verdad. Las sensaciones físicas eran las mismas, pero el motivo era suyo. El acto de obligar a su cuerpo a esforzarse por un objetivo de su elección, en lugar de para el beneficio de un amo, era estimulante. El calor punzante y el filo agudo del hambre no podían borrar el hecho de que era libre. Seguía sufriendo de cansancio, de sed, de mareos que ennegrecían los ángulos de su visión a medida que avanzaban y avanzaban y avanzaban. Pero sufría en sus propios términos.

Estaba a punto de anochecer cuando por fin llegaron a

las plantaciones. Al ver por primera vez una gran casa que se elevaba en el horizonte, con un molino que giraba lentamente detrás, Rachel casi cayó de rodillas. El agotamiento la golpeó, pero también el miedo. Aquellos feos monumentos a la vida que había vivido le hicieron darse cuenta de lo vulnerables que eran. No tenían papeles ni nada que le impidiera a un capataz inescrupuloso reclamarlos como suyos.

Hizo una pausa, cuando los últimos rayos de sol aún proyectaban un suave resplandor rosado sobre la tierra que los rodeaba.

—Debemos esperar —dijo—. Cuando oscurezca, podremos ir a las aldeas sin que nos vean.

En las noches siguientes, a la luz de la luna, se acercaban sigilosamente a las aldeas de esclavos. Paraban a los trabajadores que encontraban en los caminos, que aprovechaban sus pocas horas de libertad para reunirse con amigos y amantes de las plantaciones vecinas. Preguntaron:

"Una mujer llamada Mercy".

"¿Está aquí?".

"¿La conoces?".

Vieron plantaciones grandes de azúcar, otras pequeñas de cacao, campos de algodón, cabañas de madera abandonadas o reducidas a nada por una tormenta. Vieron mujeres con bebés de apenas unos meses en brazos y hombres encorvados por el peso de décadas de trabajo. Conocieron a esclavas domésticas que salían a hurtadillas a los campos para ver a sus madres o esposos. Todos eran cálidos, desconfiados, amables, y tenían los ojos vidriosos, agotados tras las jornadas de trabajo.

Preguntaron, una y otra vez:

"Una mujer llamada Mercy".

"¿Está aquí?".

"¿La conoces?".

De día, descansaban todo lo que podían. Se mantenían alejados de los caminos y evitaban ser vistos desde las plantaciones. El feroz calor del sol hacía que a Rachel le costara dormir y sus sueños eran delirantes: Mercy los perseguía y Cherry Jane también. Y Micah y Thomas Augustus. Todos los fantasmas del pasado estaban allí. Rodeada de las plantaciones, la historia de Rachel se apoderó de ella y empezó a minar su determinación. Cada vez que alguien meneaba la cabeza y le decía que no, que allí no había ninguna Mercy, se le hacía más difícil de soportar.

—La isla es grande —dijo Nadie una mañana, al salir el sol—. Esta es solo una pequeña parte de ella. La encontraremos.

Rachel no dijo nada. La imagen que más rondaba sus sueños era la de ella y Mary Grace en alguna otra isla, madre e hija muy envejecidas, siguiendo algún otro camino. Preguntando, todavía:

"Una mujer llamada Mercy".

"¿Está aquí?".

"¿La conoces?".

* * *

En algún momento, las plantaciones se acabaron. El terreno volvió a ser silvestre; los colibríes zumbaban entre los árboles y las laboriosas hormigas marchaban por el suelo como jornaleros en miniatura, transportando su carga con las mandíbulas puntiagudas. Un sendero entre los arbustos los condujo de vuelta al punto de partida: el Camino Real. Al verlo, Rachel sintió el pulso de la desesperación que los recorrió a los tres. Y, sin embargo, ¿qué más podían hacer sino seguir caminando?

Nadie sugirió que siguieran hacia el sur, donde la isla empezaba a curvarse hacia Venezuela. Rachel asintió en silencio. En los cruces anteriores del camino, algo la había guiado, la sensación de que Mercy estaba cerca. Había imaginado que podía sentir la presencia de su hija. Ahora no había tal atracción.

Habían seguido el camino durante uno o dos kilómetros cuando se encontraron con un hombre que se dirigía hacia el norte con un burro cargado de sartenes de cobre. Lo oyeron antes de verlo: las sartenes se golpeaban unas contra otras cuando el burro se movía. Cuando por fin apareció en el horizonte, guiando al animal con una cuerda, todos tuvieron que taparse los ojos porque el cobre bruñido lanzaba destellos blancos a la luz del sol.

El hombre tenía una vestimenta llamativa. Sus ropas eran poco más que harapos; los pantalones estaban cortados a la altura del muslo, la mitad inferior colgaba de unos hilos y dejaba las rodillas al descubierto. Pero en la cabeza llevaba un sombrero de tres picos que parecía nuevo, negro y dorado. Bajo el sombrero, las mejillas se le hundían de una manera que sugería la ausencia de dientes y tenía la piel tan cuarteada que parecía papel oscuro y arrugado.

Detuvo el burro y los miró como si ellos fueran la verdadera curiosidad.

Nadie habló primero; las palabras tantas veces dichas ya salían solas de sus labios.

—Buscamos a una mujer llamada Mercy. ¿La conoces?

Cuando el hombre habló, los sorprendió el tono de su voz. Era profundo y fuerte. No parecía que su cuerpo pudiera albergar semejante voz; se le veían los huecos entre las costillas a través de la camisa abierta.

—No conozco a ninguna Mercy.

Estaban tan acostumbrados a ese tipo de respuesta que Rachel no reaccionó. No hubo oleadas de esperanza seguidas de un golpe de decepción. Era de esperar. Por supuesto, él no la conocía.

El hombre seguía mirando a Nadie, a Rachel y a Mary Grace, con la cabeza ladeada.

—¿Adónde vais?

—Acabamos de cruzar las plantaciones desde Puerto España —dijo Nadie—. Vamos a seguir intentando más al sur.

El hombre apoyó una mano en el flanco del burro.

—Conozco el sur. Y el oeste y el norte. Recorro esos caminos y comercio en esos mercados. —El burro se movió y algunas sartenes se entrechocaron—. Nunca he conocido a ninguna Mercy.

Se volvió hacia el este. Rachel lo siguió con la mirada, mientras el sol de la tarde se le derramaba como un líquido cálido por la nuca. La isla se extendía en una línea gruesa y desigual por el horizonte. Parecía interminable, pero Rachel sabía que en algún momento la tierra se encontraría con el mar, y eso la reconfortó. No era interminable. Tenía límites.

—Sí —continuó el hombre—. Deberíais ir hacia el este. No conozco bien esas zonas. Puede que allí encuentres a tu Mercy.

No esperó respuesta. Los saludó con el sombrero y se puso en marcha a paso firme, silbando sin ton ni son por encima del ruido de las sartenes y el constante golpeteo de los cascos del burro en el camino.

Cuando Rachel lo vio partir, lo absurdo de su actitud bastó para hacerla sonreír por primera vez en días. ¿Quién era aquel hombre harapiento con sombrero de oficial de la Marina y docenas de sartenes de cobre? Nunca conocerían su historia, nunca podrían adivinar el rumbo que había tomado su vida. Después de haber visitado tantas plantaciones y visto a tantos trabajadores con la misma mirada en los ojos, Rachel se alegró de haber encontrado a alguien tan diferente, tan imposible de comprender. Aquel desconocido era un recordatorio de que aún podían desviarse de los profundos surcos que les había labrado la esclavitud y desparramarse en direcciones inesperadas. Nada estaba escrito en piedra. Ese hombre había trazado su propio camino y ella también lo haría.

—¿Al este? —preguntó Nadie con tono inseguro. No tenían manera de saber si lo que ese hombre les había dicho era cierto. Mercy aún podía estar en cualquier parte.

Rachel pensó en las historias que en su infancia le contaban las ancianas. Historias de héroes, dioses, metamorfosis y animales parlantes. A menudo, esos relatos se centraban en un viaje y en viajeros que se encontraban por casualidad en el camino. Se revelaban secretos y el héroe empuñaba las armas. Rachel no se consideraba una heroína y, desde luego, el hombre de las sartenes de cobre no le había proporcionado grandes conocimientos ni armas. Pero el espíritu de aquellos cuentos de la infancia estaba ahí, en el breve momento que habían compartido.

—Al este —dijo. Era su única esperanza.

Tras la puesta de sol, acamparon; lejos de las plantaciones, no había necesidad de esconderse de día y viajar en la oscuridad. A Rachel le costó dormir. Sus sueños eran irregulares, sin forma: la idea de Mercy, sin su imagen, y la sensación de que algo iba mal. El temor creciente la despertó de un salto y no pudo hacer otra cosa que permanecer tumbada hasta el amanecer. Las estrellas, con su fría luz blanca que atravesaba el abismo negro del cielo nocturno, titilaban como una amenaza, y Rachel se sintió aliviada cuando el sol naciente acabó por desterrarlas.

33

El cielo estaba bajo, pesado y amenazaba con lluvia mientras avanzaban por el sendero del este. El camino estaba muy gastado, lleno de huellas de herraduras, pero era irregular. En más de una ocasión, a Rachel se le torció un pie torpemente en el suelo y una sacudida de dolor le recorrió el tobillo. Tuvo suerte de no sufrir daños graves, pero aminoró el paso y trató de ser más cuidadosa. La capacidad de caminar era algo que no podía permitirse perder.

A su alrededor, el paisaje parecía desolado. A ambos lados del sendero se extendían espesos bosques, interrumpidos por manchas verdes de pantanos, pero en la humedad gris todo parecía vacío de vida. Para Rachel, el desasosiego que persistía después del sueño intranquilo de la noche anterior lo teñía todo. *Infértil* era la palabra que le venía a la mente, a pesar de toda la naturaleza que los rodeaba.

Nadie estaba callado. Parecía pensativo, apagado. Rachel intuyó que él también sentía la naturaleza inhóspita del interior de la isla. Mary Grace caminaba entre ellos; a veces avanzaba para estar cerca de Rachel, otras veces retrocedía para sostener la mano de Nadie. Ella era el hilo que los mantenía unidos. Sentir el calor del cuerpo de Mary Grace la reconfortaba a Rachel siempre. Era el recordatorio de la vida mientras atravesaban una tierra que, aunque exuberante, tenía un temblor de muerte. Cuando Mary Grace caminaba a su lado, Rachel recordaba todos los pequeños cambios que su hija había experimentado desde Bridgetown. Las facetas de su personalidad que se habían desplegado, desatado. El espacio que ocupaba ahora. Su solidez. La manera en que sus ojos podían sostener la mirada de cualquiera, firmes, sin inmutarse. A diferencia de los árboles, que parecían congelados, imperturbables por el viento, Mary Grace era la prueba de que todo podía madurar.

Cuando llegó la lluvia, tuvieron que reducir aún más la velocidad. Los charcos de agua, como islas invertidas, brillaban en el fango. Mary Grace resbaló y tuvo una mala caída, pero, rápidamente, sonrió para demostrar que no se había hecho daño y volvió a ponerse en pie. Rachel miró hacia arriba, con los ojos entornados; la lluvia le golpeaba la cara. No había indicios de que fuese a amainar; el cielo era una capa gris ininterrumpida de nubes que vertían agua sobre la tierra. Sin el sol, Rachel había perdido la noción del tiempo. ¿Cuánto faltaba para el anochecer?

—Tendremos que caminar toda la noche —dijo. Podían tratar de refugiarse en el bosque, pero sabía que no escaparían de la lluvia. Las gotas eran demasiado gruesas. Rachel veía los árboles doblarse bajo su peso. El único camino era a través de ellos.

Mary Grace tocó el brazo a su madre, un gesto que dejaba clara su resolución de caminar cuando y adonde Rachel quisiera. Pero no había que confundir el gesto de Mary Grace con un signo de sumisión o una voluntad de anteponer las necesidades de los demás a las suyas. A Rachel a menudo le preocupaba que Mary Grace, por unirse a ella en su viaje por el Caribe, estuviera renunciando a demasiado: una vida tranquila con Nadie, una oportunidad de ser feliz en lugar de ir en busca de sus hermanos y hermanas, que podrían estar muertos o desaparecidos, o tan metidos en sus propias vidas que no podrían persuadirlos de volver a unirse a una familia rota. Ahora, por la forma en que los músculos se le tensaban en la cara, empapada por la lluvia y el fango, Rachel se daba cuenta de que la búsqueda era tanto de Mary Grace como suya. Su hija había perdido a un hermano, se había despedido de otro —tal vez para siempre— y una hermana le había dado la espalda a la familia en busca de la blancura, para acumularla a lo largo de las generaciones hasta que sus descendientes pudieran pasar al otro lado de una vez por todas. Rachel había estado demasiado obnubilada para ver que Mary Grace también deseaba de una manera desesperada encontrar a Mercy.

Mary Grace tenía los ojos hinchados y ojerosos. Estaba agotada, como los demás. Pero fue ella quien abrió la marcha, empezó a caminar de nuevo y no se detuvo, ni siquiera cuando la lluvia les empapó la ropa, el pelo, se escurrió desde las comisuras de los ojos. Ni cuando cayó la oscuridad, sin luna y fría, y tuvieron que tomarse de las manos para saber que seguían todos allí. Rachel perdió la noción de dónde estaban, de lo lejos que habían llegado, de cuántas horas habían pasado desde la última vez que habían visto el sol.

Al final, la lluvia amainó; primero se convirtió en una ligera niebla y, después, en nada. Rachel estaba tan empapada que al principio no se dio cuenta hasta que Nadie dijo:

—Al menos ha dejado de llover.

Entonces, Rachel soltó la mano de Mary Grace y levantó la suya para tocar las gotas, pero ya no caían.

Se detuvieron. El suelo aún estaba resbaladizo por el fango, así que no se sentaron, pero compartieron un trozo de pescado ahumado. Rachel había pasado del doloroso agotamiento a una especie de insensibilidad.

—¿Seguimos caminando? —preguntó Nadie—. Creo que no falta mucho.

Rachel estaba a punto de responderle cuando las últimas

nubes de lluvia se abrieron y dejaron ver los rayos de luz de la luna, que tiñeron de plata el entorno. Rachel miró hacia delante y enseguida fijó la vista en un grupo de sombras a lo lejos. ¿Árboles? Entornó los ojos. No, las formas no eran de árboles. Edificios. Una plantación.

Mary Grace se aferró al brazo de su madre. Ella también la había visto. Rachel intercambió una mirada con Nadie y luego volvió a mirar al horizonte. La espeluznante iluminación hacía que todo pareciera etéreo, fantasmal. Los tres echaron a andar de nuevo, pero Rachel casi esperaba que el nudo de edificios desapareciera en cualquier momento. Parecían retroceder con el horizonte, nunca se acercaban. Pero los campos que rodeaban los edificios se hicieron más nítidos, más definidos, a medida que los tres avanzaban. Rachel alcanzó a ver las siluetas inconfundibles de las cañas de azúcar.

El sendero pasaba entre dos árboles, cuyas ramas se inclinaban sobre el camino como un arco. Con los ojos fijos en la plantación, Rachel no vio al hombre blanco que estaba detrás del árbol de la izquierda hasta que fue demasiado tarde. Nadie susurró: "Rachel", y entonces apareció el hombre, que salió de entre las sombras. El rifle que empuñaba brilló al moverse hacia arriba trazando un arco suave. No les apuntó, sino que se lo apoyó en el hombro.

—¿Dando un paseo nocturno?

Rachel era experta en calibrar rápidamente a un hombre. Tenía que ser así. La vida a menudo dependía de saber si un hombre blanco era de los que se reían de ti, te escupían o te mataban. En cuanto vio a ese hombre, retrocedió, se encogió, intentó atenuar el efecto de su altura y sus anchos hombros. Ese hombre era del tipo asesino. Peor aún, era del tipo de hombre que no quería anunciar su crueldad. El rostro era educadamente inexpresivo. Rachel había conocido a muchos que tenían un brillo sádico en los ojos y una sonrisa fría en los labios, pero no eran nada comparados con los que no mostraban ningún sentimiento, incluso cuando cometían las peores maldades.

Rachel inclinó la cabeza y no dijo nada. Mary Grace hizo lo mismo. Pero Nadie, menos acostumbrado a notar el peligro en la curva de los labios de un hombre blanco, dijo:

—Somos viajeros de Puerto España. Buscamos a una mujer que creemos que vive por aquí.

Rachel sintió el calor de la mirada del hombre blanco clavada en ella, y solo en ella. Se arriesgó a mirar hacia arriba. Él la examinaba, con las cejas finas medio fruncidas. Ella volvió la vista al suelo, se le aceleró el pulso. Él había visto algo en ella, algo a lo que aún no le había puesto nombre, aunque Rachel podía adivinarlo. Trazaba la línea de sus hombros, la anchura de su nariz, la forma de su cuello. Se estaba preguntando si el parecido era una coincidencia. O, tal vez, como tantos hombres blancos que Rachel había conocido, no estaba acostumbrado a diferenciar los rasgos de los negros e intentaba descifrar si lo que veía en ella era algo común a todos los negros o si realmente era una pista, un lazo familiar con alguien que conocía.

Mercy estaba allí.

O había estado allí.

O había estado en algún lugar donde había estado este hombre, viniera de donde viniera.

Eso lo sabía Rachel. El hombre blanco buscaba en su rostro señales de su hija.

—Buscamos a una mujer llamada Mercy —dijo Nadie.

Rachel volvió a levantar la vista. El hombre blanco seguía mirándola.

—Mercy —repitió, y Rachel tuvo que luchar contra la rabia que la invadía, que la impulsaba a estirar la mano y arrancarle el nombre de su hija de la boca.

—¿La conoce?

Finalmente, el hombre blanco se volvió hacia Nadie, con una ceja arqueada.

—Soy el supervisor de aquí —dijo—. Tengo muchos trabajadores en esta plantación y no los conozco a todos por su nombre. No puedo decir si esa Mercy está aquí.

—¿Podría dejarnos ir hasta la aldea y preguntar?

El hombre blanco tardó un poco en responder. Pasó el arma de un hombro al otro, y se detuvo cuando la sostuvo frente al pecho para dejar que sus ojos siguieran la línea del cañón hasta el cielo. Por último, dijo:

—Me temo que soy muy exigente con las personas a las que permito entrar en estas tierras. Sobre todo, de un tiempo a esta parte. Viene todo tipo de gente a crear problemas.

—No buscamos problemas —dijo Nadie.

Con la culata del rifle apoyada en el pliegue del brazo, el hombre blanco entrelazó los dedos. Rachel se fijó en lo largas que tenía las uñas y en lo pálida y suave que parecía la piel de las manos a la luz de la luna.

—Me temo que los únicos negros a los que dejo pasar son los que trabajan para mí. Aunque… —Suspiró, como si el gesto de benevolencia que estaba por ofrecer le costara un gran esfuerzo—. He estado buscando cubrir una escasez de mano de obra. Quizá, si les interesara trabajar, podrían aceptar un puesto aquí y ver si encuentran a su Mercy. Como aprendices, por supuesto.

A Rachel le pareció que Nadie la miraba para preguntarle qué hacer. Pero ella no apartaba los ojos de aquel hombre blanco. Él le devolvía la mirada con firmeza; tal vez creía que su expresión no revelaba nada. Pero ella podía verlo: él sabía que era la madre de Mercy. Lo que no adivinaba en su gesto era cómo conocía a su hija. ¿Trabajaba para él? ¿Venía él de alguna otra plantación donde estaba ella? ¿Acaso sus caminos se habían cruzado de otra manera?

Mientras Rachel sopesaba las opciones, algo surgió de su interior, como la bilis, pero sin el sabor amargo. Le llenó la cabeza y le oprimió las fosas nasales. El sentimiento no tenía un nombre preciso, pero estaba entre la certeza y el impulso. Sabía que correría el riesgo. No tenía ninguna seguridad, pero su boca se abrió y pronunció las palabras por ella.

—Necesitamos trabajo, señor —dijo.

—Bien, entonces. —El hombre blanco sonrió y, a la luz de la luna, sus dientes tenían el mismo color gris desvaído que la piel—. Bienvenidos a Perseverance.

Los condujo por el sendero hasta que llegaron a un camino que se desviaba a la izquierda.

—Síganlo y llegarán a la aldea. Son bienvenidos a cualquier cabaña que esté desocupada. Los veré por la mañana.

—Gracias, señor —dijo Rachel. Seguía ligeramente encorvada, para parecer pequeña y poco amenazadora. Solo cuando hubieron caminado por el sendero durante unos minutos miró hacia atrás, vio que el hombre blanco ya no estaba a la vista y se irguió en toda su estatura.

—¿Por qué…? —empezó a susurrarle Nadie, pero Rachel lo interrumpió.

—Ella está aquí.

La ligera brisa había desaparecido y había dejado el aire nocturno quieto, una pausa entre dos respiraciones. La tierra blanda absorbía el sonido de los pasos. En aquel silencio, Rachel podía oír los latidos de su propio corazón y el pulso cálido de la sangre en los oídos. Tragó saliva, pero eso no aplacó el sentimiento que seguía atenazándola: la emoción de arriesgarse mezclada con la sensación de que tenía razón, de que era imposible que se equivocara. Cada paso la acercaba más a su hija. La última niña que le faltaba por encontrar.

Rachel sintió una pequeña ráfaga de viento como un susurro en la nuca. Le vinieron a la mente los fantasmas de todos sus otros hijos, los muertos y los que había dejado atrás, pero los fantasmas no le trajeron tristeza. Solo una sensación de anticipación, de una puerta que antes estaba cerrada y ahora estaba a punto de abrirse. Los fantasmas iban detrás de ella, y la empujaban hacia delante. Los dedos de Rachel entraron brevemente en contacto con los de Mary Grace y, en ese contacto, también sintió que algo la impulsaba a seguir avanzando. Más que pasos, comenzó a dar zancadas.

El sendero zigzagueaba entre dos cañaverales y los altos tallos impedían ver la plantación que los rodeaba, así como darse una idea de lo cerca que podía estar la aldea. Una brisa ocasional hacía ondular las cañas y el efecto era como caminar por un océano blanqueado por la luna. Rachel no estaba especialmente familiarizada con el cristianismo, pero la asaltó un vago recuerdo de lo que Orión le había contado sobre Micah. Algo sobre Dios y las aguas de un mar que se abrían. De esclavos que caminaban hacia la libertad. Pero no. Parpadeó y vio las cañas tal como eran: simplemente cañas. No había ningún mar partido en dos. No había libertad al otro lado. Solo la promesa de seis años de trabajo como aprendices para el hombre cruel con el que acababan de encontrarse y que, tal vez, conociera a su hija.

Los cañaverales terminaban bruscamente, tan bruscamente que Rachel se detuvo, desorientada por la repentina aparición de la aldea. Las cabañas, dispuestas en semicírculo frente al final del camino, se hallaban en mal estado, algunas claramente abandonadas. Los marcos de las puertas se habían caído, las paredes estaban astilladas y las ventanas tenían tantas telarañas que parecían cortinas. Rachel avanzó con cautela. ¿Era ese el lugar? ¿O toda la plantación había sido un espejismo? Desierta, decadente, habitada solo por fantasmas.

De entre las sombras de una de las cabañas salió un

hombre, fumando una pipa de la que salía un rizo de humo. Una manga de la camisa le colgaba vacía, sin brazo.

—¿Qué quieren? —preguntó con voz ronca y una mirada dura. Parecía tener la edad de Rachel. No había calidez en la manera en que los observaba a los tres.

Antes de que Rachel pudiera responder, una mujer salió de detrás de él. Más joven, pero con la misma cara larga y delgada, terminada en una barbilla afilada. ¿Una hija, tal vez? Le apoyó una mano en el hombro, por encima del brazo que le faltaba, y él se ablandó un poco. Miró con fijeza a Rachel, inexpresivo, como si algo le hubiera absorbido toda la vida.

Rachel se quedó totalmente inmóvil, expectante.

Ni un solo destello de emoción cruzó el rostro de la mujer, pero asintió lentamente.

—Sí —dijo—. Puedo ir a buscarla.

Se dirigió a otra cabaña y desapareció en su interior.

Rachel sintió que algunas partes de su cuerpo se contraían —el corazón, la garganta, el estómago—, mientras los pulmones se le llenaban, hasta casi explotar, de un aliento que no se atrevía a soltar.

Rachel esperó.

Miró cómo se elevaban al cielo las volutas plateadas del humo de la pipa del hombre.

Rezó. No había otra palabra para describir el modo en que su mente se concentró en una única súplica que ofrecía a alguien, a algo, no sabía a qué.

"Que sea Mercy".

Primero asomó la curva de un vientre. Después, el resto. Alta, como su madre. Tenía los brazos cruzados. A la defensiva. Preparada para que lo que la otra mujer le había dicho no fuera cierto. ¿Cómo podía ser verdad?

Pero era verdad.

Mercy y Rachel gritaron con una sola voz. Sin palabras;

solo la liberación del dolor y la alegría a la vez. Rachel abrió los brazos y Mercy se acercó a ella. Cuando se abrazaron, el vientre de Mercy se apretó contra las partes más hambrientas y vacías de Rachel. Tropezaron y casi cayeron cuando las piernas de Rachel cedieron. Mary Grace, que también había corrido a abrazar a su hermana, pudo ayudar a Mercy a sostener a su madre. Cuando el cuerpo se le aflojó, Rachel pensó en cuánto tiempo se había mantenido fuerte, firme, por sus hijos. Durante cuánto tiempo había aguardado el permiso para dejarse llevar.

Por una vez se permitió ser débil. Sollozó. Las piernas se hundieron como un líquido en el suelo.

Rachel sintió que los brazos de sus hijas temblaban por sostener su peso y se dio cuenta de que no podrían sostenerla para siempre. Logró ponerse de pie.

Mercy estaba rígida y erguida, con los ojos vidriosos. No le caían lágrimas. Después del primer llanto, había permanecido en silencio. Rachel seguía temblando al borde del sollozo; Mercy estaba quieta. Con una mano, Rachel acarició el pelo de su hija: corto, como el de su madre, rodeaba los contornos de su cabeza.

—Estoy aquí —susurró Rachel—. Estoy aquí.

Su pecho se desanudó y liberó el dolor que había guardado allí desde la primera pérdida, desde Micah, quizás incluso desde que olvidara a su propia madre. No era plenitud lo que sentía, porque llevaba en el corazón todas las cicatrices de los muertos y de los que habían quedado a miles de kilómetros de distancia. Pero era lo más parecido a la plenitud que había conocido jamás. Era aceptación. Era paz.

34

Rachel miró lo que los años habían hecho a Mercy. Ella era tan alta y sólida como había sido antes, con hombros caídos y caderas anchas. Junto con su vientre redondo, esa contextura le daba una ilusión de tamaño y fuerza. El rostro demacrado y los miembros marchitos mostraban la verdad: se estaba consumiendo.

Cuando Mercy era niña, Rachel siempre se había preocupado por su gran corazón. Tanto amor... Quizá demasiado. Mercy se había angustiado cuando se llevaron a Micah y también a Mary Grace. A Mercy se la llevaron por la tarde, cuando su madre estaba en la cámara de ebullición, echando tallos de caña en la prensa. Y tal vez fuera mejor así; a Rachel siempre la había atormentado pensar en cuánto debió de haber llorado su hija, en cómo de destrozado debió de quedársele el corazón cuando se la llevaron a rastras.

Ahora, Rachel comprobaba lo que siempre había temido. Su hija se había visto obligada a endurecerse para sobrevivir. Se le notaba en los ojos impenetrables y en la manera en que cruzaba un brazo sobre el pecho, como si se protegiera el corazón.

¿Era demasiado tarde? ¿Se había quebrado Mercy, como había predicho Thomas Augustus?

Rachel alargó la mano para tocar el vientre de su hija. Vio que ella se estremecía, pero luego se contuvo, se relajó y dejó que la mano de su madre recorriera la curva.

Mercy no dijo nada.

Casi siempre era mejor no preguntar: la concepción en las plantaciones podía ser fea, brutal. No estaba bien maldecir al bebé antes de que naciera con la amargura de la madre, obligarla a hablar de cómo había llegado a formarse dentro de ella. Pero Rachel reconoció la forma en que los rasgos de Mercy se retorcieron con otro tipo de dolor. Una cosa era llevar a un niño dentro de ti con el temor de que saliera parecido a alguien a quien detestabas. Rachel sabía cuánto dolía eso. Pero era peor preguntarte si nacería con el aspecto de alguien a quien amaste, alguien que ahora estaba muerto y que había desaparecido para siempre. Rachel también conocía esa angustia: un bebé que nacía del amor y de la pérdida, en rápida sucesión.

Mercy no hizo preguntas sobre por qué estaban allí, ni nada sobre su viaje. Tal vez ella también vio en su madre un dolor que Rachel no tenía fuerzas para revelarle, todavía no.

El anciano y su hija seguían rondando fuera de su cabaña, impasibles, mientras observaban el reencuentro. El hombre dio una larga calada a su pipa y dijo:

—Amanece.

Y tenía razón. Al este, una franja de cielo gris lechoso cruzaba el horizonte. Mercy aferró el brazo de Rachel.

—Debes irte —dijo—. No es seguro.

—¿El supervisor? —preguntó Rachel.

—Sí.

—Ya lo hemos conocido.

Mercy parpadeó varias veces. No parecía entender nada.

—Ya lo hemos conocido —repitió Rachel—. Nos ofreció trabajo. Lo aceptamos para poder venir a la aldea. Para poder encontrarte.

Lentamente, Mercy soltó los dedos de la muñeca de Rachel y volvió a cruzar los brazos sobre el pecho.

—Bueno —dijo, con voz hueca—. Entonces, bienvenidos a Perseverance.

Cuando salió el sol, reveló campos de caña que se estaban echando a perder. Los más cercanos a la aldea de esclavos estaban demasiado maduros para la cosecha: los tallos caían y las hojas se pudrían en el suelo. Uno de los campos parecía haber sido quemado, dejando tras de sí solo tierra ennegrecida.

El aspecto del supervisor también empeoró a la luz de la mañana. Su carencia de color resultaba inquietante, con el pelo rubio y la piel del mismo tono que un hueso blanqueado por el sol. Rachel supo que era el señor Thornhill.

Nunca había visto a un hombre tan pálido. Estaba acostumbrada a los supervisores que tenían la cara roja por la bebida y por pasar los días a la intemperie bajo el intenso calor caribeño. Aquel señor Thornhill tenía el aspecto de pasar el tiempo con las mujeres, bajo una sombrilla, asqueado ante la idea de parecerse en lo más mínimo a un negro. Se paseaba lentamente por los campos flanqueado por dos fornidos capataces, observando a los trabajadores que cortaban las cañas. También se movía como una mujer blanca. Rígido, erguido, consciente de su elegancia, pero también como un depredador, con una veta de amenaza.

A Nadie y a Rachel los asignaron a la primera cuadrilla. Trabajaron junto a la joven a quien habían conocido en la aldea. Ella mantenía los labios apretados si alguno de ellos intentaba entablar conversación, pero hacia el mediodía uno de los capataces le gritó que cortara más deprisa y se enteraron de que se llamaba Nancy.

El padre de Nancy había intercambiado unas palabras con Rachel cuando ambos se dirigían a los campos al amanecer. Le dijo que se llamaba Abraham. Renqueaba detrás de la primera cuadrilla y recogía tallos en manojos lo mejor que podía con su único brazo. Mary Grace lo seguía de cerca y ataba los manojos que él amontonaba en el suelo.

El día transcurrió en un estado de aturdimiento. En el cuerpo, Rachel sentía como si no hubiera pasado el tiempo desde que abandonara su antigua plantación, o incluso desde que levantara por primera vez una guadaña a los trece años y empezara a cortar los tallos de caña hasta que cedieran. En su fuero interno, sin embargo, todo había cambiado. Mientras el cuerpo caía en la rutina, moviendo la guadaña una y otra vez, la mente veía cada movimiento bajo una nueva luz. Sentía su propia fuerza. En cierto modo, la complacía darse cuenta del poder que tenía, de lo profundo que podía clavar la hoja en los duros tallos verdes. Pero también aumentó el tedio del trabajo; empezó a irritarse. Era un trabajo que había hecho día tras día, mes tras mes, durante décadas, pero desde entonces había probado algo más. Había obligado a su cuerpo a conseguir cosas por su propia voluntad.

El trabajo era fácil, porque sus músculos se dejaban llevar fácilmente por el ritmo. Pero también era duro, porque no podía evitar pensar, con cada golpe que daba…

"*¿Por qué?*".

Cada vez que el señor Thornhill se acercaba, ella le sostenía la mirada. Aún podía percibir su crueldad, pero ya no le tenía miedo. Él siempre desviaba primero la vista, sin encontrar nada que criticar de su trabajo, y también —ella estaba segura de ello— un poco preocupado por la expresión de su rostro. Era consciente de que ella conocía su propio poder, y eso lo inquietaba. Atrás había quedado la mujer que encogía las piernas y se encorvaba para parecer pequeña. En su lugar había una mujer alta, con una guadaña en la mano. Casi al final del día, cuando Rachel vio que él la observaba desde el otro lado del campo, blandió la guadaña tan fuerte como pudo y derribó un tallo de un solo golpe. Sus ojos se encontraron. Rachel sonrió. El señor Thornhill se dio la vuelta, se alejó hacia la casa principal y dejó que los capataces supervisaran las últimas horas de trabajo.

Cuando todos regresaron a la aldea por la noche, Rachel estaba eufórica por haber descubierto que no le interesaba el tipo de vida que había llevado antes, resignada a cumplir las órdenes de otros. Nunca se había creído capaz de hacer grandes cambios en su vida. Había hecho lo que tenía que hacer para sobrevivir a la esclavitud y, cuando llegó la libertad, pensó que ya era demasiado tarde. Pero ahora estaba casi mareada con la sensación de que el cambio había llegado sin que se diera cuenta. Había estado presente en cada paso que había dado lejos de Providence, en cada centímetro de océano o río cruzado. La antigua Rachel nunca se habría atrevido a mirar al señor Thornhill a los ojos.

Mercy ya la esperaba en la aldea. No trabajaba en el campo, sino que cuidaba de las bestias que había en los corrales cercanos a la casa principal. Parecía cansada y retraída, y un gesto de desconfianza apareció en su rostro al notar el buen humor de su madre.

—¿Todo bien en los campos?

—Trabajo duro —dijo Nadie, que se masajeaba el interior de un antebrazo con la muñeca. Había estado callado durante el camino de vuelta. Rachel se dio cuenta de que, al igual que ella, él debía de tener la sensación de que se cerraba un círculo y lo devolvía a los cañaverales, aunque para él el arco se medía en décadas y no en años. El trabajo lo había agotado y Rachel veía en sus ojos brillantes el desasosiego. En su interior aún vivía aquel niño pequeño que buscaba la forma de huir, como su madre le había dicho.

—Ven —dijo Rachel a Mercy—. Siéntate con nosotros y come. Tenemos pescado.

Se repartieron lo que quedaba de pescado ahumado y descansaron los pies doloridos. Mercy observaba atentamente a su madre, con expresión cautelosa.

Rachel tomó la mano de Mercy y esa vez su hija no se estremeció ante el contacto. Era como desenvolver algo frágil, retirar capas finísimas de piel y esperar que no se desgarraran.

—Debo saberlo —susurró Mercy—. ¿Qué ocurrió con los demás? —Miró a su hermana—. ¿Tú...?

Rachel le habló primero de Thomas Augustus y Cherry Jane. Mercy inclinó la cabeza y escuchó, mientras dibujaba líneas en la tierra con el dedo. No dejó traslucir ningún sentimiento, ni de alivio ni de desesperación.

Al final, Mercy levantó la cabeza.

—Me alegro de que estéis a salvo.

Micah permanecía en el silencio que se instaló entre ellas.

Rachel empezó a hablar:

—Micah... —dijo.

—No lo hagas —la interrumpió su hija.

Mercy se llevó la mano al vientre en un acto reflejo. Rachel sabía que las pérdidas hacían eso: cada una desencadenaba los recuerdos de otra, hasta que todas las muertes se mezclaban en una masa de dolor. Mercy estaba añadiendo a Micah a su creciente lista de seres queridos que ya no estaban con ella.

—Algún día te lo contaré —dijo Rachel—. Pero quizás hoy no.

—Hoy no —repitió Mercy.

Rachel miró a su hija, que recompuso cuidadosamente el gesto para ocultar su dolor. Bajó la mirada hacia su regazo. Había mucho más que decir, pero ninguna de las dos parecía tener palabras. Rachel quería advertir a Mercy que eso no funcionaba: callarse, fingir fortaleza, contener las lágrimas y la pena. Ella lo había intentado durante cuarenta años. Solo ahora, con miles de kilómetros a sus espaldas, veía lo inútil que había sido. Quería decirle que se permitiera sentir de nuevo, pero en su cabeza sonaba a un consejo vacío. La lección no podía transmitirse de esa manera. No era tan sencillo. Había que vivirlo para entenderlo.

Cuando era más joven, Rachel se había convencido de que los hombres blancos no tenían poder sobre ella si nunca la veían llorar, si nunca veían cuánto daño le hacían al separarla de los que amaba. La enfermaba pensar en ello ahora, porque ellos siempre habían tenido el poder, desde el principio. No había tanta fortaleza como ella había creído en el sufrimiento digno. La verdad era que a los hombres blancos no les había importado. Les había dado lo mismo que gritara o callara. Se habían llevado a sus hijos y los habían vendido, y después habían esperado que Rachel volviera al trabajo como si no le hubieran arrancado el corazón del pecho.

Mientras Rachel se preguntaba cómo podía rescatar a la dulce, amable y cariñosa Mercy, ahora endurecida por el trabajo y la pérdida, Mary Grace se acercó a su hermana. Se pegó a su cuerpo, desde la parte superior del brazo hasta la cadera, y se quedaron así sentadas durante un rato hasta que Mercy empezó a inclinar la cabeza. Era la más alta de las dos, pero se hundió hasta apoyarse en el hombro de Mary Grace.

Mercy empezó a llorar. Lágrimas silenciosas. Cerró los ojos y las dejó caer libremente. La piel del brazo de Mary Grace brillaba con ellas.

Los ojos cómplices de Mary Grace se encontraron con los de Rachel. Después de todo, habían sido dos en el viaje. Rachel no era la única que había aprendido a amar de nuevo con todo su corazón. Mary Grace se mantuvo firme mientras Mercy se fundía con ella, y a Rachel se le escaparon unas lágrimas. Sus dos hijas parecían distintas: Mary

Grace tenía el rostro más ancho y plano, y tenía rasgos más suaves y menos demacrados que los de su hermana. Pero en aquel momento, inclinadas la una hacia la otra, Rachel vio cientos de cosas que las unían. Las cejas de la misma forma, los ojos del mismo color. Las mismas manos, pequeñas, con dedos largos y finos.

Mercy se incorporó y se enjugó las lágrimas. Apoyó la mano en la parte superior del vientre, como para recordarse a sí misma por qué debía secárselas. Reprimió todo signo de tristeza —el labio tembloroso, las líneas de dolor que le surcaban la frente— y su cara volvió a ser una máscara inexpresiva. Rachel observó con atención a su hija; Mercy había contenido las lágrimas, pero no parecía arrepentida. Aún tenía miedo de mostrar demasiado, de sentir demasiado, pero no había indicios de que se negara a sí misma esa pequeña liberación de lo que quedaba de su corazón. Aún no era demasiado tarde para ella.

Ninguna de ellas habló, pero Rachel sonrió a sus hijas. Mercy le devolvió la sonrisa, no con la boca, sino con una mirada suave, un brillo en los ojos que tituló por un instante antes de apagarse.

35

Rachel se fijó en Abraham, el manco, antes de que él se fijara en ella. Lo observó durante un rato fumar sentado, con la mirada perdida en el cielo nocturno. Cuando por fin se giró y la vio a la sombra de su puerta, no pareció sorprenderse.

—¿No puedes dormir?

Rachel se encogió de hombros.

Abraham volvió a mirar las estrellas.

—¿Así que Barbados? —Miró a Rachel y notó su confusión—. Mercy me dijo que su madre era de Barbados. Lo recuerdo porque yo también nací en Barbados.

Ese detalle despertó la simpatía de Rachel. Miró con renovado interés la cara delgada y los ojos hundidos. Aunque sus trayectos habían sido, sin duda, diferentes, habían compartido el mismo viaje de una isla a otra.

—¿Viviste allí mucho tiempo?

Él negó con la cabeza.

—Tenía ocho años cuando me trajeron aquí. Pero tengo algún recuerdo del lugar. Crecí en el norte.

—También estuve en el norte. Providence era la plantación, ¿la conoces?

—Conozco el nombre. Debía de estar cerca.

Él seguía mirando al cielo. Rachel esperó a que le

preguntara por gente que hubiera conocido, por familiares de los que pudiera decirle que aún vivían. O, incluso, que le dijera el nombre de su antigua plantación, para que ella pudiera proporcionarle los detalles. Pero no dijo nada.

Se llevó la pipa a los labios, inhaló profundamente y dejó que el humo le saliera por la boca y las fosas nasales. Aquella visión hizo pensar a Rachel en las almas. Si fueran visibles a los ojos humanos, pensó, tendrían ese aspecto cuando abandonan el cuerpo de una persona. Estelas plateadas que salían de alguien y se elevaban hacia el cielo.

—¿Quieres saber qué pasó?

—¿Con tu brazo? —Rachel había observado su manga vacía mecerse con la brisa.

—No. Con él. —Señaló con la cabeza la cabaña de Mercy—. Era un buen hombre, Cato. Fue una lástima.

Rachel esperó a que él diera otra calada a su pipa.

—Trataron de huir. Bueno, fue después de que nos liberaran. Por qué siguieron huyendo si ya eran libres, no lo sé. Pero huyeron.

Rachel miró hacia la cabaña donde Mercy dormía. Las piezas encajaban. La dura coraza que rodeaba a Mercy y el aire de resignación ante su destino no eran obra de años, sino de meses, quizá de semanas. La herida estaba fresca y Mercy estaba tratando de sanar de la única manera que conocía.

—¿Los atraparon?

—Algo así —dijo Abraham, sombrío—. No llegaron lejos.

Señaló a la distancia, hacia el sendero indio que Rachel y los demás habían seguido hasta la plantación. Parte del camino era visible por encima de los altos tallos de caña, antes de desaparecer en el horizonte.

—Iban por ahí. Yo estaba por aquí. —En la oscuridad, la expresión de su cara era difícil de leer. Las palabras salían secas y monótonas de su boca, sin revelar nada más que profundo agotamiento—. Vi a Thornhill empezar a disparar. El primer disparo falló, pero el segundo le dio a Cato en el pecho.

Rachel sintió que se le contorsionaba violentamente la boca. Se tomó un momento para calmarse, pero, cuando habló, su voz tenía el espesor de la repugnancia.

—¿Castigaron por eso a Thornhill?

Ella ya sabía la respuesta. Se suponía que había cosas que superaban los límites de lo aceptable, pero la ley nunca los había protegido como debería.

—No. Su hermana estaba casada con un juez. Nunca lo han pescado por nada en todos los años que lleva aquí.

A Rachel la enardeció la injusticia y se sorprendió por ello. Estaba acostumbrada a esas cosas. En Barbados había un capataz que también contaba con buenos contactos y cuya víctima más joven solo tenía cuatro años: una paliza la dejó inconsciente y nunca despertó. Rachel había pasado años insensibilizándose ante las miles de crueldades, grandes y pequeñas, que componían la vida cotidiana en una plantación. Sin embargo, allí estaba, con una rabia efervescente que amenazaba con desbordarse en un grito, como si nunca hasta ese momento hubiera oído hablar de un hombre blanco que asesinara a un negro y se saliera con la suya.

Solo podía pensar en su hija. En Mercy y Cato, susurrando por la noche, ideando un plan. En Mercy con una mano en el vientre, decidida a que ese bebé fuera el primero de varias generaciones en nacer libre. En Mercy y Cato, corriendo a la luz de la luna. En Mercy gritando mientras las balas silbaban a su lado. En Mercy gritando al ver a Cato tropezar y caer, con el pecho lleno de sangre.

Abraham miró a Rachel hervir de rabia. Abrió la boca, pero pareció pensarlo mejor y volvió a cerrarla. Permanecieron sentados en silencio; el único sonido era la respiración de Rachel, que poco a poco volvió a un ritmo normal.

Cuando ella pareció calmarse, Abraham dijo:

—Mercy tuvo suerte de sobrevivir. Bueno —sacudió la cabeza—, suerte no. Thornhill puede disparar a un mango para que caiga de un árbol a tres campos de distancia si quiere. Sabía lo que se proponía. Ya estaba enterado de lo del bebé, aunque muchos de nosotros no. No podemos quedarnos sin mano de obra por aquí, de modo que tal vez pensó que todo se compensaría. Que había matado a uno, pero que de todos modos ya encontraría a otro al cabo de unos meses.

Rachel tragó la bilis agria que le ardía en la garganta. Abraham la miró, vio la expresión que aún le retorcía las facciones e hizo una pausa, pero solo para calentar la voz, que perdió su tono entrecortado. Rachel se preguntó cuántos cientos de noches había pasado solo frente a su cabaña. Se estaba adaptando a la compañía y parecía gustarle.

—¿Lo has pensado alguna vez? —le preguntó.

—¿Qué?

—Huir.

—Tuve que huir para llegar hasta aquí.

Abraham dio otra calada a su pipa. Rachel se fijó en que los ojos se le ponían vidriosos cada vez que inhalaba, como si el tabaco le embotara los sentidos.

—Pensaba en eso cuando era joven, cuando llegué aquí. Pensaba en volver a casa. Pero por eso a los blancos les encanta mantenernos en las islas. ¿Cómo podríamos volver a casa? El mar los ayuda a mantenernos aquí.

Abraham suspiró.

—Eso fue hace mucho tiempo. Antes de Nancy. Es diferente cuando tienes tu propio hijo. Tienes algo por lo que quieres vivir. Cato y Mercy, ellos iban a tener eso aquí. Tener el bebé, ser una familia. Tal vez piensen que no es suficiente. Pero nunca voy a entender por qué huyen. ¿Qué más quieren?

Rachel no pudo evitar mirarlo fijamente. Abraham no pareció darse cuenta de su mirada incrédula. Dio vueltas a la pipa entre las manos, pensativo, observando las grietas y los bordes desgastados de la madera vieja.

"¿Qué más quieren?".

Rachel trató de leer en su cara si lo decía en serio. Tenía profundas arrugas en la frente y las comisuras de los labios se le curvaban hacia abajo, hacia los rizos apretados y canosos de la barba. Tenía todos los años de su vida plasmados en la cara, y más. También, la falta de vida detrás de los ojos, tal como Rachel la había visto en Mercy, pero la suya era profunda. Demasiado profunda.

"¿Qué más quieren?".

Miles de respuestas vinieron a la mente de Rachel. Había ríos con bocas tan anchas como toda la isla de Barbados. Estaba el mar. Había bodas que se celebraban en lo más profundo del bosque, lejos de la miseria de las plantaciones, donde el amor tenía una cualidad más fresca y clara, como el aire de la montaña. Había ciudades repletas de gente sucia, que trabajaba duro, donde el sufrimiento era diferente. El trabajo podía ser igual de penoso y la comida igual de escasa, pero de alguna manera la masa de penurias, los cientos de personas hacinadas en espacios reducidos, lo volvían más llevadero.

La conexión frágil que Rachel había sentido con Abraham se evaporó. Sus viajes no eran iguales. De Barbados a Trinidad, pero en el camino Abraham había perdido la parte de sí mismo que ella acababa de descubrir. Quedaba la lucha dentro de ella.

Por la mente de Rachel volvió a pasar la imagen de Mercy meciendo el cuerpo del hombre al que había amado. Lo que Thornhill había hecho lo había hecho para inspirar terror. Él sabía que, a la larga, el asesinato rendía. La gente tenía miedo. Incluso en la oscuridad de la noche, podía atacar. A cientos de metros de distancia, podía matar y la oscuridad no protegía a nadie.

Rachel recordó el cruce de miradas en el campo, la de ella y la de Thornhill. Torció los labios en algo parecido a una sonrisa. Sintió los límites del poder de Thornhill y la fuerza del suyo propio. Por Cato —un hombre a quien nunca había conocido, pero que sentía, a través de Mercy, como si lo amara— acabarían con él. El deseo desesperado de Cato por su hijo, por un tipo de libertad diferente al cautiverio de la plantación, aún podía cumplirse.

Las brasas finales de la pipa de Abraham se estaban apagando. Aspiró la última pizca de humo antes de volcar la pipa y dejar que las cenizas cayeran al suelo.

—Supongo que vas a estar aquí un tiempo —dijo.

—Sí —mintió Rachel—. Supongo que sí.

36

A LOS PENSAMIENTOS DE HUIDA DE RACHEL LOS INTE-
rrumpió un sonido agudo: era Nancy, que silbó entre
dientes. Era el crepúsculo, el umbral de la oscuridad. Los
jornaleros del campo habían vuelto a la aldea antes que
Mercy, y Rachel había estado imaginando qué podría decirle a su hija cuando por fin volviera, cómo podría incul-
car la necesidad de alejarse de Perseverance, cuando Nancy
señaló con la cabeza el camino a través de las cañas a medio
cortar.

—Parece que hay problemas.

El señor Thornhill llevaba a Mercy sujeta por la muñeca.
En la otra mano tenía un trozo de cuerda y el látigo.

Rachel se puso rígida.

El señor Thornhill no tenía mucha prisa y, si estaba enfadado, no daba señales de ello. Cuando él y Mercy llegaron
a la aldea, no llamó a nadie para que salieran de las chozas,
ni pidió que se reunieran. Condujo a Mercy hasta un árbol
que crecía en el límite de la aldea. Rachel ya se había fijado
en él y había adivinado para qué se usaba.

Las ramas nudosas, estériles y sin hojas se recortaban
contra el cielo del atardecer.

Mercy mantenía la cabeza alta, pero le temblaban las
manos.

Nadie dio un paso hacia el señor Thornhill. Mary Grace extendió un brazo para retenerlo.

Todos esperaron.

El señor Thornhill levantó los brazos de Mercy y le ató las muñecas a una rama que ella casi no alcanzaba. Ataba metódicamente los nudos y estudiaba cada uno para asegurarse de que estaba satisfecho. Se apartó. Se había congregado una pequeña multitud, como si la gente hubiera sentido su presencia.

—Hoy Mercy se ha quedado dormida mientras trabajaba —dijo—. Como el corral no estaba bien cerrado, dos de las cabras y una de las vacas se escaparon. —Hizo una pausa y arrancó a Mercy la camisa para descubrirle la espalda. Un movimiento rápido y violento que contrastó con la lentitud con la que había hablado.

Rachel apretó los puños.

—Que esto sirva a todos de recordatorio de que no toleraré semejante pereza en esta plantación —continuó el señor Thornhill.

Hizo otro movimiento rápido. Como una víbora.

El chasquido del látigo, que mordió la piel de Mercy.

El olor penetrante de la sangre, como metal en la lengua. "No".

Rachel lo sintió en su propia espalda: carne derretida, ardiente, un dolor que se retorcía y cegaba y llegaba al hueso. Se invirtieron los lugares: era ella la que estaba ahora atada al árbol, con los ojos hinchados, casi cerrados por los golpes anteriores a los azotes. Tenía la cabeza colgando, apoyada en el hombro. Pero entonces, el grito: "¡No!". A través de las rendijas en que se habían convertido sus ojos, Rachel vio a la niña que se escurría de las manos de sus hermanos y hermanas, que tropezaba con los pies diminutos mientras corría. Mercy, que era tan pequeña como para creer que podía detener la paliza, tenía los ojos muy abiertos y las manos levantadas como si estuviera dispuesta a desatar a su madre. En la periferia de su campo visual, borrosa por el dolor, Rachel vio que el capataz se inclinaba y golpeaba con la culata del látigo la cara de la niña y le rompía la nariz; la sangre se derramó en la tierra y él se irguió y alzó el látigo, dispuesto a derramar un poco más.

Tan rápido y nauseabundo como había llegado, el recuerdo se desvaneció. Mercy estaba de nuevo contra el árbol; la curva de la espalda acentuaba la hinchazón de su vientre, los dedos de los pies rozaban la tierra mientras luchaba por mantener el equilibrio.

El señor Thornhill se había dado vuelta. La cara pálida estaba roja, más por la excitación que por el esfuerzo. Estaba mirando a Rachel. Ella se dio cuenta de que, a su alrededor, los demás también miraban.

¿Cuántas palizas había visto? ¿Cuántas veces había gritado en silencio para que pararan? Pero esta vez, las palabras habían llegado. El terror ya no le ahogaba la garganta. Solo había rabia.

—No —repitió.

El látigo colgaba inerte de la mano izquierda del señor Thornhill. Detrás de él, la espalda de Mercy sangraba por la herida abierta. Rachel sintió que temblaba, pero no de miedo.

—¿Qué quieres decir con "no"?

Parecía más curioso que enfadado.

—Deja de hacerle daño.

El silencio era tan espeso que parecía absorbente. Rachel ni siquiera oía su propia respiración.

El señor Thornhill se volvió hacia Mercy. Rachel se movió antes que él, corrió hacia delante y aferró el brazo que se alzaba. La sorpresa del contacto casi lo hizo caer; se retorció para soltarse de Rachel, que le sujetaba con firmeza la muñeca.

La máscara resbaló.

—Suéltame —gruñó.

Tiró y se liberó del agarre de Rachel. Cada pensamiento cruel que había tenido, cada acto cruel que había realizado estaba escrito en su cara. La golpeó, no con el látigo, sino con el puño. Rachel sintió el crujido duro de los nudillos contra su cráneo, antes de que el cuerpo se le arqueara hacia atrás y se desplomara violentamente contra el suelo.

Rachel se quedó inmóvil. Temblaba con una fuerza que no comprendía del todo, y solo al mirar la piel lacerada de Mercy pudo contener el deseo de levantarse y devolver el golpe. Estaba dispuesta a morir por su hija, pero sería inútil. El señor Thornhill la mataría y, después, golpearía a Mercy de todos modos. Así que, en lugar de luchar, Rachel cerró los ojos y dejó que el señor Thornhill pensara que la había destrozado, así de fácil.

Por el sonido del látigo y los pequeños gemidos de Mercy, que luchaba por no gritar, Rachel contó los latigazos restantes. En la ardiente oscuridad tras sus párpados, Rachel pensó en todos ellos libres: Mercy, Mary Grace, Nadie y ella misma. Ante sí flotaron imágenes de todos fuera de los confines de Perseverance, adentrados en las profundidades del paisaje verde de Trinidad.

Estas imágenes la ayudaron a recomponerse; Rachel añadió a la larga lista de cosas que había soportado en su vida la agonía de escuchar cómo azotaban a su hija embarazada.

"Pero nunca más".

Abrió los ojos.

El señor Thornhill cortó la cuerda que ataba a Mercy. Las piernas cedieron y cayó al suelo. Su espalda era un amasijo de magulladuras rojas y furiosas, con tiras de piel colgando. Rachel vio al señor Thornhill alejarse. Toda la sangre se le había ido de la cara; volvía a tener el color de la leche. No miró hacia atrás, ni siquiera se molestó en lanzar una mirada de satisfacción. ¿Por qué iba a hacerlo?

"Pero nunca *más*".

Rachel y Nadie levantaron a Mercy y la llevaron a su cabaña. Allí, Rachel vendó las heridas lo mejor que pudo. La sangre ya se estaba secando a lo largo de las piernas de su hija; Rachel la limpió. Nancy, sin mediar palabra, llevó un ungüento para el dolor. Mercy se estremeció al frotarle su madre las heridas de la espalda, pero no emitió ningún sonido.

Para llenar el silencio húmedo de la cabaña, Rachel empezó a cantar una de las canciones de Quamina. La aldea de los fugitivos parecía ahora un sueño, una vida diferente. Pero la canción contenía la magia del bosque. Los brazos de Mercy, abrazados a su vientre, empezaron a aflojarse. Rachel, con el pecho aún apretado por la rabia, pudo respirar de nuevo.

La canción terminó cuando Rachel frotó lo que quedaba del ungüento. Se sentó sobre los talones. Mercy no se movió, pero una lenta respiración salió de sus fosas nasales.

—El bebé —susurró—. Puedo sentirlo.

Rachel también exhaló. Se disipó parte de la pesadez del aire.

Puso la mano en la cadera de su hija, con cuidado de no tocar la piel herida, y ambas miraron a la tierra en señal de silencioso agradecimiento. A pesar de todo, el bebé seguía vivo.

—Puedes contármelo —dijo Mercy, con la cabeza todavía inclinada—. Lo que le pasó a Micah.

—¿Estás segura?

—Sí, por favor. Quiero saberlo todo.

Mercy no se movió mientras Rachel le contaba toda la historia: el levantamiento, la batalla, los soldados que sacaron a Micah de entre la multitud y lo fusilaron por atreverse a tomar la libertad mediante la fuerza. A veces, los hombros de Mercy temblaron un poco, pero aparte de eso (de no ser por la sangre que aún le goteaba de los cortes más profundos) podría haber estado tallada en piedra.

Cuando Rachel terminó, Mercy se incorporó lentamente, apoyando las manos en el suelo, con los dientes apretados por el dolor. Los ojos ardían; no ocultaban nada. No tenía miedo de desvelar lo que sentía.

—Gracias —dijo. Después, levantó la barbilla y añadió—: Estoy orgullosa de lo que hizo Micah. Siempre fue el más valiente de todos nosotros.

37

MERCY TENÍA MIEDO. TODAVÍA HABÍA UNA JOVEN FEROZ dentro de ella; eso lo había visto Rachel por la forma en que su hija había reaccionado al escuchar la historia de Micah. Pero las cicatrices del último intento de fuga no se olvidarían tan fácilmente.

—Nos va a matar —dijo Mercy. Tenía la voz ronca, como si todos los gritos que había dejado de lanzar mientras la azotaban hubieran debilitado, de todas maneras, su capacidad de hablar.

Los cuatro —Rachel, Mercy, Mary Grace y Nadie— se agazaparon dentro de la cabaña de Mercy. Hablaban en susurros, y la mirada de Nadie se dirigía con frecuencia a la puerta, atenta a la aparición de ojos indiscretos.

—Tenemos que irnos —dijo Rachel.

—No lo entiendes —dijo Mercy—. Él vigila cada noche. Nos matará a todos si huimos.

Rachel los miró, uno a uno. Mercy, aterrorizada, aún afligida por la muerte de Cato. Nadie, nervioso, pero preparado: no sería la primera vez que huía. Y Mary Grace, con la mirada firme, dispuesta, como su madre, a hacer lo que fuera necesario para salvarlos a todos.

—Entonces, no nos vayamos por la noche.

Mercy frunció el ceño.

—¿Qué?

—Eso es lo que Thornhill espera —continuó Rachel—. Entonces, vámonos durante el día.

—Pero nos van a ver —dijo Mercy.

—No. Mañana, la primera y la segunda cuadrilla van a llevar la caña al molino. Si nos colocamos detrás de la cámara de ebullición que hay junto a él, no nos verán. Cualquiera que mire desde la casa principal o los campos no nos verá. Podemos correr hacia el bosque que hay más allá.

Esperó a que los demás emitieran su veredicto sobre el plan. La boca de Mary Grace se estiró en una línea fina y decidida. Nadie asintió, con los ojos muy abiertos, pero llenos de sombría certeza. Mercy mantuvo la cabeza inclinada; era la única a la que Rachel no podía descifrar.

—Podemos atravesar el bosque y volver al camino —dijo Rachel—. Dirigirnos al norte, a Puerto España.

—No. —La voz de Mercy era grave. Temblaba, pero no se quebraba—. Podemos ir por otro camino.

Respiró hondo y se incorporó un poco. Incluso ese leve movimiento la hizo estremecerse; la piel de su espalda todavía estaba en carne viva y ensangrentada.

—Hay pueblos libres —continuó—. Más al este. Junto al mar.

—¿Quieres decir que hay fugitivos que viven allí? —preguntó Nadie.

—No son fugitivos, la mayoría no. La mayoría son gente libre. Cultivan lo que pueden para alimentarse y lo que les sobra lo venden en la costa.

Rachel se inclinó hacia su hija.

—¿Crees que deberíamos ir allí, y no a Puerto España?

—No lo sé —dijo Mercy. Una fina capa de sudor le cubría el rostro. Estaba claramente dolorida, tanto por las heridas como por la idea de intentar marcharse de nuevo, después de la última vez.

—Abraham me habló de Cato. —Rachel habló con suavidad. Pensó que nombrarlo infligiría un nuevo dolor a Mercy, pero, en lugar de eso, su hija levantó la cabeza. Recuperó un poco de fuego.

—Deberíamos ir hacia el este —dijo. Ya no le temblaba la voz—. Cato fue quien pensó en las aldeas. Su hermano había comprado su propia libertad, y Cato quería encontrarlo allí.

Los otros, que nunca habían conocido a Cato y ya nunca lo conocerían, sintieron el poder de su recuerdo. Todos se miraron y sellaron el pacto. Partirían al día siguiente.

La libertad, la verdadera libertad, les hacía señas.

El día era sofocante. Los rayos blancos del sol se extendían como dagas abrasadoras por los campos y hacían sudar a todo el mundo. Fue un golpe de suerte, porque hacia el mediodía, cuando el calor era más agobiante, el señor Thornhill se retiró a la casa principal y dejó que los capataces supervisaran la marcha de los fardos de caña hasta el molino. Con él fuera de la vista, Rachel respiró un poco más tranquila, aunque no podía librarse de la sensación de sentirse observada, y sin la ventaja de poder observarlo a él a cambio.

No tenían una señal acordada ni un momento previsto para poner el plan en marcha. Mercy se había quedado en la aldea, con la excusa de que necesitaba recuperarse de la paliza. Cuando Nancy le transmitió esta información al señor Thornhill, había habido un momento de tensión: si él hubiera obligado a Mercy a volver a su tarea habitual de vigilar a los animales, habría sido casi imposible coordinar la huida. Pero él no dio señales de que le importara. Tal vez, con el amanecer de un nuevo día y al volver a comprobar la escasez de mano de obra y lo mucho que debía aprovechar la fuerza de trabajo para traer y procesar la cosecha, se sintió más inclinado a ser indulgente. Bajo ningún concepto podía permitir que Mercy perdiera a su bebé. Cualquiera que fuese la razón, Mercy podía quedarse en la aldea. Desde la cabaña, alcanzaba a divisar el camino que iba de la parte trasera de la cámara de ebullición hacia el bosque. Cuando viera a los otros ahí, ella también correría.

Esa era la parte del plan que más angustiaba a Rachel. Su cautela luchaba contra su recién descubierta negativa a renunciar a su libertad. Durante toda la mañana, la atormentó pensar en la peligrosa carrera que debería hacer Mercy hacia el bosque. Pero ¿qué opción tenían? Y Mercy era mucho más valiente de lo que nunca había sido Rachel, de eso estaba segura. Lo único que podía hacer era esperar.

A media tarde, cuando el sol todavía caía a plomo sobre los trabajadores, Rachel, Nadie y Mary Grace se colocaron en la fila de un grupo que caminaba hacia el molino. Sin hablar, sin mirarse siquiera, supieron que había llegado el momento.

Poco a poco, aminoraron el paso, hasta que hubo varios metros entre ellos y el resto de la fila. Delante de ellos, el molino giraba, impulsado por los esfuerzos de los trabajadores, ya que no había viento en aquel día sofocante.

Rachel los guio fuera del camino. Sabía que debían caminar, no correr. Correr llamaría demasiado la atención. Así que, paso a paso, se dirigieron a la cámara de ebullición, a la seguridad de la pared trasera.

Rachel vio a alguien salir del molino y se le hizo un nudo en el estómago. No se detuvo, no se atrevió a hacerlo, pero sabía que los vería.

De la sombra de la puerta salió Abraham. Miró fijamente a Rachel; ella bajó la vista y la fijó en sus pies.

Un paso. Otro.

Volvió a mirar hacia arriba. Abraham seguía mirándola. Rachel estaba demasiado lejos para distinguir la expresión de su rostro, o si estaba abriendo la boca, dispuesto a gritar.

Estaban a punto de perderse de vista. Rachel mantuvo su respiración estable y la acompasó al ritmo de su caminata.

Al doblar la esquina, Rachel miró a Abraham por última vez. Era difícil darse cuenta, con el sol en los ojos, pero habría jurado que él levantó la mano en una especie de saludo. No entendía por qué querían más, por qué Rachel y los demás tenían que huir de esa vida a medias en Perseverance, pero tal vez pudiera aceptarlo, incluso respetarlo. Su silencio los protegió hasta que se perdieron de vista.

A la sombra de la cámara de ebullición, Nadie se apoyó en la pared, jadeando pesadamente como si hubiera aguantado la respiración todo el camino desde los campos. Rachel lo tocó una vez en el brazo y, luego, a Mary Grace. No se dijeron nada, pero habían sobrevivido a la primera parte de la huida.

Se deshicieron de sus fardos de caña y Rachel observó la distancia entre el muro y la franja de bosque. Ahora parecía estar mucho más lejos que antes. Y más expuesta. La luz del sol blanqueaba la hierba parda y dejaba al descubierto todos los parches de tierra baldía.

Rachel aún estaba preparándose cuando Mary Grace se movió. Corrió. Salió de las sombras y corrió hacia los árboles seguida de Nadie, solo unos centímetros detrás. Sus zancadas eran largas y elegantes. Rachel se tomó un momento para apreciar la belleza de esas dos figuras oscuras que corrían a través de la hierba moribunda, los pies que levantaban un rastro de polvo. Después, Rachel también se lanzó hacia delante, hacia la intensa luz del sol y el calor tortuoso.

Mientras corría, se sintió más alta que nunca. Sus miembros, extendidos en movimiento, ocupaban más espacio. Casi no tocaba el suelo. Voló.

Antes de que pudiera recuperar el aliento, ya estaba entre los árboles. Extendió un brazo y se aferró a un tronco para estabilizarse. La euforia de haberlo conseguido dio paso al escalofrío del miedo.

"Mercy".

Rachel giró sobre sí misma y sus ojos buscaron la aldea en el horizonte.

—Allí —señaló Nadie.

Mercy ya estaba a medio camino hacia ellos. Se movía torpemente, con una mano sujetando su vientre. Pero iba deprisa.

El tiempo pareció volverse más lento. Mercy pasó una eternidad suspendida entre un estado y otro, entre cautiva y libre. Un pájaro posado en una rama baja empezó a trinar y, aunque el sonido no se parecía en nada a un disparo, Rachel creyó oír el chasquido de un rifle en cada uno de los trinos.

Mercy miró detrás de ella mientras corría. Había terror en su manera de moverse. Rachel tuvo que contener un grito.

"No mires atrás".

"Sigue corriendo".

Mercy ya estaba casi junto a ellos, lo bastante cerca como para que Rachel le viera las lágrimas que le corrían por la cara. Su cuerpo temblaba por los sollozos y el esfuerzo de la carrera.

Entonces, se oyó el disparo. Esta vez, real, no imaginario. La bala atravesó el tronco de un árbol cercano. El pájaro levantó vuelo. Mercy gritó. Tropezó, casi se cayó, pero ahora ya estaba en el bosque. Rachel se aferró a su hija.

No hubo tiempo de consolarse la una a la otra.

Nadie tenía los ojos desorbitados de un niño asustado cuando habló:

—Corred —dijo.

Moverse entre los árboles no se parecía en nada a lanzarse por el campo. En la penumbra, las formas se armaban y desarmaban en los ángulos de la visión de Rachel. Antes había sentido que se extendía, ahora se sentía atrapada. El dosel del bosque se hizo más espeso, hasta que se sintió como la tapa de una caja. A Rachel le costaba respirar; una parte de ella estaba convencida de que eran las hojas las que impedían el paso del aire. Las ramas afiladas le rasgaban la piel y el suelo irregular amenazaba con hacerla caer en cualquier momento. Pero, de alguna manera, su fuerza de voluntad era más sólida que cualquier obstáculo. Siguieron corriendo.

No hubo un segundo disparo, ni gritos detrás de ellos. Ni ladridos de perros que persiguieran su rastro. Así que cuando Rachel vio, al pasar por un rayo de luz que había atravesado los árboles, que Mercy seguía sollozando fuerte, gritó:

—¡Alto!

Mercy se desplomó en el suelo y se hizo un ovillo, con las manos alrededor del vientre. Le temblaban los hombros. En la nuca se le veían los extremos de las heridas de la espalda que aún no habían cicatrizado. La sangre le había empapado parte de la camisa y había salpicado el algodón blanco con manchas rojas que se oscurecían hasta volverse negras donde el sangrado había sido mayor.

Rachel se arrodilló junto a su hija. Le acarició el pelo. El recuerdo del movimiento ya estaba en sus manos, de todas las veces que había consolado a Mercy cuando era niña.

Nadie rodeó a Mary Grace con un brazo protector. Tenía la mirada fija a lo lejos.

—No podemos quedarnos aquí —dijo. Él también temblaba; vibraba con la fuerza de su deseo de sobrevivir—. Vendrán.

—No puede seguir huyendo —le dijo Rachel—. Así no. No con el bebé.

Rachel vio cómo, en el interior de Nadie, el instinto más crudo luchaba con la compasión. Al final, su silencio indicó que la compasión había ganado. No insistió de nuevo en seguir adelante, aunque Rachel sabía, por el nudo que sentía en la boca del estómago, que tenía razón. No podrían quedarse quietos mucho tiempo.

Mercy giró la cabeza y apoyó la cara en el suelo. Rachel se inclinó más cerca, de modo que su mejilla quedó casi apoyada en el pelo de su hija.

—¿Estás bien?

Mercy no se movió.

—¿Puedes caminar?

No dijo nada.

Rachel esperó. Sintió la creciente agitación de Nadie, pero lo ignoró. Se concentró en respirar al ritmo de Mercy, tratando de guiar a su hija para que hiciera respiraciones más lentas y profundas.

Poco a poco, los sollozos se atenuaron. Mercy se incorporó y se secó las lágrimas con una mano embarrada.

—Tiene razón —dijo Mercy, señalando a Nadie con la cabeza—. No podemos quedarnos aquí.

La angustia estaba desapareciendo de su rostro, pero no era como las otras veces en que Rachel había visto a Mercy esconderse tras una máscara inexpresiva. Esto era diferente. A medida que una emoción se desvanecía, otra ocupaba su lugar. Mercy se puso de pie con dificultad. Se irguió y no hubo duda de los pensamientos que ardían en su interior.

"Debemos continuar".

"No deben atraparnos".

"Debemos vivir".

38

AL ATARDECER, TENÍAN LOS ROSTROS DEMACRADOS Y arrastraban los pies, pero no se atrevían a dejar de moverse. El aire del bosque transmitía todos los sonidos, desde el chasquido de una rama hasta el susurro de las hojas. Rachel estaba nerviosa y tenía el cuello rígido de tanto mirar atrás. Pero aún no había rastro de los vigilantes y supervisores que ella sabía que los seguirían, espoleados por el propio Thornhill. Cambiaban de dirección a menudo, para que su recorrido siguiera siendo impredecible. Nadie escaló un árbol de papaya y arrojó la fruta a la tierra; todos se untaron los pies con la pulpa aplastada para enmascarar su olor. Rachel se preguntó si sería suficiente.

La oscuridad dificultaba aún más circular entre los árboles y la visión de la oscuridad cada vez que miraba hacia atrás hacía que todo el cuerpo de Rachel se tensara de miedo. Cuando un pájaro voló bajo sobre sus cabezas, el repentino sonido de las alas a escasos centímetros de sus rostros hizo que todos dieran un respingo y se aferraran entre sí con fuerza.

—No podemos seguir así —dijo Rachel cuando se hubo recuperado—. Debemos descansar. Si no descansamos, seguro que nos van a atrapar.

Nadie, con el cuerpo flojo por el cansancio, parecía

dispuesto a aceptar, pero Mary Grace levantó la mano para interrumpir su respuesta.

—¿Qué pasa? —le preguntó él.

Ella se llevó una mano a la oreja: "Escuchad eso".

El ruido de sus pasos lo había ocultado, pero ahora, que estaban quietos, se oía: una corriente de agua.

Se movieron despacio, siguiendo el sonido, hasta que lo encontraron: un río estrecho de caudal rápido. A su alrededor, el bosque se hacía menos espeso y, a través del hueco entre los árboles, la luna brillaba sobre el agua. Algo en aquella visión trajo a Rachel una paz inmensa. El río, moteado por la luz plateada de la luna, tan rápido que parecía un ser vivo y serpenteante, podía ofrecerles protección. Bajo su hechizo estarían a salvo.

Se sentaron en la orilla y pudieron respirar. A su lado había un árbol caído, no cortado por el hombre, sino, al parecer, derribado por una tormenta pasada. Rachel siempre veía tragedias en los árboles arrancados de la tierra: cosas que no eran como debían ser, algo vivo derribado donde antes se había alzado hasta el cielo. Sus ojos se fijaban una y otra vez en la sombra del grueso tronco, las ramas extendidas y las raíces desnudas que se estremecían con la brisa. Intentó no tomarlo como un presagio de lo que estaba por venir.

No tenían comida, ni nada más que la ropa que llevaban puesta, así que lo único que podían hacer era dormir. Cuando Rachel cerró los ojos y apoyó la cabeza en la tierra fresca, pudo oler el bosque, un aroma suave y verde que la ayudó a mantener a raya sus peores temores.

Todavía estaba oscuro cuando despertó. Nadie y Mary Grace dormían, con los brazos y las piernas enredados, pero Mercy había desaparecido. Rachel se incorporó, aterrada, dispuesta a gritar, pero no. No se habían llevado a su hija. Mercy estaba sentada en la orilla del río, de espaldas a ella.

Rachel oyó gemir a Mercy y vio cómo apretaba los puños.

En un instante, llegó junto a su hija.

—¿Qué pasa?

Pero Rachel ya lo sabía. Reconoció cómo se retorcía la cara de Mercy, como la suya se había retorcido tantas veces.

—El bebé —dijo Mercy—. El dolor... Empezó cuando caminábamos, no tan fuerte. Pero ahora... —Se le volvió a contorsionar la cara. Le brillaban las gotas de sudor en la frente.

Rachel mojó el borde de su falda en el agua y lo utilizó para secar la frente de Mercy. No sabía qué más hacer. Sentía que debía hablar con su hija, intentar calmarla, pero el pánico creciente le impedía pronunciar palabra. Rachel no era comadrona. No tenía la habilidad de alguien como Polly la Grandota, que había asistido en el parto de la mayoría de los niños de la plantación de Providence, en Barbados. Lo único que conocía eran los partos que había visto, sobre todo los suyos. Se sentía impotente, atrapada por fuerzas que escapaban a su control. Las cosas eran inevitables. El parto continuaría, eso era tan seguro como que los hombres blancos los encontrarían. La periferia del campo de visión de Rachel se nubló ante ese pensamiento, se mareó por el miedo, pero una pequeña parte de ella fue capaz de mover las manos para seguir enjugando el sudor de la frente de su hija.

La cara de Mercy volvió a retorcerse. Gritó; trató de contener el sonido con los dientes apretados, pero no evitó que el grito volviera a salir. Las contracciones eran fuertes. El bebé estaba a punto de nacer.

El ruido despertó de golpe a los demás. Mary Grace, al ver a su hermana, pareció saber instintivamente lo que ocurría. Fue corriendo hacia donde estaba su madre. Empezó a frotar la parte baja de la espalda de Mercy en pequeños círculos, con cuidado de no subir demasiado y tocar donde el látigo le había abierto la piel.

—El bebé —dijo Rachel a Nadie.

Vio, en el blanco de sus ojos, que él sentía lo mismo que ella. Y de inmediato miró hacia el bosque. No dijo nada en voz alta, porque no quería arriesgarse a asustar a Mercy, pero cruzó una mirada con Nadie. Él dejó a las mujeres junto a la orilla y se dirigió hacia los árboles. Se quedaría vigilando. Si Thornhill aparecía, no podrían huir con Mercy en ese estado, pero, al menos, la muerte no los tomaría por sorpresa.

Mercy volvió a gritar. En esa ocasión no intentó ahogar el sonido, que reverberó por el bosque e hizo levantar el vuelo a varios pájaros. Una capa de sudor le cubría los brazos, el cuello y la cara. La mente de Rachel tropezaba consigo misma, buscando qué hacer. ¿Por qué no recordaba nada de lo que Polly la Grandota había hecho por ella? Todos sus recuerdos estaban nublados por el parto en sí, las manos invisibles que le apretaban el abdomen, el dolor punzante...

Mary Grace dejó de masajear la espalda de Mercy. Con suavidad, pero con firmeza, guio a su hermana para que se apoyara sobre las manos y las rodillas. Rachel, que la observaba, fue consciente —no por primera vez— de cuántas lagunas había en lo que ella sabía de la vida de sus hijos. Algunas, quizá, no las llenaría nunca.

Esa pequeña acción de Mary Grace derrumbó el miedo de Rachel. De pronto, se sintió alerta, decidida, plenamente consciente de lo que debía hacer. Era un conocimiento no hablado, sino absorbido a lo largo de toda una vida; tal vez, incluso, antes de que la vida misma hubiera comenzado. El sentimiento era a la vez universal y singular; un instinto animal que sabía que compartía con todas las cosas. Era el pensamiento urgente de que debía ayudar a dar a luz a ese bebé que, por medio de Mercy, llevaba su propia sangre.

Mary Grace empezó a frotar de nuevo la espalda de su hermana, esta vez con más insistencia. Rachel habló al ritmo de las manos de Mary Grace.

—Respira, Mercy. Respira y empuja.

Los gemidos de Mercy se veían interrumpidos por aullidos de dolor, pero los aullidos, las manos y las suaves órdenes de Rachel palpitaban al unísono. Funcionaban como una sola fuerza para traer al bebé al mundo. Los sonidos de Mercy se hicieron más profundos, más guturales. Rachel casi podía ver los músculos ondulantes bajo la piel de su hija. La presión aumentaba. Hasta el río parecía contraerse, obligando al agua a formar olas cada vez más deprisa entre sus orillas. Las mujeres respiraban juntas, inhalaban y exhalaban, con el corazón acelerado, las manos apretadas contra el suelo y entre sí. Mercy apoyó la boca contra el suelo para que la tierra absorbiera sus gritos mientras el líquido salía de ella y corría por la orilla hasta unirse al río.

Cuando el bebé se deslizó a las manos de Rachel, todo se detuvo. No se oía nada, ni una respiración, ni siquiera el sonido del agua. El bebé estaba quieto. Rachel se dio cuenta de que era un niño, pero deseó no haberse dado cuenta. Hizo que la espera fuese aún peor.

Los dedos del bebé se curvaron y cerró los puños. Con un grito agudo, anunció su nacimiento al mundo. Las mujeres exhalaron. A Rachel le temblaban las manos. Sus lágrimas, al caer sobre el bebé, limpiaron los rastros de sangre del pequeño cuerpo. Era una emoción que no había sentido en años, no desde la última vez que ella dio a luz un hijo vivo. Un amor completo, absorbente, incondicional. El bebé era un desconocido inescrutable. Pasarían años antes de que pudiera decir lo que pensaba. Y, sin embargo, el amor no esperaba. El amor estaba ahí desde el principio, incluso desde antes del principio. El amor no necesitaba palabras ni presentaciones. Bastaba con la existencia.

La placenta se desprendió y Rachel pudo pasar el bebé a Mercy. Hubo un momento en que los tres se tocaron: abuela, madre e hijo.

Mercy abrazó a su niño. Acunó con suavidad al bebé de un lado a otro hasta que el llanto dio paso a los gimoteos y, por último, al sueño.

Las tres mujeres miraron absortas al bebé. Se fijaron en todo, desde los mechones de pelo oscuro de la cabeza hasta las suaves plantas rosadas de los pies.

La sonrisa de Mercy flaqueó. Había tristeza en la manera en que miraba a su hijo. La pena le curvaba las comisuras de los labios. Rachel se dio cuenta de que estaba pensando en Cato.

—¿Se parece a él? —preguntó.

—Un poco. —Mercy levantó la cabeza y sus ojos se encontraron con los de Rachel—. Pero también se parece a ti.

Mercy volvió a mirar a su hijo. El dolor se atenuó —nunca desaparecería del todo— y volvió a sonreír.

—Micah —susurró—. Sí. Un buen nombre. Bienvenido, pequeño Micah.

39

El nacimiento de la nueva vida emanó un aura poderosa que absorbió toda su atención. Pero el hechizo se rompió cuando Nadie se acercó corriendo.

—Ya vienen. He visto las luces. Ya vienen.

Mercy temblaba, febril. Nadie se golpeaba la palma de la mano con el puño; los ojos desorbitados buscaban una vía de escape, pero no veían nada.

A Rachel la invadió una oleada de cansancio. Cerró los ojos y pensó fugazmente en lo fácil que sería caer en un sueño eterno.

A lo lejos, oyó ladrar a los perros.

Se acercaban.

Mary Grace sacudió el brazo a su madre. Rachel abrió los ojos y allí estaba el bebé. Había nacido libre. Había nacido con aquello por lo que su padre y su tocayo habían muerto, aquello por lo que su abuela había arriesgado la vida, había cruzado océanos y había caminado cientos de kilómetros con los pies doloridos. Ese niño nunca debía conocer la esclavitud. La libertad era su derecho de nacimiento.

Una oleada poderosa y desesperada de energía recorrió a Rachel: la voluntad de vivir, no por sí misma, sino por el bebé y por Mercy, Mary Grace y Nadie. Las había buscado, las había reunido y había reparado la familia que antes creyó haber perdido para siempre. Ese era un trabajo que no se echaría a perder. Allí no, ni de esa manera.

Todos podían verlos ahora: las linternas se movían entre los árboles, cada vez más cerca.

Mary Grace seguía aferrada a Rachel y señalaba hacia el río, hacia la corriente que avanzaba más rápido de lo que ellos podrían hacerlo a pie.

Madre e hija se movieron como una sola, sin necesidad de hablar. Se pusieron en pie de un salto. Mercy seguía desplomada en el suelo, con la cabeza inclinada y el bebé dormido en sus brazos. Rachel le quitó al pequeño Micah y lo estrechó contra su pecho. Mary Grace levantó a su hermana.

—El río —le dijo Rachel a Nadie.

Él negó con la cabeza.

—No. Nos ahogaremos.

—No tenemos otra salida.

Nadie miró el río. Conocía mejor que nadie los peligros que acechaban bajo el agua. Rachel vio el terror en sus ojos.

Un hombre gritó desde el bosque, lo suficientemente cerca como para que todos lo oyeran.

—¡Ya los veo!

Fue como si el mundo se hiciera añicos y se fragmentara más allá de cualquier pensamiento coherente. Para Rachel no existía nada más que el bebé, apretado contra su piel. Las imágenes pasaron ante ella: Nadie, corriendo hacia la orilla. Mercy, desfalleciente. Mary Grace, esforzándose por sostener el peso de su hermana. Nadie, con un grito de miedo y esfuerzo y agotamiento y la insoportable necesidad de sobrevivir, empujando el árbol caído, que rodó, despacio, despacio, hacia el agua.

Rachel se volvió, aturdida, hacia los hombres que los perseguían. Vio a los perros merodear más allá de los árboles. Vio, detrás, la sombra de un hombre —¿Thornhill?— y el destello de un arma amartillada.

—¡Rachel!

El grito desesperado de Nadie volvió a unir las partes del mundo. Pudo pensar de nuevo, y lo que pensó fue...

"Salta".

"Ahora mismo".

Sin soltar al pequeño Micah, se zambulló en el río. La mano izquierda sujetaba al bebé, la derecha se movió a ciegas en la oscuridad agitada. Alcanzaba a oír las balas, pero el agua que la rodeaba amortiguaba y distorsionaba su sonido.

Su mano derecha no encontró nada. La corriente la zarandeó. Sintió como si su cuerpo fuera a disolverse. Dejaría de ser, se fundiría con el río.

Entonces, algo la aferró de la muñeca y la arrastró hacia la superficie. El aire llenó sus pulmones. El bebé lloraba. Su mano encontró por fin la madera sólida. Rachel se aferró al árbol y trepó al tronco tan alto como pudo para mantener la cabeza de Micah fuera del agua. Nadie y Mary Grace abrazaron a Mercy, que seguía casi inconsciente, para protegerla de la corriente despiadada.

Una bala golpeó el agua, unos metros detrás de ellos. Pero después... nada. Los gritos, ladridos y disparos se desvanecieron.

El agua los arrastró y se perdieron de vista.

* * *

No podían hacer nada más. Estaban indefensos. El árbol los mantenía a flote, a duras penas, pero el río no tenía piedad.

La supervivencia era segundo a segundo, oleada por oleada.

Lo único que Rachel podía hacer era abrazar al bebé y rezar, no a ningún Dios del cielo, sino al agua misma.

"Por favor, déjanos vivir".

—Rachel.

El dolor que sentía en los brazos era punzante, pero no se atrevía a aflojarlos. Necesitó toda la energía que le quedaba para levantar la cabeza y mirar a su alrededor.

Hacía horas que había salido el sol. El río era más ancho y la corriente había disminuido hasta parecerse más a la del Demerara, cuando se habían lanzado al agua en la canoa por primera vez, hacía tantos meses.

—Rachel —repitió Nadie—. Hemos llegado lejos. Deberíamos ir a tierra.

Rachel no podía hablar. Se limitó a asentir.

Nadie y Mary Grace consiguieron empujar el árbol hacia la orilla. Cuando sus pies tocaron tierra firme, Rachel estuvo a punto de llorar; su cara hizo todos los gestos del llanto, pero no brotó ninguna lágrima. El pequeño Micah permanecía en silencio contra su pecho, pero seguía respirando. Tenía los ojos abiertos, absortos en el mundo.

Sin saber cómo, lograron que las piernas no les flaquearan en tierra; incluso Mercy pudo apoyarse en el hombro de Mary Grace. Mercy extendió los brazos y alzó a su hijo para amamantarlo; los demás permanecieron quietos, escuchando el susurro de la hierba que se mecía con el viento, el lejano canto de un pájaro.

Rachel, que hacía tan solo unos instantes se había quedado sin fuerzas, sintió que la invadía la inquietud. Quería moverse, volver a controlar sus miembros después de tantas horas en el río.

Nadie miró al cielo.

—Hemos venido hacia el este —dijo—. El río debe de fluir hacia la costa oriental.

Mercy levantó la cabeza. Todos se miraron.

¿Sería eso posible? Se habían zambullido, sin pensarlo, en el río. ¿De verdad los había llevado adonde querían ir?

Se apartaron del sol. El río se extendía a lo lejos. No había señales de que la tierra se acabara.

—Quedaos aquí —dijo Nadie, mirando a las mujeres—. Descansad. Iré a ver si...

Pero Mercy se interpuso.

—No. Vámonos todos.

Rachel recuperó a su nieto. Mercy casi no podía sostener su propio peso, por no hablar del peso del bebé. Empezaron a caminar. Lento, renqueando, pero vivos.

De no ser por el suave arco que trazaba el sol hacia el ocaso, el trayecto les habría parecido eterno.

Ninguna de las maneras habituales de marcar el paso de las horas les servía. No tenían nada que comer ni nada que hacer, salvo caminar.

El único signo del tiempo, lo único que demostraba que el pasado, el presente y el futuro existían en aquel momento, eran las líneas que se dibujaban en el dorso de las manos de Rachel, el vientre aún hinchado de Mercy y los ojos grandes y puros del bebé. No era el tiempo que medía los minutos largos y lentos de cortar cañas bajo el sol abrasador. Ni siquiera era el ritmo de las estaciones, de la cosecha a la siembra, y viceversa. Era el tiempo de las generaciones, que podía abarcar cientos de años.

Mercy dejó de caminar. Fue la primera en verlo asomar por el horizonte. Los demás también se detuvieron y siguieron su mirada... y allí estaba.

El mar.

Se apretujaron. Se tocaron, se tomaron de las manos, se rozaron las caderas, se rodearon los hombros con los brazos. Cualquier cosa con tal de seguir unidos, de saborear juntos la visión que tenían delante. La suave isla verde cedía el paso a las olas centelleantes.

—Allí —señaló Nadie.

Había un grupo de cabañas, poco más que siluetas que se recortaban a lo lejos, frente al mar. Rachel alcanzó a ver figuras diminutas que se movían alrededor de las cabañas: gente inclinada sobre la tierra, algunas cabras que deambulaban por la hierba, un niño que corría hacia el agua.

Micah empezó a quejarse, levantando los puñitos en señal de protesta por el largo y caluroso paseo, por el río atemorizante y caudaloso y por todo lo que había ocupado el primer día de su vida. Rachel lo meció de un lado a otro, pero no surtió efecto. El pequeño frunció la cara y sus gritos se hicieron más fuertes e insistentes.

Mary Grace se acercó a Rachel y miró a su sobrino.

Y empezó a cantar.

Su voz era débil, por la falta de uso, pero cautivadora. Cada nota vibraba con toda una vida de sentimientos. No, no toda una vida. Cien vidas. Cantaba para sí misma y para todos los que la habían precedido. Su canción contenía dolor, frustración y decepción. Pero también alegría, consuelo, amor. Esperanza.

El mundo dejó de girar. El sol se mantuvo en su lugar en el cielo. Todo permaneció quieto mientras Mary Grace cantaba. Rachel observó el movimiento de los labios de su hija, las bellas formas que adoptaban al formar las palabras. Nadie la miraba también, conmovido hasta las lágrimas por la voz de su esposa. ¿Había sido capaz de imaginar cómo sonaba? En sus sueños, cuando Mary Grace le hablaba, ¿cantaba así? Por la forma en que Nadie temblaba, Rachel supo que debía de ser todo lo que él siempre había deseado y más.

Era una canción que Rachel reconocía. Una de las de Quamina, una canción akan, una canción de sus antepasados, una canción con una melodía que vibraba en los huesos de Rachel, desde que se la habían cantado hacía mucho tiempo.

Mercy también cantó. Se tropezó con algunas palabras, olvidó algunas notas. Pero su voz elevó la de Mary Grace más alto, más alto, más alto que las nubes, más alto que los dioses. Los gritos de Micah se estaban apagando. Sus ojos comenzaron a cerrarse.

Después, Nadie se sumó al canto. Su voz vibraba a través de la tierra. No era la misma canción, sino la suya propia, con su propia letra, transmitida por su propio pueblo, que había sobrevivido a todas las cadenas, al tráfico de esclavos, a la tortura e incluso a la muerte. Las dos canciones se fundieron en una, porque el mensaje era el mismo. Habían sobrevivido.

Rachel miró a Micah, ahora en paz en sus brazos. ¿Qué más podía dar a su nieto sino los fragmentos de un recuerdo que había llevado consigo durante todo ese tiempo? Las palabras medio olvidadas de una canción.

Rachel unió su voz a las de los demás y cantó.

Después de todo, había esperanza para este nuevo mundo.

Cuando cantaron, los oímos. Cantamos con ellos y les dimos la bienvenida a esta nueva vida en un mundo que es cruel, pero que también tiene amor, si sabes dónde buscarlo.

Así es como nos recuerdan. En fragmentos de canciones, en los sueños, en la sonrisa que circula entre madre e hijo. Estas son las partes de nosotros que no se pueden destruir. Estas son las partes de nosotros que alimentan las raíces y las mantienen fuertes.

El suelo es fértil. Nuestro árbol sigue creciendo.

NOTA DE LA AUTORA

LA PRIMERA VEZ QUE SUPE DE LAS MUJERES CARIBEÑAS que viajaron en busca de sus hijos perdidos tenía dieciséis años. Asistí a una exposición titulada *Making Freedom*, organizada por la Fundación Windrush. El objetivo de la exposición era presentar la emancipación desde una nueva perspectiva: no como un regalo de los blancos británicos, sino como algo por lo que lucharon de manera encarnizada los propios esclavos en revoluciones y rebeliones, desde Haití hasta Barbados. En un pequeño panel de esa exposición se explicaba que, tras la emancipación, muchas mujeres dejaron de lado sus herramientas de trabajo y recorrieron a pie todas las islas para tratar de encontrar a sus hijos. Esa historia se me quedó grabada; era un notable acto de valentía, dado lo mucho que la esclavitud había destruido a las familias. Más tarde leí el libro en el que se basó ese panel, una historia tomada de un relato oral titulada *To Shoot Hard Labour* (1986), de Fernando C. Smith y Keithlyn B. Smith. El libro documenta la vida de Samuel Smith, nacido en Antigua en 1877 y fallecido en 1982. Smith recuerda a su tatarabuela, la Madre Rachael, que cruzó Antigua a pie tras el fin de la esclavitud para reencontrarse con una de sus hijas. La historia real de Madre Rachael inspiró el viaje que emprende Rachel en esta novela.

Los hijos de Rachel es un libro tan personal como histórico. Para crear el personaje de Rachel, me basé en mi madre, mi tía, mi abuelastra y las historias que me contaron de mi abuela, que murió antes de que yo naciera. Como Rachel, tuvieron que soportar muchas cosas. Como ella, pueden ser cautelosas, tranquilas y atentas. Pero, también como ella, tienen mucho amor y fuerza, y se niegan a que las crueldades a las que se han enfrentado las definan.

La novela se inspira en el tiempo que pasé en el Caribe, en la casa de mi abuelo en Santa Lucía. Tengo recuerdos muy vívidos de mi primera visita, cuando tenía once años. Del sabor del aire espeso y húmedo cuando bajamos del avión en el aeropuerto de Vieux Fort. De lo fuerte que llovía cuando volvíamos corriendo de la playa, tanto que mi madre nos preguntó si nos habíamos metido al mar con la ropa puesta. Del azul fantástico del océano, un centenar de matices que captaban la luz al ponerse el sol, y de la increíble calidez del agua cuando mi hermana y yo jugábamos a zambullirnos entre las olas justo antes de que rompieran contra la arena. Pero también recuerdo mi viaje más reciente, cuando investigaba para mi tesis doctoral sobre el legado de la esclavitud en el Caribe. El paisaje era igual de hermoso, pero aquella vez pude ver rastros de la historia por todas partes. Las casas antiguas de las plantaciones y los nuevos hoteles, grandiosos y alejados del resto de la isla. La pobreza que imperaba en un lugar tan fértil. El hombre que se para junto al camino en la ciudad de Anse La Raye y sostiene una gran serpiente amarilla: no había serpientes autóctonas de Santa Lucía, te dice el hombre, sino que los dueños de las plantaciones las pusieron en los bosques para que mordieran a los esclavos que se fugaban.

La gente viaja al Caribe porque le parece un paraíso, un lugar fuera del tiempo, donde puede liberarse del ritmo implacable de su vida y relajarse en la playa con un cóctel en la mano. Pero para mí, el Caribe es hermoso por su historia, no a pesar de ella. Es un lugar donde el pasado está siempre cerca de la superficie y los ecos de la historia están por todas partes.

Por último, la historia de Rachel me pareció muy personal porque yo también sé lo que es tener una familia fragmentada. En mi último viaje al Caribe, fui a Barbados a conocer a mi tía abuela, la hermana de mi abuelo. Mi abuelo se fue de Barbados a los catorce años, primero a Santa Lucía y luego al Reino Unido. Su madre y el resto de sus hermanos murieron sin saber qué le había ocurrido. Solo su hermana más pequeña sobrevivió para verlo de nuevo cuando él se jubiló y se fue al Caribe, y se vieron una vez más antes de su muerte. Al conocer a mi tía abuela, lloré y me alegré por igual, y pude escuchar sus relatos sobre una rama de la familia que creíamos perdida.

En ese mismo viaje fui a un edificio en el que iba a tener una reunión y, cuando entré, el guardia de seguridad me preguntó de dónde era. Le expliqué que era británica, pero que tenía familia en Santa Lucía. Me preguntó dónde exactamente y cuál era su apellido. Cuando se lo dije, entró en la trastienda y salió con un compañero de trabajo. "Ustedes tienen la misma cara", dijo el primer guardia. Y resultó que estábamos emparentados por nuestro bisabuelo. Que un completo desconocido se fijara tanto en mis rasgos y que otro desconocido se mostrara tan receptivo a la idea de que yo fuera una prima lejana y perdida hacía mucho tiempo me demostró que, aunque las familias caribeñas siguen fracturadas a fecha de hoy, siempre existe la posibilidad de reconectarse y la posibilidad de que exista, como escribe Derek Walcott, un amor capaz de volver a juntar nuestros fragmentos.

NOVELAS HISTÓRICAS EN VIDIS

ÍTACA • CLAIRE NORTH

Ulises se ha ido con todos los hombres jóvenes de la isla. Penélope gobierna desde las sombras de un concilio de ancianos. Es hora de que las mujeres cuenten su versión del famoso mito griego.

EL SECRETO DE PARÍS • NATASHA LESTER

Una novela sobre la resistencia en París que presenta a las primeras pilotos de guerra y el origen de la casa Dior.

LA ÚLTIMA ROSA DE SHANGHÁI • WEINA DAI RANDEL

Un amor apasionado entre una rica heredera china y un joven judío refugiado del nazismo, en el ambiente glamuroso del viejo Shanghái de los 40.

LAS BRUJAS DE VARDØ • ANYA BERGMAN

En una fortaleza noruega del siglo XVII, cuando las mujeres eran encarceladas y quemadas por brujas, dos valientes mujeres protagonizan una historia épica basada en hechos reales.

LAS TRES VIDAS DE ALIX ST. PIERRE • NATASHA LESTER

Una historia de amor, traición y búsqueda de redención envuelta en un glorioso vestido de Dior.

LAS CUARENTA LADRONAS • ERIN BLEDSOE

Inspirada en la historia real de Alice Diamond, la reina de los ladrones de Londres en 1920.

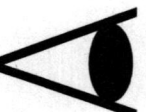